JULIA MATTERA
Der Koch, der zu Möhren und Sternen sprach

Weitere Titel der Autorin:

Wasserballetttage

Das Buch

Alle Gäste lieben den Landgasthof der Geschwister Elsa und Robert Walch im elsässischen Munstertal. Während Elsa mit ihrer Herzlichkeit Wohlfühlatmosphäre verbreitet, sorgt Robert mit seiner Landhausküche für unvergessliche kulinarische Erlebnisse. Und wenn er einmal nicht vor dem Herd steht, widmet sich der knurrige Eigenbrötler mit Hingabe seinem prachtvollen Gemüsegarten. Bis eines Tages die temperamentvolle Maggie aus England bei den Walchs eintrifft …

Die Autorin

Julia Mattera wuchs im elsässischen Mulhouse auf. Nach dem Studium der modernen Literatur arbeitete sie als Buchhändlerin, bevor sie sich selbst dem Schreiben widmete. In ihre Romane fließt immer auch ihre Liebe zum Elsass und zu der regionalen Kulinarik in atmosphärischen Bildern ein.

Die Übersetzerin

Monika Buchgeister studierte Romanistik und Germanistik in Freiburg und Paris. Seit 1990 übersetzt sie belletristische Werke von Autor:innen wie Martin Page, Jean-Philippe Blondel und Lorraine Fouchet und Fachliteratur aus den Bereichen Kunst, Philosophie, Psychologie und Gesellschaft.

JULIA MATTERA

DER KOCH, DER ZU MÖHREN UND STERNEN SPRACH

ROMAN

Übersetzung aus dem Französischen
von Monika Buchgeister

eichborn

 Die Bastei Lübbe AG verfolgt eine nachhaltige Buchproduktion. Wir verwenden Papiere aus nachhaltiger Forstwirtschaft und verzichten darauf, Bücher einzeln in Folie zu verpacken. Wir stellen unsere Bücher in Deutschland und Europa (EU) her und arbeiten mit den Druckereien kontinuierlich an einer positiven Ökobilanz.

Eichborn Verlag

Titel der französischen Originalausgabe:
»Le fermier, qui parlait aux carottes et aux étoiles«

Für die Originalausgabe:
Copyright © 2021 by Flammarion, Paris

Für die deutschsprachige Ausgabe:
Vollständige Taschenbuchausgabe
der bei Eichborn erschienenen Hardcoverausgabe
Copyright © 2024 by
Bastei Lübbe AG, Schanzenstraße 6–20, 51063 Köln

Vervielfältigungen dieses Werkes für das
Text- und Data-Mining bleiben vorbehalten.

Textredaktion: Christina Neiske, Haldenwang
Umschlaggestaltung: U1berlin/Patrizia Di Stefano
Einband-/Umschlagmotiv: © alenakaz/123RF
Satz: two-up, Düsseldorf
Gesetzt aus der Warnock
Druck und Verarbeitung: GGP Media GmbH, Pößneck

Printed in Germany
ISBN 978-3-8479-0172-3

1 3 5 4 2

Sie finden uns im Internet unter eichborn.de

*Für meinen Opa, den unverwüstlichen Meister
im Eintauchen von Frühstücksbroten*

*Für meinen heiß geliebten Onkel Robbie
mit seinem wundervollen Schnurrbart*

1

FRÜHSTÜCKSBROT
UND MARMELADE

Es will schon gekonnt sein, ein Frühstücksbrot in einen Zichorienkaffee zu tunken. Bei manchen bricht die Scheibe auseinander, noch bevor sie zum Mund geführt wird. Bei anderen wird sie in der Flüssigkeit zu Brei. Robert Walch jedoch versteht es aufs Schönste, eine geröstete, mit Butter bestrichene Scheibe des hier üblichen locker gebackenen Bauernbrots so zu handhaben, dass sie genug Flüssigkeit aufnimmt, ohne dabei in die große Frühstückstasse hineinzufallen und ihm am Ende noch den Kaffee ins Gesicht zu spritzen. Zweifellos ist Robert ein echter Kenner dieses französischen Weizen-Sauerteigbrots, der *miche*. Für ihn ist die Qualität eines Brotes von ausschlaggebender Bedeutung. Ein Brot mit einer kräftigen Kruste und einer schnittfesten, zugleich aber lockeren Krume kann man eintauchen, ohne dass es sich auflöst. Mehr als einmal hat seine Schwester Elsa versucht, ihn zur weichen, knusprigen *baguette* zu bekehren, aber Robert bleibt hartnäckig: »Was ist schon eine mickrige *baguette* gegen eine schöne Scheibe *miche*? Die *miche* ist fest und rundlich wie eine hübsche Frau, eine *baguette* ist viel zu dürr!« So lautet seine Erwiderung, wenn sie versucht, ihn von seinen Gewohnheiten abzubringen. Man könnte entgegnen, dass Robert seine Einkäufe dann doch bitte selbst erledigen soll, anstatt Elsa mit seinem Dickschädel immer wieder zu verärgern. Aber so viel sei gesagt, er fährt nie in die Stadt.

Robert ist am liebsten zu Hause, nur da fühlt er sich wohl. Sein Alltag ist so präzise geregelt wie ein Schweizer Uhrwerk. Jede seiner Handlungen folgt einem festgelegten Muster. So war es immer, und wer es wagt, diese beruhigende Routine zu stören, wird mit reichlich schlechter Laune und vorwurfsvollen Schimpfereien bedacht, in denen ein elsässisches »*Gott vertomi!*« nicht fehlen darf. Denn in puncto Flüchen und der hohen Kunst des unverbesserlichen Starrsinns macht niemand Robert etwas vor. So ist es nun mal, und es wird sich auch nicht ändern: Der gute Mann ist der vollendete Sturkopf!

Man könnte also zu dem Schluss kommen, dass sein Leben nicht besonders aufregend ist. Zugegeben, seine kleinen Vergnügungen beschränken sich auf zeitlich und räumlich genau bemessene Aktivitäten, aber diesen Herausforderungen stellt er sich. Allerdings kommt auch nur er allein als Sieger infrage. Sei es, dass er in der Küche nur auf die roten Kacheln treten darf oder aber den Eintauchvorgang des Frühstücksbrotes zur olympischen Disziplin erklärt – Robert liebt den heimlichen Wettstreit ohne Zuschauer und ohne Konkurrenten. Deshalb ist es für ihn eine Ehrensache, jeden Morgen alles daranzusetzen, sein Marmeladenbrot zu verzehren, ohne sich den Schnurrbart zu bekleckern.

Im Wissen um die klebrigen Gefahren dieser sportlichen Herausforderung verläuft das Frühstück strengstens ritualisiert. Robert betreibt geradezu einen Kult darum, die Brotscheibe auf der milchigen Oberfläche zu balancieren. Die Stirn gerunzelt, die Finger um zwei Suppenlöffel gekrallt, schwenkt er die Scheibe vorsichtig hin und her, bis beide Seiten von der Flüssigkeit getränkt sind. Denn das ist das Entscheidende für ihn. Das Frühstücksbrot muss den Zichorienkaffee gut aufsaugen und dabei dennoch seine athletische Spannung bewahren. Wehe dem Brot, das einen Kopfsprung wagt, um sich dann unverzüglich aufzulösen! Robert sähe sich gezwungen, es in einem Schluck hinunterzuschlürfen, um keinesfalls die wabbligen Bruchstücke einzeln essen zu müssen. 1, 2, 3 ... beginnt er zu zählen, bei 6 schiebt er dann beide Löffel sachte unter die Scheibe, hebt sie aus der Tasse und beißt endlich genüsslich hinein.

»*Mon Dieu*, Robbie! Geht es vielleicht auch etwas leiser?«, rügt ihn Elsa, die an einer Mandelmilch nippt.

Keine Reaktion. Nichts kann Roberts Vergnügen schmälern. Ungerührt setzt er seinen virtuosen Wechsel von Saugen und Kauen fort.

»Weißt du, Robbie, es gibt viele Frauen, die dich durchaus charmant fänden, wenn du nicht diese eklige Angewohnheit hättest. Du solltest wirklich einmal über deine Manieren nachdenken.«

Robert antwortet mit einem phänomenalen Schlürfen und genehmigt sich noch einen letzten tüchtigen Schluck Zichorienkaffee, um den Mund gut durchzuspülen. Wortlos greift er nach der Zeitung und schlägt die Seite mit dem Wetterbericht auf. Die einzige Seite, die ihn wirklich interessiert.

»Und da schmollt er wieder hinter seinem Schutzschild aus Papier!«, seufzt Elsa und steht auf, um sich ein paar Trockenfrüchte zum Knabbern zu holen.

Ernsthaft wie ein Messdiener beim Abendmahl runzelt Robert die Stirn und verzieht das Gesicht.

»Wieder kein Regen in dieser Woche – habe ich recht?«, vermutet seine kleine Schwester.

Robert antwortet nicht. Er faltet die Zeitung sorgsam zusammen und wirft sie in den eisernen Eimer hinter sich. Immerhin kann das Papier noch zum Anfeuern dienen.

»Es ist 8.15 Uhr. Du könntest also allmählich mal den Mund aufmachen. Es ist sogar schon später als sonst.«

Der alte Junggeselle zuckt lediglich mit den Schultern. Mit

seinen zweiundfünfzig Jahren ist er etwa so gesprächig wie ein frittierter Karpfen, und trotz all ihrer Bemühungen gelingt es Elsa nur schwer, ihm ein paar zusammenhängende Worte zu entlocken.

»Schön ... dann gehe ich jetzt die Zwillinge wecken.«

Robert erhebt sich so jäh, dass man hätte meinen können, ihm sei eine Maus in den zerknitterten Kragen seines Hemdes geschlüpft.

»Gönn mir noch fünf Minuten Ruhe!«

Elsa lacht los, dann nimmt sie ihren Bruder in den Arm. Dieser schneidet ein Gesicht, denn für Gefühlsausbrüche hat er generell nichts übrig.

»Mein lieber grummeliger Großer«, schmeichelt sie und bringt dabei seinen Schnurrbart wieder in Form. »Du solltest auf andere zugehen, solange es noch nicht zu spät ist.«

»Zu spät wofür?«, fragt Robert mürrisch.

»Zu spät, um denen, die dich lieben, zu zeigen, dass dir etwas an ihnen liegt.«

Er senkt den Blick. Natürlich liegt ihm etwas an Elsa, und natürlich liegt ihm auch etwas an ihren beiden verschmitzten Rotschöpfen. Aber er kann das nicht recht ausdrücken. In der Regel geht er feinfühliger mit dem Gemüse in seinem Garten um als mit den Menschen um ihn herum. Der Gedanke macht ihm zu schaffen. Ist er womöglich im Begriff, selbst zu einem Gemüse zu werden? Wenn er sich endgültig in seine Gewohnheiten zurückzöge, würde Elsa ihn dann immer noch so liebevoll in den Arm nehmen am frühen Morgen? Würden die Zwillinge ihn dann immer noch schelmisch »Onkel *Kopftomi*« nennen, nach seinem Lieblingsschimpfwort?

Robert liebt die beiden, da besteht kein Zweifel. Aber er traut sich nicht zu zeigen, was er fühlt. Schon seit so langer Zeit nicht, dass er sich daran gewöhnt hat, abgeschottet in seinem Alleinsein zu verharren. Hinter einem über Jahre errichteten Schutzwall hat Robert sich eine Welt geschaffen, die ihm ganz allein gehört. Niemand außer den Zwillingen gelangt in dieses Universum hinein. Denn den Kindern ist jene natürliche Arglosigkeit zu eigen, die sie nicht gleich über sein geheimes Reich urteilen lässt. Dieses Reich ist sein Ebenbild, und er hält es verborgen, damit niemand darauf herumtrampelt. Lieber verkriecht er sich in die Stille und überlässt sich seinen einsamen Träumereien, die er der Wirklichkeit vorzieht, denn er weiß, dass Träume beständiger sind und sich niemals ändern.

»Ich brauche niemanden außer euch«, bringt er mühsam hervor. »Glaubst du denn, dass ich die Zwillinge durch meine Tomaten toben lassen würde, wenn ich kein Herz hätte? Und für dich habe ich doch wohl auch ganz schön viele Zugeständnisse gemacht. Denk nur mal daran, wie sehr ich dir geholfen habe, als du die *auberge* eröffnet hast. Du wusstest genau, dass ich keine Lust auf Gäste habe und am liebsten nichts mit ihnen zu tun haben will, und doch nörgelst du ständig an mir herum und sagst, dass ich nicht freundlich genug bin! Immer soll ich mich anderen gegenüber öffnen, dabei tue ich das doch schon mehr, als mir lieb ist. Ich finde es wirklich nicht toll, dass Unbekannte den lieben langen Tag einfach so hier herumspazieren! *Kopftomi!* Lass mich wenigstens in Ruhe frühstücken. Die Zwillinge sind doch gut aufgehoben in ihren Betten ...«

Missmutig schüttelt Elsa den Kopf. Sie ahnt, dass ihr Bruder seine ausschweifende Rede, in der er sich wieder einmal als Opfer präsentiert, so lange fortsetzen wird, bis sie nachgibt.

»Schon gut«, schneidet sie ihm das Wort ab. »Klar, du hast meine Pläne akzeptiert, und nur so konnte ich aus dem Bauernhof eine *auberge* machen. Und für jemanden wie dich ist das natürlich nicht einfach. Jetzt musst du fremde Menschen begrüßen und in deiner Nähe ertragen, obwohl du dich dabei nicht wohlfühlst. Und dann auch noch der neue Jacuzzi in einem Teil deines Gartens. Meine Güte, was für ein Opfer!«

»Genau so ist es. Du hast es erfasst«, bekräftigt Robert. »Dann ist dir ja auch klar, dass ich mich auf all das nur einlasse, weil ... weil ...«

Die Fortsetzung will nicht über seine Lippen. Es fällt ihm so entsetzlich schwer, seine Gefühle zu äußern, selbst der kleinen Schwester gegenüber. Elsa zieht einen Stuhl heran, um sich ihrem Bruder direkt gegenüberzusetzen, sodass es kein Entkommen mehr für ihn gibt.

»Dreh dich zu mir um, damit ich dich ansehen kann, wenn ich mit dir rede.«

Robert schmollt. Direkte Aussprachen hat er noch nie gemocht, deshalb schiebt er seinen Stuhl erst einmal unwillig zurück, bevor er sich zu Elsa umdreht. Das Kinn hält er gesenkt, sein Blick ist auf seine alten roten Hausschuhe mit Schottenmuster gerichtet.

»Versuch mich anzusehen, ich fresse dich schließlich nicht.«

Er nickt, wagt aber nicht aufzusehen. Etwas Jungenhaftes liegt in seinem Gebaren. Er tut sich in der Tat schwer damit, sich selbst als Erwachsenen zu betrachten. Seine jüngere Schwester weiß das genau, und so hat sie nach dem Tod ihrer Eltern mit der Zeit ganz selbstverständlich die Rolle der Mutter übernommen.

»Ich werde vielleicht nicht ewig hier sein. Was ist, wenn ich noch mal einen Mann kennenlerne und mit David und Charlotte den Hof verlasse?«

Robert tut so, als hätte sie etwas Belangloses gesagt. Aber die Vorstellung, dass seine Nichte und sein Neffe eines Tages nicht mehr hier sein könnten, schmerzt ihn ungeheuer.

»Du musst mehr auf andere Menschen zugehen. Wenn du

so weitermachst wie bisher, wirst du irgendwann ganz allein sein.«

»Aber Davy und Croquette werden mich doch besuchen! Sie werden ihren ›Onkel *Kopftomi*‹ doch nicht vergessen, oder?«

Ein Lächeln huscht über Elsas Gesicht. Die niedlichen Spitznamen, mit denen er ihre Kinder bedacht hat, stimmen sie immer wieder gnädig. David und Charlotte haben von Geburt an Seite an Seite mit ihrem Onkel gelebt. Das sind jetzt immerhin schon ganze sechs Jahre. Auch wenn sie oft ungezogen und immer zu Späßen aufgelegt sind, sind sie doch gleichermaßen aufmerksam und neugierig, wenn Robert ihnen hin und wieder das Tor zu seinem Gemüsegarten öffnet. Sie kennen den Hof in- und auswendig und sind begnadete Jäger. Im hohen Gras kaum zu sehen, erweisen sie sich als unangefochtene Meister darin, ihrem Onkel in Windeseile Schnecken, Käfer und anderes Getier anzuschleppen.

»Sie freuen sich immer riesig, wenn du sie in deinen Gemüsegarten lässt und sie darin herumstreunen dürfen. Aber das kommt eben nur selten vor! Und du kannst wirklich sehr kratzbürstig sein. Sie werden älter, und … irgendwann haben sie die Schnauze voll, weil du immer so in dich gekehrt bist. Verbring mehr Zeit mit ihnen, bevor es zu spät ist.«

»Steht es etwa schon fest, dass du fortgehst?«, fragt er bärbeißig und steht auf.

»Nein, ich werde dieses Haus nicht verlassen, solange du du nicht allein zurechtkommst.«

»Komme ich doch. Aber du weißt genau, dass ich gern allein bin.«

Elsa lächelt traurig.

»Du rührst dich nicht vom Fleck, verlässt nie den Hof. Wer kauft dir denn deine Kreuzworträtsel, wenn ich fort bin? Wer erledigt deine Einkäufe? Und wer ruft den Techniker, wenn der Fernseher kaputtgeht? Ich weiß wirklich nicht, wie du es auch nur einen Tag ohne deine geliebte Quizsendung aushalten würdest!«

Bei der Erwähnung seiner Lieblingssendung *Questions pour un champion* gerät Roberts rechte Schnurrbarthälfte in helle Aufregung. Damit hat Elsa einen besonders wunden Punkt getroffen. Dieses Quiz ist sein Schmankerl, eine kleine Auszeit, und die Vorstellung, einen Tag ohne sein Ritual um Punkt 18:10 Uhr verbringen zu müssen, schaudert ihn. Aber sein Stolz verbietet es ihm, Elsa recht zu geben.

»Dann lasse ich mir meine Einkäufe eben liefern und kaufe einen neuen Fernseher, so einfach ist das.«

»Okay, nehmen wir einmal an, du kriegst das alles hin. Dann habe ich trotzdem meine Zweifel, ob du es aushältst, allein hier zu leben. Denn natürlich würdest du, sobald ich fort bin, die *auberge* schließen und wie ein Eremit leben.«

»Eremit hin, Eremit her! Du kannst gehen, wann du willst, ich werde schon klarkommen!«

»Und genau da liegst du falsch. Vielleicht müsstest du erst einmal vollkommen allein sein, um zu verstehen, was ich meine. Aber so weit wird es nicht kommen ...«

»Sag jetzt nicht, dass du mich bei einer dieser idiotischen Online-Partnervermittlungen angemeldet hast?«

Erneut muss Elsa lachen. Sie sieht hübsch aus mit ihren Sommersprossen und ihren roten Zöpfen. Ein wenig wie Pippi Langstrumpf.

»Gar keine schlechte Idee ... Aber ich wollte es nicht gleich übertreiben. Wie wäre es, wenn du dich fürs Erste etwas mehr um unseren neuen Gehilfen kümmerst? Er soll sich ja nützlich machen gegen Kost und Logis, das war die Vereinbarung. Und immerhin hast du ihn ja nicht auf der Stelle vergrault wie seine Vorgänger, was mich riesig freut. Ehrlich! Hassan ist jetzt schon zehn Tage bei uns. Das nenne ich einen echten

Fortschritt. Kann es sein, dass er am Ende genau so ein Sturkopf ist wie du? Oder hast du seine Anwesenheit womöglich einfach akzeptiert?«

»Dieser Bursche ist eine harte Nuss. Ich habe alles versucht, damit er verschwindet, aber er gibt nicht auf«, räumt Robert ein.

»Wie wäre es, wenn ihr euch gemeinsam an die Arbeit macht? Schlag ihm das doch einfach mal vor. Er hat dich jetzt schon zehn Tage ausgehalten, und wenn er bei der Arbeit im Garten genauso hartnäckig ist, dann lohnt es sich am Ende noch.«

»Ich brauche niemanden. Der Hof – das ist mein Reich.«

»Aber du musst doch froh sein, dass seine Mutter auf die Zwillinge aufpasst und sie dir vom Leib hält, während ich in der *auberge* arbeite«, sagt sie augenzwinkernd. »Komm schon, eine Hand wäscht die andere. Fatima passt auf David und Charlotte auf, und du akzeptierst, dass Hassan dir im Garten und in der Küche zur Hand geht. Das ist mehr als gerecht. In der *auberge* herrscht Hochbetrieb ... Wir können jede Hilfe gebrauchen, also gib Hassan eine Chance.«

Robert wird puterrot.

»Dieser Bengel ist das reinste Plappermaul. Er fragt mir ständig Löcher in den Bauch! Ich kann ihn nicht dauernd um mich haben.«

»Er langweilt sich eben. Er ist mitgekommen, weil er etwas lernen will, und du lässt ihn ständig irgendwelche undankbaren Arbeiten erledigen. Erst gestern hast du ihn den ganzen Tag alte Töpfe schrubben lassen, die du nie benutzt! Kannst du mir erklären, was das soll? Er muss wohl erst zwölf Heldentaten vollbringen, die eines Herkules würdig wären, um einen Platz neben dir zu ergattern, oder liege ich da falsch?«

Auf Roberts Gesicht malt sich ein zaghaftes Lächeln. Die zwölf Heldentaten des Herkules. Daran hatte er noch gar nicht gedacht, aber es stimmt schon, er stellt den jungen Mann wirklich auf die Probe. Und er muss zugeben, dass sich dieser spindeldürre Teenager ziemlich tapfer schlägt.

»Hassan wartet im Gemüsegarten auf dich«, eröffnet ihm Elsa jetzt unvermittelt.

Robert schnaubt vor Wut. Diese Probe stand nicht auf seiner Liste. Der Zugang zum Gemüsegarten hätte vielmehr die Belohnung nach einigen weiteren Prüfungen sein sollen.

»Du weißt, dass niemand einen Fuß dort hineinsetzen darf! Niemand! Ich habe schon genug damit zu tun, deine kleinen Teufel zu bändigen, die meine Tomaten verschlingen, bevor sie reif sind! Und jetzt hetzt du mir auch noch einen Städter auf den Hals, ohne mich zu fragen!«

»Na, dann nichts wie los! Geh zu ihm! Wer weiß, was er gerade mit deinen kostbaren Möhren anstellt!«, prustet sie los, bevor sie ihm noch rasch durch die Haare wuschelt.

2

KRAUT UND RÜBEN

Hinter seinen Rosenstöcken kauernd beobachtet Robert den Eindringling, der sich über ein Möhrenbeet gebeugt hat. Es ist erst neun Uhr morgens, aber die Sonne brennt bereits so vom Himmel, dass Hassan die Schweißperlen auf der Stirn stehen. Roberts Verstimmung nimmt noch einmal Fahrt auf, als er das sieht. Wie soll ihm der Bursche denn helfen, wenn er schon schwitzt wie ein Ochse, wo die Sonne noch gar nicht hochsteht? Er sieht bereits vor sich, wie er den armen schwächlichen Jungen in einer Schubkarre abtransportiert und in den Jacuzzi kippt, der eigentlich den Gästen vorbehalten ist.

»Armer Pimpf, nicht erst die zwölfte Heldentat wird dir den Garaus machen«, murmelt er voller Schadenfreude.

Der Junge hat sich offenbar hingehockt. Robert kann ihn nicht mehr sehen. Da er keinesfalls entdeckt werden will, robbt er sich auf den Ellbogen heran. Brennnesseln und Dornenranken sieht er dabei unerschrocken wie ein Elitesoldat ins Auge, denn der Auftrag ist klar. Er muss den Feind genau auspähen, bevor er ihn stellt.

Behutsam richtet er sich auf, sein Atem geht schnell, das Herz rast, vor seinen Augen beginnt ein ganzes Heer weißer Punkte zu tanzen. Hassan ist nur noch ein paar Meter entfernt. Am Boden kauernd wischt sich der Junge über die Stirn, während er regungslos das satte dunkle Möhrengrün beobachtet. Man könnte meinen, dass er nicht wagt, es anzufassen.

Robert ist erleichtert. Niemand außer ihm versteht sich darauf, die Haarpracht der Möhren zu liebkosen. Er ist derjenige, der sie morgens zärtlich frisiert, der sorgsam mit einer Federspitze den Staub von ihren hübschen Häuptern entfernt. Sie sind die Damen im Gemüsegarten und wollen mit Höflichkeit und Feingefühl behandelt werden. Den eigenen Schweiß auf sie herabtropfen lassen, das wäre ein gehöriger Mangel an Respekt. Und der neue Gehilfe steht kurz davor, diese Ungehörigkeit zu begehen.

Robert kann nicht mehr an sich halten und taucht unvermittelt aus seinem Versteck hinter den Rosen auf, was den Burschen so erschreckt, dass er hintenüberfällt, alle viere von sich gestreckt.

»*Kopftomi!* Raus aus meinem Gemüsegarten, aber schnell!«

Hassan rappelt sich hastig wieder auf. Vor Schreck ganz bleich, klopft er sich die Erde von seiner durchlöcherten Jeans.

»*Pardon*, Monsieur Woualsch, Sie haben mich erschreckt …«

»Es spricht sich ›Walsch‹ aus, wie ›falsch‹, nur mit einem ›w‹. Und jetzt tu mir den Gefallen und verschwinde, bevor ich ernsthaft böse werde!«

Hassan blickt schüchtern zu Boden und rührt sich nicht vom Fleck.

»Bist du schwer von Begriff? Du sollst verschwinden, habe ich gesagt. Und pass auf, wo du hintrittst! Noch einen Schritt, und du zerquetschst Gi…«

Robert beißt sich auf die Lippen, um Ginettes Namen nicht preiszugeben. Sie gehört zu den ersten Möhren, die er ausgesät hat. Alle Damen tragen hübsche Vornamen, denn das macht sie letztlich so zart und süß im Geschmack. Robert ist davon überzeugt, dass jedes Gemüse eine Seele hat. Nur wer sich darauf versteht, mit dem Gemüse zu sprechen, kann ihm seinen unvergleichlich guten Geschmack entlocken. Das ist sein Geheimnis, das er sorgsam hütet. Es verbindet ihn aufs Innigste mit seinem Garten, und er wird seine Methode keinesfalls mit einem Bengel teilen, der sich nicht mal ordentlich die Haare gekämmt hat.

»Mademoiselle Elsa hat mir aufgetragen, Ihnen dabei zu helfen, die Möhren zu ernten. Sie hat mich vorgewarnt, dass Sie vermutlich grantig sein würden ... Was soll ich also machen? Ihnen helfen ... oder gehen?«

Der Junge ist vollkommen verstört. Es tut fast weh, ihn mit seinem schweißüberströmten Gesicht und seinem staubbedeckten T-Shirt da stehen zu sehen. Eigentlich sieht er gar nicht so schlimm aus, denkt Robert bei sich. Außerdem haben die Möhren sich nicht beschwert, als er sich über sie gebeugt hat. Wäre der junge Bursche taktlos gewesen, hätte Robert gewiss ein missbilligendes Raunen von ihnen vernommen.

»Willst du wirklich für mich arbeiten?«

»Ja, Monsieur«, antwortet er und nickt eifrig. »Ich dachte, ich dürfte mich endlich um das Gemüse kümmern, aber ich habe das Gefühl, dass es Sie stört, wenn jemand anderer als Sie selbst das übernimmt.«

Die Hände in den Taschen seiner blauen Latzhose, kommt Robert näher. Er lauscht, um die Reaktionen seines Gemüsegartens wahrzunehmen. Die Möhren verharren gespannt, und die Tomaten spitzen die Ohren. Aber sie alle scheinen den jugendlichen Eindringling zu akzeptieren. Kein Zittern wie bei der Ankunft der Touristenbusse. Die Stimme Hassans klingt warm und singend, es geht beinahe etwas Beruhigendes von ihr aus.

»Du hast einen seltsamen Akzent, woher kommst du?«

Ein breites Lächeln erhellt Hassans Züge. Zum ersten Mal richtet Robert das Wort an ihn, ohne ihm eine Anweisung zu geben oder ihn gar anzubrüllen. Allerdings würde Robert wohl auch nur ungern hier im Garten außer sich geraten, um seine geliebten Gemüsepflanzen nicht in Aufregung zu versetzen.

»Aus Algerien, Monsieur, aber ich habe meine ganze Kindheit in England verbracht. Nach Frankreich sind wir erst vor fünf Jahren gekommen. Und jetzt wollte Mama, dass wir mal eine Weile auf dem Land leben und den Sommer über hier arbeiten. Es war wirklich ein großes Glück für sie, dass Mademoiselle Elsa sie eingestellt hat, um auf die Zwillinge aufzupassen ...«

Robert fasst den Jungen mit gerunzelter Stirn ins Auge.

»Mal sehen, ob deine Mutter den ganzen Sommer durchhält. Man braucht Nerven wie Drahtseile, um Davy und Croquette im Zaum zu halten«, brummt er vor sich hin.

»›Davy‹ und ›Croquette‹? Das sind ja lustige Namen! Gab es nicht einen Film, der so hieß?«

»*Davy Crockett, König der Trapper* – schon mal gehört?«

Hassan zuckt ratlos die Schultern.

»Die Zwillinge lieben es, irgendwelchem Getier hinterherzujagen. Sie stöbern alle möglichen Schätze auf, deshalb nenne ich sie so. Außerdem bringen sie es fertig, ganz allein ein Fort zu bauen, nur mit dem, was sie hier draußen finden. Und Davy Crockett hat einst Fort Alamo verteidigt ...«

»Ich will Sie nicht unterbrechen, aber mir kommt es so vor, als wollten Sie ablenken: Sie möchten eigentlich gar nicht, dass ich lerne, im Gemüsegarten zu arbeiten, oder? Dabei war ich so froh, hierherkommen zu dürfen, und ich wollte auch gern in der Küche mithelfen – in einer so tollen Gegend ... Aber daraus wird wohl nichts.«

Robert weiß nicht, was er darauf antworten soll. Der Schlaukopf hat ihn durchschaut. Obendrein scheint es ihn tatsächlich zu bekümmern, links liegen gelassen zu werden. Für so etwas hat Robert ein feines Gespür. In seinem Innern liefern sich Für und Wider einen erbitterten Wettstreit. Was, wenn er ihm tatsächlich eine Chance gäbe, sich zu beweisen?

Nachdenklich zieht er eine Lakritzstange aus der Tasche seines Hemdes und schiebt sie sich in einen Mundwinkel. Während er auf der Stange herumkaut, greift er nach einem Eimer, der in der Nähe des Wasserhahns im Garten steht, und reicht ihn Hassan.

»Wenn du so motiviert bist, dann zeig mir, was du draufhast. Nimm den Eimer und jäte das Unkraut auf dem Hauptweg. Wenn du damit fertig bist, gehst du in den Hühnerstall. Die Hühner freuen sich sicher über neue Streu.«

»Elsa hat mir aber versprochen, dass ich mich mit Ihnen gemeinsam um das Gemüse kümmern darf. Ich wollte so gern das Gärtnern lernen«, bringt er kleinlaut hervor.

»Hör mal zu, Kleiner. Ich bin hier derjenige, der die Anweisungen gibt. Und um zehn Uhr morgens zieht man keine Möhren. Auch wenn meine Schwester dir vielleicht aufgetragen hat, das zu tun – sie versteht nicht das Geringste von Gemüse. Wenn du etwas lernen willst, dann musst du dich an meine Regeln halten, ist das klar?«

Hassan nickt folgsam.

»Wissen Sie, Monsieur Walch, ich finde, dass Ihre Möhren wirklich sehr schön sind. Ich habe noch nie so schöne Stiele gesehen.«

»Das heißt Möhrengrün«, verbessert Robert.

»Ihr Möhrengrün hat eine wunderschöne Farbe. Wir hatten mal einen Schrebergarten. Und ehrlich, ich muss zugeben, dass unsere Möhren längst nicht so prächtig aussahen wie Ihre.«

Prächtig ... die Wortwahl gefällt Robert. Der Junge wird ihm immer sympathischer.

»Gemüse braucht saubere Luft, um zu gedeihen. Mitten in der Stadt erstickt es, deshalb ist die Ernte dort schlechter«, erklärt er.

»Das denke ich auch. Frische Luft ist gut für die Pflanzen und für die Menschen, nicht wahr?«

Überrascht von der Einschätzung des Teenagers, bleibt Robert zunächst einmal stumm. Es ist das erste Mal, dass er so viele Worte auf einmal mit einem Fremden gewechselt hat. In seiner Verwirrung wagt er nicht weiterzusprechen und starrt einen Augenblick konzentriert auf seine Möhren, die sich in der Sonne rekeln. Ihr Glückspilze, ihr müsst wenigstens keine Konversation machen, denkt er und kaut auf seiner Lakritzstange herum.

»Dann sind Sie also einverstanden? Ich darf Ihnen helfen?«

»Ich werde sehen, was ich mit dir anstellen kann. Kümmere dich um den Weg, und wenn alles Unkraut gejätet ist, dann werde ich dir ab morgen neue Aufgaben geben.«

»Cool! Da bin ich beruhigt. Ich hatte schon Angst, dass ich den ganzen Sommer über Geschirr abwaschen oder putzen muss. Und jetzt darf ich Ihnen helfen! Wenn Sie viele Gäste haben, dann werden Sie doch gar nicht mehr alles allein schaffen. Wissen Sie, ich möchte mich wirklich gern nützlich machen ... und außerdem ...«

»Und außerdem redest du sehr viel! *Doucement*, mein Kleiner, *doucement!* Wenn du bei mir arbeiten willst, dann musst du auch mal den Mund halten können!«

Hassan presst die Lippen zusammen und richtet sich so eifrig auf, als ginge es darum, Haltung anzunehmen. Seit der Hof zur *auberge* umgewandelt wurde, hat Robert schon so einige Jugendliche erlebt, die einen Job für den Sommer haben wollten. In der Regel waren sie träge, hingen unentwegt mit abwesendem Blick an ihren Handys und waren auf ein möglichst lässiges Auftreten bedacht. Diese Jugendlichen vermittelten ihm den Eindruck einer seltsam fremden Spezies, die ungefähr so schwer zu greifen ist wie ein Klumpen Butter in der prallen Sonne. Ein kurzer Test genügte ihm, um sie wieder vor die Tür zu setzen. Schaffte es einer von ihnen, drei Stunden unter sengender Sonne Unkraut zu jäten, dann konnte er als Gehilfe anfangen. Bisher war das allerdings nicht oft vorgekommen. Im Normalfall waren die Jugendlichen am Ende so schweißgebadet und erschöpft, dass sie noch am selben Tag das Handtuch warfen. Hassan würde da keine Ausnahme bilden. Wenn er den Job haben wollte, dann musste er ihn sich verdienen, und bei dem Schweiß, der ihm jetzt schon auf der Stirn steht, ist Robert sicher, dass das mickrige Kerlchen nicht lange durchhalten wird.

»Ich nehme an, es ist deine Mutter, die möchte, dass du den Sommer über arbeitest, oder?«

»Ja, schon, es war ihre Idee, dass wir von Juni bis August hier wohnen. Aber als ich im Internet gelesen habe, dass diese *auberge* bekannt ist für die beste Küche weit und breit, war ich total begeistert. Außerdem hieß es in der Beschreibung, dass Sie alles allein machen, und in Bioqualität noch dazu!«

»Bio … Bio …«, stöhnt Robert. »Immerzu und überall ist von Bio die Rede. Als sei es eine Heldentat, die Natur zu respektieren!«

»Jedenfalls läuft Ihr Laden. Die Bewertungen sind superpositiv. Und es sieht so aus, als würden Sie ganz hervorragende hausgemachte Produkte verkaufen.«

»*Mon Dieu!* Könntest du vielleicht ab und zu deinen Mund halten? Ich kann keinen klaren Gedanken mehr fassen!«

»*Pardon*, Monsieur. Es ist einfach – ich bin so froh, hier zu sein.«

»Hopp, an die Arbeit. Es wartet genug Unkraut auf dich.«

Hassan schnappt sich den Eimer und zieht mit hocherhobenem Haupt von dannen, offenbar überglücklich, erst einmal unter freiem Himmel arbeiten zu können. Elsa scheint ihm diesmal tatsächlich einen Anwärter geschickt zu haben, der eine ordentliche Portion Bereitschaft mitbringt.

Ein wenig verdutzt setzt sich Robert ganz nah bei den Möhren direkt auf den Boden. Nur noch ein paar Stunden, und er wird sie aus der Erde ziehen, sie einer feinen Wäsche unterziehen und dann für das Abendessen veredeln. Robert beschränkt sich nicht darauf, seine Gemüsepflanzen zu säen, zu pflegen und zu hegen, er bleibt ihr Beschützer, bis er sie mit viel Liebe für die Gäste der *auberge* in der Küche zubereitet hat. Und es bricht ihm das Herz, wenn er sieht, wie achtlos diese manchmal sein Gemüse verspeisen. Sie haben nicht die geringste Vorstellung davon, welch innige Verbindung zwischen Robert und seinen stillen Freunden bestanden hat und was dies für ihn bedeutet. Das ist der Grund, warum er Hassan so harsch zurechtgewiesen hat. Als Elsa anfing, das von ihm angebaute und liebevoll eingemachte Gemüse zu verkaufen, kam das für ihn einem Verrat gleich. Sein Gemüse sollte dort verspeist werden, wo es gelebt hatte. Mit dem Verkauf hingegen wurde es seiner gewohnten Umgebung entrissen. Dabei haben Möhren, Rüben und Kartoffeln tiefe Wurzeln, sind fest verankert in der Erde – genau wie Robert, der unverrückbarer Bestandteil dieses ländlichen Rahmens ist.

»Meine Hübschen, heute werdet ihr die Königinnen des Abendessens sein«, raunt er ihnen zärtlich zu.

Und siehe da, als der Grobian mit dem ungepflegten Schnurrbart sanft über sein Möhrengrün streicht, glänzen seine Augen vor Rührung! Doch dieser Augenblick währt nur kurz, denn ein unbändiges Schreien und Juchzen erfüllt urplötzlich den Garten. Robert fährt erschreckt herum und sieht ein riesiges Ungetüm in den Gemüsegarten einbrechen, an dem sich zwei kleine rothaarige Indianer festkrallen.

3

COCAS UND ANDERES UNGEMACH

»Calimero! Bei Fuß! Hierher!«

Robert mag seinen riesigen Bernhardiner noch so sehr anherrschen, das Ungeheuer hört nicht und setzt seine wilde Jagd durch den Gemüsegarten fort. Die Zucchini zucken unter seinen Tritten zusammen und schreien so laut auf, dass Robert sich die Ohren zuhalten muss, um ihren dumpfen Schmerz nicht hören zu müssen. Dann sind die Paprika an der Reihe. Einige fliegen buchstäblich davon, bevor sie in einer wirbelnden Wolke aus Staub und Hundehaaren am Boden zermalmt werden.

»CALIMERO!«

Der Hund fährt lebhaft herum und entdeckt sein Herrchen, das behände wie ein Elefant im Hürdensprint über die Tomaten hechtet! Bevor er ihn erreicht hat, vollzieht Croquette jedoch eine Kehrtwendung – unter Einsatz des Markknochens an der eigens präparierten Angelrute, mit der sie vor der Schnauze des Bernhardiners herumwedelt.

»*Nom de Dieu!* Wie könnt ihr es wagen! Was wird jetzt aus meinem Eintopf?«, brüllt Robert, der die beiden nun fast eingeholt hat.

»Los, Calimero! Schnapp dir den Knochen!«, feuert Croquette den Hund an.

Und das Tier gehorcht einfältig, ohne sich um sein Herrchen zu scheren, das über einen Stein stolpert und in ein Beet mit Blattsalat stürzt.

»Meine armen Schätzchen!«, murmelt Robert und rappelt sich wieder auf. »Calimero!«

Der Hund setzt seine mörderische Jagd fort. Er hat nur Augen für den Knochen, der vor seinem Riechorgan hin und her baumelt. Die beiden Strolche auf seinem Rücken krallen sich in seine Flanken und kreischen, was das Zeug hält.

»Ho! Ho! Ho!«, heult Davy wild und schlägt sich mit der flachen Hand immer wieder auf den Mund.

»Hu! Huuuu! Hu lala!«, vervollständigt Croquette das Ganze und reckt den saftigen Knochen in die Höhe.

Voller Enttäuschung, den begehrten Leckerbissen nicht fassen zu können, lässt Calimero ein tiefes Bellen hören – und die beiden Gören prusten los.

»Lasst ihn in Ruhe!«, poltert Robert, der ihnen dicht auf den Fersen ist.

Die Zwillinge nehmen ihn kaum wahr, einen solchen Radau machen sie. Und der Hund stimmt in das Gejohle ein, während er schnaubend versucht, sie abzuschütteln. In der Hoffnung, einen der Strolche loszuwerden, bewegt er sich in Richtung der Heckengewächse, aber die Halunken halten sich obenauf.

Glücklicherweise vollzieht Calimero jetzt einen Schwenk aus dem Gemüsegarten hinaus, wobei er die Beete mit den Möhren, Kürbissen und Kartoffeln nur knapp verfehlt. Robert ist völlig außer Atem. Sein leichtes Übergewicht tut ein Übriges, außerdem – das sei eingestanden – verfügt er über keine guten körperlichen Voraussetzungen oder eine sonstige Eignung zum Sportler. In der Schule zählte er eher zu den »Pummeligen« und tat sich nur in Geschicklichkeits- oder Konzentrationsdisziplinen hervor. Ging es hingegen um Schnelligkeit, fand er stets eine Entschuldigung, um nicht mitmachen zu müssen.

»Ach, Robbie, wärst du mal lieber etwas zurückhaltender

bei den *werschtle* gewesen!«, tadelt er sich selbst und stolpert schnaubend über den Kiesweg, der zum Eingang in die *auberge* führt.

Auch dort hat Calimero ordentlich Staub aufgewirbelt. Der Hund durchpflügt die weißen Steine, die Elsa im letzten Jahr hat aufschütten lassen. Soll er doch! Robert kann sie ohnehin nicht leiden. Seinen schönen Rasen gegen Kieselsteine vom anderen Ende Frankreichs auszutauschen, das hatte ihn regelrecht erbost! Für Schadenfreude bleibt ihm jetzt aber keine Zeit, denn er darf auf keinen Fall langsamer werden. Am Ende des Weges, genau neben den Küchenräumen der *auberge*, befindet sich nämlich der Hühnerstall. Der bloße Gedanke an Calimero inmitten seiner Hühner bringt Robert außer sich.

Völlig außer Atem setzt er zum Schlusssprint an. Der Schweiß fließt in Strömen. Er muss seinen Höllenhund erwischen und die beiden Strolche bestrafen, deren Gekreische die Hühner bereits so aufgescheucht hat, dass sie hysterisch herumschnattern. Nur noch ein paar Meter, bis Robert das Ziel erreicht hat. Der beruhigende Geruch nach Stroh und Hühnerkot steigt ihm bereits in die Nase. Eine letzte Anstrengung, gleich wird er es geschafft haben! Ohne nachzudenken und ohne die Gestalt zu bemerken, die den Hund unmittelbar vor dem Eingang zum Hühnerstall beiseiteziseht, wirft sich Robert nach vorn, um seiner habhaft zu werden. Und platsch! Da liegt er auch schon am Boden, alle viere von sich gestreckt, und wird sogleich von Calimero traktiert, der ihm unter den angeekelten Blicken der Zwillinge überschwänglich über die Wangen leckt.

»Bähh! Sabber-schlabber-Attacke!«, frotzelt David.

»Oh, Onkel *Kopftomi!* Du hast so viele Haare, bestimmt denkt er, du bist auch ein Hund!«, übertrumpft ihn Charlotte in ebenso niedlicher wie unverblümter Direktheit.

Robert schiebt den mächtigen Kopf des Bernhardiners entschieden von sich fort, aber bevor er sich aufrappeln kann, um den Kindern die Ohren langzuziehen, stecken die beiden Halunken bereits im festen Griff ihrer Aufsichtsperson, die ihnen ordentlich den Staub abklopft und dabei auch ein paar freundliche Klapse versetzt.

»So, und jetzt seid ihr bitte so freundlich und geht zurück in den Gemüsegarten, um das Chaos zu beseitigen, das ihr dort angerichtet habt!«, schimpft Fatima.

Noch zu sehr außer Atem, um die Kinderfrau zu rügen, mustert Robert die kleine zierliche Frau mit ihren markanten Wangen. Die langen schwarzen Haare fallen ihr locker über die Schultern, auch sie ist schweißgebadet. Trotz ihrer mädchenhaften Statur hat sie es noch vor ihm geschafft, Calimero festzuhalten.

»Fatiiiimaaa! Wir wollten doch nur spielen!«, jault Charlotte.

David hingegen hält den Blick beschämt auf seine Turnschuhe gesenkt und überlässt seiner Schwester den Versuch, die Wogen zu glätten. Es ist offensichtlich, dass diese wilde Jagd durch den Gemüsegarten mal wieder auf Charlottes Mist gewachsen ist.

»Ich will nichts hören«, wiegelt Fatima ab. »Und du brauchst auch gar nicht so unschuldig dreinzuschauen, Charlotte! Damit wickelst du mich nicht um den Finger. Holt einen Eimer und dann ab in den Gemüsegarten. Sammelt alles Gemüse auf, das heruntergefallen ist, und bringt es in die Küche.«

»Aber ...«

»Kein ›aber‹! Glaubt ihr wirklich, diesem armen Hund hätte es Spaß gemacht, dass ihr ihn so traktiert? Und euer Onkel? Ihr wisst doch, wie viel Zeit er in seinem Gemüsegarten verbringt! Das Mindeste, was fällig ist, ist eine Entschuldigung!«

Die beiden kleinen Ungeheuer blicken zu Boden. Beinahe niedlich sehen sie aus, diese Zwillinge, wenn sie ein schlechtes Gewissen haben!, denkt Robert mit dem Anflug eines Lächelns. Croquette und Davy mögen zwar schwer zu bändigen sein, aber das ändert nichts daran, dass sie überaus liebenswert und feinfühlig sind. Und so verwundert es nicht, dass ihr Onkel jetzt seine Arme ausbreitet und die beiden sich dort einkuscheln.

»'tschuldigung, Onkel *Kopftomi*«, druckst Charlotte zaghaft.

»Wir wissen ja, dass du dein Gemüse noch lieber hast als uns ...«, ergänzt David kleinlaut.

Das empfindsame Herz von Robert krampft sich angesichts dieses Vergleichs zusammen. Er liebt seinen Neffen heiß und innig, und gerade das hindert ihn daran, die richtigen Worte und Gesten zu finden, um ihm seine Zuneigung zu zeigen. David wiederum sieht seinen Onkel jeden Morgen in aller Frühe aufstehen, um seine Beete zu gießen. Es kommt sogar vor, dass er ihm dabei Gesellschaft leistet, vor allem, wenn frisch ausgesät wurde. Er weiß, was jedes einzelne Pflänzchen für seinen Onkel bedeutet. Womöglich ist er sogar ein wenig eifersüchtig auf die Tomaten und Zucchini, denen sein Onkel so zärtlich Gute Nacht sagt, bevor er schlafen geht.

»Ich liebe euch doch genauso, nur anders, ihr kleinen schlauen Füchsle«, versucht Robert ihnen zu erklären und muss an Elsas Worte denken. »Wisst ihr, für einen alten Sturkopf wie mich ist es einfacher, mit meinem Gemüse klarzukommen als mit euch zwei kleinen Wirbelwinden!«

»Warum denn?«, wollen die Kinder wissen.

»Weil es sich nicht bewegt und nicht zehntausend Fragen stellt!«, antwortet er und zwinkert ihnen zu. »Ich mag die Ruhe, und manchmal muss ich unbedingt allein sein. Aber das bedeutet keinesfalls, dass ihr mir weniger lieb und teuer seid als die Bewohner meines Gemüsegartens.«

»Du bist uns also nicht böse?«

Robert lässt seinen Blick über die Verwüstungen schweifen, um deren Ausmaß abzuschätzen. Natürlich meldet sich beim Anblick seiner zermalmten Tomaten schon wieder die Wut, aber er reißt sich zusammen. So liefert er Elsa zumindest keinen Grund, ihm Vorwürfe machen.

»Calimero hat ja keine allzu großen Qualen erdulden müssen, und außerdem hat er die ganz frischen Beete verschont. Hört also auf Fatima und hebt alles auf, was heruntergefallen ist ...«

»Auch die zerquetschten Zucchini?«, fragt Charlotte.

Roberts rechte Schnurrbarthälfte wird von einem leichten Zucken heimgesucht.

»Auch die zerquetschten«, wiederholt er. »Alles Gemüse verdient es, in der Küche zubereitet zu werden – auch wenn es verletzt ist.«

»Und was ist mit den zermatschten Auberginen?«, bohrt sie weiter.

Erneut zuckt es in Roberts Schnurrbart, diesmal auf der linken Seite. Er durchschaut sehr wohl, dass das kleine Mädchen ihn mit seiner scheinbar in aller Unschuld gestellten Frage necken will. Es ist ihr größter Stolz, ihn um seine Fassung zu bringen. Aber erst heute Morgen hat Elsa ihm wieder einmal nahegelegt, etwas gesprächiger zu sein, und mit einer gewissen Wehmut erinnert er sich jetzt daran, dass er selbst einmal ein ebenso lebhaftes Kind war wie die beiden Rotschöpfe hier.

»Die Opfer landen allesamt im Ratatouillegemüse, ob ihr wollt oder nicht!«, scherzt er und drückt beiden ein Küsschen auf die Wange.

»Oh nein! Kein Ratatouille!«, jammert Charlotte.

»Strafe muss sein!« Mit dieser leichten Rüge beschließt er den Wortwechsel und steht auf.

Die beiden Halunken folgen seinem Beispiel, schnappen

sich die vor dem Hühnerstall stehenden Eimer und ziehen von dannen.

»Ich hab dir doch gleich gesagt, dass es keine gute Idee ist«, flüstert David und verpasst Charlotte einen Stoß mit seinem Ellbogen.

»Calimero hätte bloß außen um diese blöden Gemüsepflanzen herumlaufen müssen! Wenigstens hat er nicht die Erdbeeren zertrampelt ...«

»Oder die Himbeeren!«

»Dann hätte es Linzer Torte gegeben! Mmh, lecker! Beim nächsten Mal ...«

»... von wegen beim nächsten Mal«, ruft Fatima ihnen hinterher. »Los, macht eure Fehler wieder gut und dann ab in die Küche. Wir brauchen euch, um das ganze Gemüse zuzubereiten!«

»Ja, Fati«, antworten die beiden betreten im Chor.

Sie winkt ihnen zu und schenkt ihnen ein Lächeln. Als sie sich wieder umdreht, ist Robert verschwunden; nur seine Stimme ist zu hören. Sie klingt so sanft, dass Fatima neugierig innehält und einen langen Augenblick lauscht. Robert scheint sie nicht bemerkt zu haben, denn er redet ohne Unterbrechung weiter.

Er hockt vor dem Außengehege der Hühner, das nur von einem einfachen Holzgatter eingefasst ist und dem Geflügel reichlich Auslauf bietet. Beruhigend spricht er auf die Hühner ein.

»Alles ist gut, meine Hübschen. Der Sturm ist vorüber. Außerdem wisst ihr ja, dass Calimero euch nie etwas zuleide tun würde. Er ist ein bisschen wild, aber ein gutmütiger Kerl.«

Der Hund kommt näher und legt seine riesige Schnauze auf das Gatter. Robert tätschelt ihm liebevoll den Kopf, bevor er ihm ein Küsschen gibt.

»Es stimmt, dass er tollpatschig ist und eindeutig auch zu

dick. Und wenn ich sehe, wie er manchmal die Gäste verschreckt, dann kann ich mir schon denken, was für eine Höllenangst ihr gehabt haben müsst, als er so auf euch zugejagt kam.«

Calimero schüttelt sich beleidigt bei den Worten seines Herrchens.

»Kein Grund zu schmollen! Ich habe dir schon oft gesagt, dass du nicht alles mit dir machen lassen sollst! Diese kleinen Halunken verstehen es ganz wunderbar, dich um den Finger zu wickeln ... Jetzt weiß ich nicht, was ich zu Mittag kochen soll ohne Markknochen. Ich wette meinen Schnurrbart darauf, dass die beiden Gören in der Küche alles stehen und liegen gelassen haben und das übrige Fleisch jetzt auch direkt in den Müll wandern kann.«

»Da liegen Sie wohl richtig«, bestätigt Fatima, die ihn die ganze Zeit von der Tür aus beobachtet hat.

Robert springt so plötzlich auf, dass eines der Hühner ihm vor Schreck direkt in die Arme flattert.

»Wie können Sie uns so erschrecken? Sehen Sie nur, in welchem Zustand sich Géraldine befindet!«

»Ihre Géraldine wird schon darüber hinwegkommen. Sie hat ja einen freundlichen Beschützer, der sie mit seinen Streicheleinheiten beschwichtigt«, stellt sie lächelnd fest.

Robert wird rot. Nur selten ist er einem Menschen mit so positiver Ausstrahlung begegnet.

»Die Kinder sind jetzt ungefähr eine halbe Stunde lang beschäftigt. Genauso lange, wie es für die Zubereitung des Teigs braucht«, sagt sie geheimnisvoll, bevor sie sich umwendet.

»An Ihrer Stelle wäre ich da nicht so sicher. Diese Schlingel haben es faustdick hinter den Ohren. Glauben Sie mir, sobald die beiden nicht mehr unter Ihrem wachsamen Blick stehen, hecken sie einen neuen Streich aus«, gibt er zu bedenken, während er Géraldine immer noch streichelt.

»Kinder brauchen das Gefühl, dass man ihnen Verantwortung überträgt und ihnen vertraut. Gemüse einsammeln ist ein lustiges Spiel, bei dem sie noch dazu mit dem ganzen Ausmaß ihrer Dummheit konfrontiert werden.«

Robert beißt sich nervös auf die Lippen. Er verabscheut es, Gemüse zu kochen, das gelitten hat. Die Aussicht, die von seiner Nichte und seinem Neffen verursachten Schäden ausbügeln zu müssen, begeistert ihn keineswegs, und die Vorstellung, dass die beiden gerade allein durch den Gemüsegarten stolpern, trägt auch nicht zu seiner Beruhigung bei.

»Nur keine Sorge, ich habe gesehen, dass es ihnen ernsthaft leidtut, und für heute ist es genug. Die beiden werden keine weiteren Zucchini malträtieren, versprochen!«

»Ach, dann können Sie also in ihre Köpfe hineinschauen und ihre nächsten Scherze vorhersehen?«

»Ich bin die Älteste in einer sehr kinderreichen Familie. Ich habe auf meine Geschwister aufgepasst wie eine Mutter. Vertrauen Sie mir, ich kenne mich mit Kindern aus.«

»So gut, dass sie darauf verfallen, auf einen armen Hund zu klettern und meinen Garten zu massakrieren!«

»Oje, was sind Sie nur für ein Dickschädel! Es sind Kinder!«, empört sich Fatima mit freundlichem Lächeln.

Robert wagt es nicht, ihr zu widersprechen. Fatima gehört zu den Frauen, die ihn durch ihre Fröhlichkeit und Entschlossenheit ziemlich einschüchtern. Seine Mutter war ähnlich. Voller Optimismus und Freude ging sie ihrer Arbeit nach und ließ bei der Führung des Bauernhofs gleichermaßen Sanftmut und Strenge walten. Ja, Mireille Walch war eine beeindruckende Frau gewesen.

»Aber ich muss mich trotz allem bei Ihnen entschuldigen«, fährt Fatima fort. »Ihr Ruhm eilt Ihnen voraus. Es heißt, dass Sie der Einzige sind, der hier in der Gegend den ganzen Sommer über so schöne und leckere Tomaten erntet. Mein Großvater sagte immer, dass ein echter Gärtner einen Teil seines Herzens mit aussät, und mir ist durchaus bewusst, wie sehr Charlottes und Davids Streich Ihnen zugesetzt hat.«

Robert nickt ganz ruhig. Er kann einer so freundlichen und herzlichen Frau nicht böse sein. Er schätzt Offenheit und mag Menschen, die respektvoll mit anderen umgehen. Und diese beiden Eigenschaften hat Fatima gerade unter Beweis gestellt.

»Sie scheinen eine gute Kinderfrau zu sein. Allerdings verstehe ich nicht, wie die beiden sich hierher verirrt haben. Sie sind jetzt schon zehn Tage bei uns, und die Zwillinge haben die ganze Zeit über keinen Ärger gemacht. Was war denn heute Morgen los?«

»Sie haben sich aus dem Staub gemacht, während ich mich um meinen Jungen gekümmert habe. Ich hatte gesehen, dass er in der prallen Sonne ohne Hut unterwegs war. Also habe ich die Zwillinge gebeten, kurz zu warten, damit ich ihnen eine Kopfbedeckung für ihn mitgeben kann. Aber sie haben eben nicht gewartet.«

Bei der Erwähnung Hassans gerät Roberts Schnurrbart ins Hüpfen. Mit der liebevollen Unterstützung seiner Mutter hat der Junge nun womöglich auch die zwölfte Heldentat des Herkules vollbracht. Dann wird Robert wohl gezwungen sein, Wort zu halten.

»Diese Gurke hätte sich ja selbst vorsehen können. Wenn man arbeitet, kann nicht immer die Mama danebenstehen und darauf achten, dass alles schön bequem ist«, poltert Robert.

»Die Gurke heißt Hassan. Und ja, Sie haben recht, ich bemuttere ihn zu sehr. Genau deshalb soll er sich diesen Sommer hier nützlich machen. Er muss lernen, selbstständig zu werden. So, und wenn Sie vermeiden wollen, dass noch etwas schiefgeht, dann begleiten Sie mich jetzt in die Küche, weil die Kinder sicher gleich dort auftauchen.«

Der Gedanke, eine andere Person als er selbst könne sich am Herd zu schaffen machen, jagt Robert einen solchen Schrecken ein, dass er Géraldine absetzt und hinter Fatima hereilt, die bereits zum Eingang der *auberge* unterwegs ist.

Von Weitem kann er Elsa sehen, die den Gästen beim Ausladen ihrer Koffer behilflich ist. Hassan hat eine riesige Schubkarre mit Unkraut auf dem Weg stehen lassen und geht ihr zur Hand. Robert ist verblüfft. Der Junge hat regelrecht geschuftet, alle Achtung! Dieser Gedanke beschäftigt ihn so sehr, dass er beinahe vergisst, warum er Fatima so entschlossen auf den Fersen ist.

»Sie haben zehn Reservierungen für heute Mittag, und das Tagesgericht wartet auch noch in der Küche ...«

»Alles nur wegen der Zwillinge«, entfährt es Robert.

»Wer hat denn die ganze Zeit mit den Hühnern geschäkert?«, erwidert sie, während sie die Stufen des Haupteingangs hinaufsteigt.

Robert schäumt innerlich vor Wut. Ein rascher Blick von Elsa im Flur reicht jedoch aus, um ihm klarzumachen, dass er vor den Gästen Ruhe zu bewahren hat. Er geht nur sehr selten hier entlang. Gewöhnlich benutzt er die Türen, die direkt zum Garten hinausführen. Fatima hat ihn zu diesem unseligen Umweg verleitet.

»Es gibt einen direkten Durchgang vom Gemüsegarten zu den Küchenräumen. Wegen Ihnen haben wir kostbare Zeit verloren«, grollt er und stößt die Tür auf.

»Wir werden jetzt nicht wegen ein paar Sekunden herumzanken.«

»Oh doch!«, ruft er aus, als er sieht, dass die restlichen Markknochen auf der Arbeitsplatte herumliegen und von Fliegen übersät sind. »Es ist schon fast elf Uhr. Ich hätte mein Fleisch längst aufsetzen sollen, und ... und ...«

Von Panik ergriffen, bringt er keine zwei zusammenhängenden Worte mehr heraus. Resigniert sammelt er das Fleisch ein und wirft es in die Mülltonne, bevor er die Arbeitsfläche gründlich scheuert.

»Ich habe keine Ahnung, was ich jetzt zu diesem verflixten Ratatouille servieren soll«, schimpft er.

In diesem Augenblick lugen die beiden Kindergesichter vorsichtig um die Ecke der offenstehenden Außentür. Stolz schleppen sie zwei Eimer voll mit Auberginen, Zucchini und Tomaten in die Küche – alle mehr oder weniger lädiert. Fatima hat natürlich recht: Ihre strahlenden Gesichter zeugen von dem Vergnügen, das sie während ihrer kurzweiligen Ernte hatten.

Sorgsam darauf bedacht, diese leichte Beruhigung nicht aufs Spiel zu setzen, legt Fatima einen Finger auf ihre Lippen, um ihnen zu bedeuten, leise zu sein.

»Stellt alles auf den Tisch, Kinder. Ihr wascht jetzt das Gemüse, und danach kümmert sich euer Onkel mit mir um die Zubereitung.«

»Ach, sind Sie vielleicht in der Lage, ein Stück Fleisch herbeizuzaubern? Man kann ein Ratatouille doch nicht als Hauptgericht servieren! Und bevor Sie fragen – nein, eine Tiefkühltruhe gibt es hier nicht, weil ich jeden Tag frisch beliefert werde.«

»Man braucht kein Fleisch, um ganz köstliche *cocas* zuzubereiten«, antwortet Fatima mit unerschütterlichem Lächeln.

»Coca?«, staunt Charlotte lachend. »Mmh, lecker! Coca-Cola schmeckt viel besser als Ratatouille!«

»Nein, ich meine *cocas*. Das sind algerische Teigtaschen. Man füllt sie mit einer Art Ratatouille und serviert sie zu Salat. Wenn euer Onkel einverstanden ist, könntet ihr Hassan bitten, drei dicke Salatköpfe zu ernten.«

Robert nickt zustimmend. Ein Salat muss einfach nur unten abgeschnitten werden. Das kann jeder noch so Ungeübte.

Außerdem: Hat der Bursche nicht behauptet, dass er in der Stadt selbst mal ein kleines Gärtchen hatte?

»Er soll die Köpfe aus der Mitte des Salatbeetes nehmen«, erklärt Robert. »Die dicken Köpfe neben den Zucchinis sollen stehen bleiben. Sie spenden ihnen Schatten, und bei dem prallen Sonnenschein, den wir im Augenblick haben, tut ihnen diese Nähe gut ... Lauft schon, und erinnert Hassan daran, dass er eine Pause machen soll, bevor er sich den Hühnerstall vornimmt. Ich will keinen Ärger mit seiner Mama bekommen.«

Fatima verkneift sich ein Lachen, öffnet die Tür, und die Zwillinge stürmen auf der Stelle davon.

»Gut, an die Arbeit!«, ruft sie dann frohgemut und begibt sich zur Arbeitsfläche hinüber.

»Moment mal, die Küche gehört mir. Das hier ist mein Reich, Sie sind für die Kinder zuständig ...«

»Kennen Sie denn das Rezept für den *coca*-Teig?«

»Nein«, antwortet Robert irritiert.

»Haben Sie vielleicht einen anderen Vorschlag für das Menü?«

»Schon gut, schon gut! Sie übernehmen den Teig, und ich kümmere mich um das Gemüse ...«

»Ganz wie Sie mögen. Dann rasch an die Arbeit!« Lachend bindet sie sich eine Schürze um.

Verblüfft über Fatimas Begeisterung, überlässt sich Robert ihrer Führung. Normalerweise schafft er es, die Leute so vor den Kopf zu stoßen, dass sie sich am Ende weigern, mit ihm zu arbeiten. Fatima jedoch scheint seine mürrische Art nichts anhaben zu können. Im Gegenteil, sie nimmt alles hin, ohne ihm Vorwürfe zu machen.

Sie braucht nur ein paar Minuten, um sich in der Küche zurechtzufinden. Man könnte glauben, dass sie schon immer hier gearbeitet hat. Ernsthaft, aber mit einem Lächeln auf den

Lippen knetet sie den Teig, während Robert sorgfältig Tomaten, Zwiebeln und Paprika klein schneidet. Das Gemüse bleibt einzig und allein ihm vorbehalten, das hat Fatima sehr genau verstanden.

Gemeinsam sind sie in der heißen Küche am Werk, ohne ein Wort zu wechseln. Hin und wieder lässt sich Fatimas Stimme vernehmen, wenn sie ein altes algerisches Lied vor sich hin summt. Ein Hauch von Orient weht durch die Küche und kitzelt Robert in der Nase. Nicht nur der Duft lässt ihn in die Ferne schweifen, auch der Anblick ist wunderbar neu. Die Ränder der Teigtaschen werden mit einer Gabel zusammengedrückt, sodass die Kanten mit hübschen Zacken verziert sind und das in Olivenöl geröstete Gemüse fest darin verschlossen bleibt. Kaum im Ofen, verströmt das erste Blech einen milden und süßen Geruch im Raum.

»Meine Großmutter hat dieses Gericht regelmäßig für uns zubereitet. Es war der einzige Weg, um uns zum Gemüseessen zu bewegen!«, erinnert sich Fatima, die das Blech schon wieder herauszieht. »Wenn es in einem so hübschen Mäntelchen steckt, hat man sofort Lust hineinzubeißen, um das darin verborgene Geheimnis zu entdecken.«

Robert nickt zustimmend. Er braucht die wunderbaren Teigtaschen nur anzusehen, schon läuft ihm das Wasser im Mund zusammen. Er, der so sehr an heimische Gerichte gewöhnt ist, fühlt sich auf einmal unwiderstehlich von dem Geschmack des Neuen angezogen.

»Nehmen Sie eine! Ich sehe doch, dass Sie es kaum erwarten können.«

»Ist das so offensichtlich?«

»Ihr Schnurrbart bebt vor Ungeduld!«

Von Neugier gepackt, greift Robert nach dem Zipfel einer Teigtasche und riecht ausgiebig daran. Der Wohlgeruch von Olivenöl und Eigelb steigt auf. Das Gemüse hingegen fehlt in diesem Geruchserlebnis beinahe vollständig. Wer den Herstellungsprozess der *cocas* nicht mitangesehen hat, errät nicht, welch köstlicher Schatz im Innern ihrer Hülle schlummert. Dieser Gedanke steigert Roberts Vorfreude noch mehr, und so beißt er mit allergrößtem Vergnügen die knusprige Spitze ab.

Augenblicklich begibt er sich innerlich auf eine Reise in das Unbekannte, das die goldene Kruste so gut verschlossen hielt. Unter dieser Hülle überwältigt ihn ein heiteres und lebhaftes Geschmackserlebnis. Es vermischt sich in seiner Wahrnehmung mit dem fröhlichen Gekreische der Zwillinge und der zarten Melodie, die Fatima vor sich hin summt. Eine vollkommene Verbindung zweier Welten: Fatimas Kindheitserinnerungen verflechten sich mit der fruchtbaren Erde, die vom elsässischen Regen genährt wird. Mit diesem Bissen erschließt sich Robert die Bedeutung des Wortes »Reise« noch einmal ganz neu.

4

MIT DEN HÜHNERN ZU BETT GEHEN

Die Sonne steht schon tief am Horizont. Der Tag ist wie im Flug vergangen.

Nachdem die von seiner Nichte und seinem Neffen verursachten Schäden behoben waren, hat Robert die Zubereitung von ungefähr fünfzig Rösti in Angriff genommen, die bei ihm aus einer Mischung von Kartoffeln und Zucchini bestehen. Niemand sonst hier in der Gegend wagt es, das traditionelle Rezept zu verändern. Robert ist der Einzige, der Zucchini dazugibt, denn nur ihm haben die Zucchini ihren geheimen Wunsch anvertraut. Eines Abends hatten sie ihm zugeraunt, dass sie sich mit den Kartoffeln vermählen wollten. Seither kommt Robert ihrem Wunsch nach, indem er sie in seinen köstlichen Reibekuchen vereint.

Dieses Gericht nimmt ihn stets über Stunden hinweg in Anspruch, und so hat Robert die Küche den ganzen Tag über nicht verlassen. Hassan hat nach seiner Arbeit nicht bei ihm vorbeigeschaut, woraus er schließt, dass der Junge wohl doch aufgegeben hat. Er kann also wieder allein und ungestört arbeiten, seinen Gedanken freien Lauf lassen und seine beruhigenden Rituale pflegen.

Die Zucchini werden wie üblich sorgfältig gewaschen, dann geschält und schließlich schweigend, ja beinahe andächtig gehobelt. Das Hobeln verlangt eine große Behutsamkeit. Ein wenig ist es, wie wenn Elsa geduldig Charlottes zerzauste Haarpracht entwirrt. Die Zucchini gleiten langsam über die

Klinge des Hobels und tanzen dann als anmutige Spiralen durch Roberts Finger. Das dauert seine Zeit, denn er arbeitet bedächtig und höchst achtsam.

Robert beugt sich über den Topf, in dem die Pilze köcheln, und atmet bewusst den leicht erdigen Geruch ein, der von ihnen aufsteigt. Heute Abend gibt es ein leichtes Abendessen aus der regionalen Küche. Das ist genau das Richtige nach der Gluthitze des heutigen Tages. Obwohl er die Gesellschaft der Gäste in der *auberge* nicht sonderlich schätzt, liebt er es, ihnen schmackhafte Mahlzeiten zuzubereiten. Das Werkeln in der Küche beruhigt ihn, es erlaubt ihm, Zwiesprache mit den Geschenken zu halten, die ihm sein Garten macht. Da Elsa sein Faible für das Kochen kannte, hatte sie vorgeschlagen, eine *auberge* aus dem Bauernhof zu machen. So konnte er seine kulinarischen Fähigkeiten entfalten, vor allem aber konnte das Elternhaus erhalten werden. Das Kochen und die Familie – Elsa hatte die beiden entscheidenden Argumente ins Feld geführt, um den Bruder davon zu überzeugen, ihren Plan mitzutragen.

Im Grunde weiß Robert sehr wohl zu schätzen, dass Elsa das alte Gehöft umstrukturiert hat. Mit großem Einsatz und viel Herzblut ist sie ans Werk gegangen und hat die Scheune ausgebaut, in der sie während ihrer Kindheit Verstecken gespielt haben. Es ist ihr gelungen, das Familienerbe zu retten, dem Gemäuer ihrer Kindheit neues Leben einzuhauchen und die Risse zu kitten, die sich über die Zeit in die Fassade des Hauses gefressen hatten.

»Robbie, bist du startklar?«, fragt Elsa bei einem Abstecher in die Küche.

Ohne den Blick von seinen Töpfen zu heben, bedeutet Robert ihr, die Teller zu holen.

»Die Rösti sind gar, und die Champignons sind auch fertig ...«

»Perfekt! Das hast du toll geschafft!«, staunt sie und labt sich an dem köstlichen Duft, der den Raum erfüllt.

Im Handumdrehen hat sich Elsa die Teller geschnappt, richtet sie an und bringt sie zügig auf zwei riesigen Tabletts unter. Innerhalb weniger Minuten trägt der rote Wirbelwind die Bestellungen des Abends an Ort und Stelle. Ihre Schnelligkeit steht in verblüffendem Kontrast zur scheinbaren Trägheit ihres Bruders. Die beiden ergänzen sich aufs Schönste.

Den ganzen Abend über taucht Elsa in regelmäßigen Abständen mit Geschirr beladen in der Küche auf. Dort wandert alles in die Spülmaschine, und jedes Mal empfindet Robert eine große Befriedigung beim Anblick der blanken Teller. Sogar die Soße wurde mit einer Brotkrume aufgesaugt. Wieder einmal war das Abendessen ein voller Erfolg. Ein Erfolg, den Robert ganz für sich allein genießt.

Anfangs hatte Elsa viel Zeit darauf verwendet, ihm von den Reaktionen der Gäste zu berichten, die über die Köstlichkeiten auf den Tellern ins Schwärmen gerieten. Aber schon bald hatte Robert genug davon. Elsas unerschöpflicher Redefluss ermüdete ihn. Zudem hatte er das Gefühl, dass sie ihn um kostbare Augenblicke der Stille brachte, die er für sein inneres Gleichgewicht brauchte. Mit fortschreitender Stunde genießt Robert die wohlige Wärme in der Küche, wenn Herd und Ofen bereits aus sind, der Duft des gerösteten Gemüses aber noch in der Luft hängt. Es ist eine Art letzter Austausch mit der Essenz seines Gemüsegartens, die ihn hier noch einmal umschmeichelt.

Heute Abend dringt jedoch unvermittelt ein fremder Geruch in die Küche. Robert stellt einen schmutzigen Teller beiseite und erblickt Fatima mit einer Teekanne in der Hand.

»Ich habe noch Licht gesehen, da dachte ich, dass Sie vielleicht auch gern eine Tasse Tee trinken möchten.«

Der aufsteigende Duft ist ausgesprochen angenehm, und Robert muss zugeben, dass Fatimas kleine Aufmerksamkeit ihm nach dem langen Arbeitstag willkommen ist.

»Mit Minze, nehme ich an?«

»Natürlich aus Ihrem Garten«, sagt sie und zwinkert ihm zu.

Mit wohlwollendem Nicken billigt er die Anwesenheit der Kinderfrau und setzt seine Arbeit fort, während sie ihm eine Tasse dampfenden Tees einschenkt. Die mentholischen Aromen erfüllen den Raum und wirken auch auf Robert entspannend. Er meint zu spüren, dass Fatima die Minze mit etwas Heimweh gepflückt und dabei sicher an den einst in ihrer Familie zubereiteten Tee gedacht hat.

Zunächst herrscht Stille. Robert redet nicht gern, und Fatima versucht nicht, eine Konversation in Gang zu bringen. Sie begnügt sich damit, Robert aus den Augenwinkeln zu beobachten, der sich auf einen Stuhl gesetzt hat, um an seiner Tasse zu nippen.

Seit ihrer Ankunft in der *auberge* hat sich Fatima noch nie länger als ein paar Minuten in Roberts Nähe aufgehalten. Meist zieht er sich in seine Küche zurück oder beugt sich über seine Tomaten, ansonsten ist er nur selten zu sehen. So hat der Streich, den die Zwillinge dem Hund und dem Garten heute gespielt haben, doch auch sein Gutes. Endlich hat sie den Bruder der Frau, die sie eingestellt hat, ein wenig näher kennengelernt.

Nachdem sie den ganzen Vormittag über die *coca*-Teigtaschen Seite an Seite mit ihm zubereitet hat, hat sich Fatima rasch für diesen etwas fülligen elsässischen Bären erwärmt. Als sie ihm dabei zusah, wie er sich um sein »verletztes« Gemüse kümmerte, hat sie die besondere und rührende Sanftmut eines Einzelgängers erkannt. Hinter der mürrischen Miene verbirgt sich ein zärtliches und liebevolles Wesen. Vielleicht nicht den Menschen gegenüber, aber auf jeden Fall gegenüber dem Gemüse und den Tieren.

Fatima ist selbst auf dem Land groß geworden. Wehmut beschleicht sie, wenn sie jetzt an ihren Großvater und seine Liebe zu den Ziegen und der frischen Milch denkt. Dieser Mann mit dem nüchternen Auftreten verbrachte die meiste Zeit damit, mit seinen Tieren zu reden, sie zutraulich zu machen, um ihnen ein paar Tropfen des kostbaren weißen Goldes abzugewinnen. Er war geduldig, aufmerksam und in hohem Maße traumverloren. Fatima hatte sehr an ihm gehangen, und Hassan ebenfalls. Als sie heute sah, wie Robert sich mit ähnlicher Hingabe um seine Zucchini kümmerte, fiel ihr überrascht auf, dass ihre Gedanken zu ihrem Großvater gewandert waren.

»Schmeckt Ihnen der Tee?«

»Er ist wunderbar«, antwortet er und nimmt den letzten Schluck. »Es ist sehr nett von Ihnen, dass Sie daran gedacht haben, mir eine Tasse zu bringen.«

Er steht auf, wäscht die Tasse ab und geht wortlos Richtung Tür.

»Elsa hat recht. Sie zählen nicht gerade zu den Gesprächigen.«

Robert dreht sich um und setzt sogleich eine abweisende Miene auf.

»Hat meine Schwester Sie geschickt? Wollte sie, dass Sie mich unterhalten?«

Leicht amüsiert über Roberts sichtliche Verärgerung schwingt sich Fatima unvermittelt auf die blitzsaubere Arbeitsfläche, macht es sich dort bequem und lässt die Beine baumeln.

»Nein, ich bin aus eigenem Antrieb gekommen. Ich fühle mich wohl hier. Und ich mag Menschen, die nicht sprechen, wenn sie nichts zu sagen haben.«

Robert hat es mal wieder die Sprache verschlagen, sein Blick bleibt auf Fatimas Füße gerichtet, die in der Luft baumeln. In einer professionellen Küche hätte sie sich mit einem solchen Verhalten den Zorn des Chefs zugezogen, nicht aber bei dem Experten für »Möhrologie«. Als Kind hat Robert sich gern genauso hingesetzt wie Fatima jetzt. Er genoss es, seine Pobacken ganz in die Nähe des noch warmen Ofens zu schieben. Die Art, wie Fatima jetzt dort Platz genommen hat, schafft eine neuerliche Verbindung zwischen ihr und dem Grantler. Für ihn zählen solche kleinen Details, denn sie zeigen ihm, dass diese Frau sich ihr kindliches Gemüt bewahrt hat.

»Na schön, wahrscheinlich möchten Sie über heute Vormittag sprechen. Sie haben mir aus der Patsche geholfen mit Ihren *cocas*, obwohl Sie nicht dazu verpflichtet waren. Danke.«

Damit glaubt Robert die angemessenen Worte gefunden zu haben, um die Unterhaltung zu beenden. Er legt die Hand auf den Knauf, um die Tür zum Garten zu öffnen.

»Sie schlängeln sich ja noch geschickter davon als ein Aal!«, scherzt Fatima belustigt.

»Der Aal wünscht Ihnen eine gute Nacht und bittet Sie höflich, die Küche zu verlassen.«

Fatima lässt sich heruntergleiten und folgt Robert zur Tür.

»Um ehrlich zu sein, ich wollte wissen, was Sie mit meinem Sohn vorhaben«, gesteht sie.

»Er hat sich den ganzen Tag nicht blicken lassen. Ich nehme an, er hat das Handtuch geworfen.«

»Das Handtuch werfen? Hassan? Sie können ihm vielleicht vorwerfen, dass er verträumt ist, aber ordentlich zupacken kann er. Er wird Sie nicht enttäuschen.«

»Verträumt ist er?«, fragt Robert nach.

»Ja. Hassan ist ein ziemlicher Einzelgänger mit viel Fantasie. Wenn Sie wüssten, welche Freude es ihm macht, hier zu arbeiten! Er wollte immer einen Gemüsegarten haben, deshalb war er gleich Feuer und Flamme, als ich die Annonce

Ihrer Schwester gefunden hatte, die eine Kinderfrau suchte. Er hat sich über den Hof schlaugemacht und war so glücklich, als Ihre Schwester gesagt hat, er könne gegen Kost und Logis im Garten und in der Küche aushelfen.«

»Die Idee stammt von Elsa, nicht von mir. Sie brauchen sich gar keine Mühe zu geben, mich von irgendetwas zu überzeugen. Mir sind schon so einige Eltern begegnet, die ihre Sprösslinge in den höchsten Tönen gelobt haben, um einen Ferienjob für sie zu ergattern, und es war immer die gleiche Leier: ›Mein Sohn kann echt zupacken, mein Sohn ist zuverlässig‹, und am Ende war den lieben langen Tag das Smartphone im Einsatz, oder es wurde immerzu Däumchen gedreht!«

»Das trifft ja wirklich hundertprozentig auf Hassan zu!«, ereifert sich Fatima mit ironischem Unterton.

Sie verschränkt die Arme vor der Brust und mustert Robert mit dem strengen Blick einer Lehrerin. Immerhin versteht er jetzt, warum die Zwillinge sofort eine Habachtstellung einnehmen, wenn sie in deren Reichweite auftaucht.

»Haben Sie ihn während der letzten zehn Tage auch nur ein Mal am Handy gesehen?«

Robert denkt nach. Er hat es ja stets so eingerichtet, dass Hassan nicht in seiner Nähe war. Wenn man so will, beschränkt sich sein Wissen über den jungen Mann darauf, dass dieser sich fähig zeigt, die ihm aufgetragenen Aufgaben zu erledigen und ihm ansonsten nicht in die Quere zu kommen.

»Nein, ich habe nicht gesehen, dass er sich wie die anderen verhält«, murmelt er widerwillig.

»Und das vielleicht deshalb, weil er nicht so ist wie die anderen. Hassan hängt nicht dauernd am Handy. Vielleicht, weil er nur wenige Freunde hat. Die Jungen im Gymnasium sind oft nicht gerade nett zu ihm. Wissen Sie, wenn man still ist und sich gern seinen Tagträumen überlässt, dann findet man dort nicht so leicht seinen Platz.«

Fatimas Offenheit berührt Robert. Das Bild, das sie von ihrem Sohn zeichnet, hätte vielleicht das Missfallen manches Arbeitgebers erregt. Aber für Robert ist eine gewisse Verträumtheit ein unverzichtbares Vermögen, wenn man sich zum Beispiel die Geheimnisse eines Gartens erschließen will.

»Sie sagten, dass er diese Stelle unbedingt haben wollte ... und warum?«

»Das sollten Sie ihn eigentlich selbst fragen. Geben Sie ihm eine Chance. Er ist ein ruhiger und aufmerksamer Junge. Er wird tun, was Sie ihm sagen, und er wird alle Ihre Anweisungen und Hinweise beherzigen.«

»Und weshalb sollte ich ihm vertrauen? Die meisten seiner Altersgenossen sind nicht einmal in der Lage, eine Tomate abzupflücken, ohne meine Bohnen niederzutrampeln, oder ...«

»Hassan wird nichts niedertrampeln. Weisen Sie ihn nicht zurück. Dieser Job ist eine Auszeit für ihn. Nach dem Sommer muss er in die Schule zurück, und dort wird er wieder der Außenseiter sein. Geben Sie ihm die Chance, sich zu entfalten und etwas zu tun, das er gern tut.«

Bei dem Gedanken, Hassan so links liegen gelassen zu haben, erfasst Robert tatsächlich ein Schuldgefühl. Hassan ist ein verträumter Junge, ein Einzelgänger, den man ausgrenzt, und vielleicht wird auch er irgendwann ein alter Griesgram und Grantler, wenn man ihn weiterhin verspottet und er sich deshalb immer mehr in sein Schneckenhaus zurückzieht.

Erinnerungen werden wach. Noch immer hat Robert die Schikanen der anderen im Ohr. Er kann ihre Schubser und Beleidigungen wieder spüren. Das gemeine Beinstellen, das ihm diese gespaltene Lippe eingebracht hat, die er unter seinem Schnurrbart versteckt, das Anspucken und das schadenfrohe Gelächter ... Alles ist wieder da. Wenn Hassan Ähnliches erlebt, dann darf Robert sich nicht verhalten wie diejenigen, die ihm so zusetzen.

»Sie sollten noch einmal zum Hühnerstall gehen. Dann werden Sie sehen, dass die Arbeit erledigt ist. Halten Sie Ihr Versprechen.«

»Wir sehen morgen weiter. Ich gehe jetzt schlafen.«

Er schließt die Tür hinter sich und setzt sich unter dem klaren Sternenhimmel in Bewegung, während Fatima ihm nachblickt, wie er leicht gebeugt den Weg zum Hühnerstall einschlägt.

Das hübsche Gefieder sollte um diese Zeit eigentlich schon schlafen. Robert hat sich zur Gewohnheit gemacht, den Hühnern eine gute Nacht zu wünschen, bevor er ihre unter dem Stroh versteckten Eier einsammelt. Bei ihm gibt es keine Batteriezucht und keine Käfighaltung. Ein einfacher Holzzaun umschließt eine große Fläche gestampfter Erde, auf der er alle zwei Tage eine dicke Streuschicht erneuert. Wenn Hassan seine Arbeit vernünftig erledigt hat, dann müsste das Stroh frisch sein, und die Hühner sollten sich in ihren kleinen bunten Verschlägen wohlfühlen.

Robert stößt die Tür auf und verharrt reglos auf der Schwelle. Der Mondschein dringt spärlich hier und da durch das alte Strohdach, sodass Robert im Halbdunkel nur mühsam eine Gestalt erkennt, die ein kleines Huhn an die Brust gedrückt hält und hin und her wiegt. Damit Hassan ihn nicht bemerkt, schleicht Robert sich so leise wie möglich hinter den riesigen Heuballen am Eingang. Von draußen dringt das unaufgeregte Geläut der Glocken seiner zehn Ziegen zu ihm, die auch im Schlaf den Kopf sanft hin- und herbewegen. Beruhigend ist auch die warme Stimme von Hassan, der mit Léopoldine redet, der jüngsten Tochter von Géraldine. Sie ist die Ängstlichste von allen und braucht oft Zuspruch beim Einschlafen. Als Robert sie so zusammengekauert in Hassans Arm sieht, wird ihm klar, dass die Ärmste sich nach dem Schreck am Morgen vermutlich lange in ein Eckchen verkrochen hat. Er hatte Hassan gebeten, sich nach der Säuberung des Weges um den Hühnerstall zu kümmern, und stellt jetzt fest, dass die Hühner bereits gefüttert sind und schlafen!

Ein Lächeln huscht über Roberts Lippen. Zum ersten Mal, seit er sich erinnern kann, hat einer der jungen Burschen seine Aufgaben erfüllt. Gleich morgen wird er ihn sozusagen offiziell zu seinem Gehilfen machen und damit sein heute in der Frühe gegebenes Versprechen einlösen. Bei all seinen Vorbehalten, anderen Personen eine Aufgabe anzuvertrauen, muss er sich eingestehen, dass Hassan offenbar wirklich nicht so ist wie die anderen. Robert braucht nur die Ohren zu spitzen und zuzuhören, wie er mit Léopoldine spricht. Seine berückend zärtliche Stimme kündet von einer zauberhaften Geschichte von Hühnern und goldenem Korn.

Wie betört lauscht Robert den Worten dieses Halbwüchsigen mit überbordender Fantasie. In der Geschichte will die Henne »Kikiriki« das Fliegen lernen. Ihr Freund, ein dicker Bernhardiner namens Calimero, hilft ihr dabei, und sie lässt sich von dem Hund anleiten, der in rasendem Tempo Haken schlägt.

Den morgendlichen Schrecken in eine lustige Anekdote zu verwandeln – das ist wohl das Beste, was man tun kann, um dem zarten schneeweißen Huhn seine Ängste zu nehmen. Ein ungeahntes Glücksgefühl durchströmt Robert, während er sich mit einem gerührten Lächeln auf den Lippen behutsam aus der Scheune schleicht.

5

VOLLE KRAFT VORAUS –
EIN HOCH AUFS BACKEN!

Schon seit seiner frühen Kindheit zählt das Teigkneten zu Roberts Lieblingsbeschäftigungen. Was gibt es Schöneres, als die Finger in die weiche Butter zu pressen, ihre ölige, geschmeidige Textur auf der Haut zu spüren, während man Mehl darübersiebt und beides vermengt? Langsam, ganz langsam rieselt der weiße Puder in die große Schüssel und legt sich auf Roberts Hand, die die Butter walkt, um am Ende eine Kugel aus dem Ganzen zu formen. Der Vorgang braucht eine Weile und will wohlbemessen sein. Keinesfalls darf das Ganze zu hastig geschehen. Der Teig muss ganz allmählich entstehen, die Butter muss das Mehl gut aufnehmen und sich vollständig mit ihm verbinden. Das nimmt einige Zeit in Anspruch, denn er muss eine beachtliche Menge Teig zubereiten. Die Schüssel, in der die Zutaten verarbeitet werden, ist beinahe so tief und unergründlich wie die Reisetasche von Mary Poppins! Roberts Unterarme verschwinden beinahe darin, wenn er sie hineinstreckt und mit den Händen Mehlwolken aufwirbelt.

Das Ganze der Küchenmaschine zu überlassen, um schneller voranzukommen, findet Robert barbarisch und respektlos. *Ein guter Teig wird immer von Hand zubereitet, denn wenn er ohne Leidenschaft geknetet wird, hat er nicht den gleichen Geschmack.* Das hatte seine Mutter immer gesagt, als er noch ganz klein war. Auf einem Rattanstuhl neben ihr stehend, hatte er ihr damals stundenlang zugesehen. Der Schein der Petroleumlampe unterstrich ihre schlichte und zarte Schönheit, die blonden Haare hatte sie zu einem Pferdeschwanz zusammengebunden, und doch fuhr sie sich oft mit einer Hand über die Stirn, um eine widerspenstige Strähne zurückzuschieben.

Noch immer hört Robert ihre Stimme, wenn er mit der Herstellung von Blätterteig beschäftigt ist. Aufmerksam lauscht er den zärtlichen Ratschlägen dieser fürsorglichen Mutter, die ihm so oft über die Schulter sah – immer bereit, ihm ein Küsschen in den Nacken zu drücken. Nur von ihr ließ er sich solche Zärtlichkeiten gefallen. Diese einzigartige Liebe hütet er wie einen kostbaren Schatz tief in seinem Innern. Geizig verwehrt er jedem den Zugang dorthin. Niemand ahnt, dass sein Herz wie erstarrt ist, seit er zehn Jahre alt ist. Dass die einzigen Gefühle von Liebe, die es aus dieser Starre zu lösen vermögen, seiner Mutter gelten, die starb, als er noch in die Grundschule ging.

Eine Träne zittert am Wimpernrand und fällt schließlich in die Teigmasse. Das bisschen Salz kommt gerade recht. Es ist sein Geheimnis, dass eine süße Wehmut mit der Zubereitung seiner *tourtes* einhergeht, dieser typisch elsässischen Pasteten. Die Träne ist die eines kleinen Jungen, der alles daransetzt, die Erinnerung an seine Mama wachzuhalten. Und die Touristen kommen in Scharen hierher, um seine *tourtes* mit Münsterkäse zu genießen. Es ist nicht nur die elsässische Spezialität, die sie in der *auberge* von Familie Walch entdecken, sondern ein Familienerbe, ein Konzentrat aus Erinnerungen und Liebe, das nur darauf wartet, gekostet zu werden.

»Du bist heute Morgen wirklich hübsch geraten«, murmelt er und streut noch etwas Mehl darauf. »Fast wie ein glatter Babypopo.«

Robert lächelt vor sich hin, während er die makellose Teigoberfläche bemehlt und auf der Arbeitsfläche hin- und herrollt. Der Teig muss gute drei Kilo wiegen, in etwa das Gewicht eines hübschen Babys. Und Robert achtet darauf, dass diese pralle Masse schön geschmeidig bleibt.

Hassan hat sich nichts von dem Schauspiel entgehen lassen. Hinter der halb geöffneten Tür versteckt, beobachtet er lächelnd das Geschehen und folgt auch den weiteren Schritten mit gebannter Aufmerksamkeit. Mit weit ausholender Geste bestäubt Robert nun einen Großteil der Arbeitsfläche mit Mehl. Seine Bewegungen gleichen beinahe denen eines Dirigenten – oder aber auch denen von Louis de Funès in einem Film, den Hassan als kleines Kind gesehen hat. Robert ist mit ganzem Körpereinsatz am Werke und walzt die riesige Kugel nun so lange, bis sich eine gleichförmige Teigplatte auf der bemehlten Oberfläche erstreckt.

Hassan hält den Atem an, als er Robert ein riesiges Stück Butter aus dem Kühlschrank holen sieht. Einen so dicken Klumpen hat er noch nie gesehen.

»Krass«, entfährt es ihm.

Robert fährt herum und entdeckt den Jungen.

»Was machst du denn so früh hier?«

Ein wenig verlegen betritt Hassan jetzt die Küche.

»Äh ... ich musste aufs Klo, und da habe ich Geräusche aus der Küche gehört. Darf ich Ihnen vielleicht helfen?«

»Du kannst dich auf einen Stuhl setzen und zuschauen. Auch beim Zuschauen kann man viel lernen.«

»Sie haben eine so riesige Menge Teig ausgerollt, da brauchen Sie doch sicher Hilfe.«

Robert runzelt die Stirn. Noch am Abend zuvor hatte er sich fest vorgenommen, Hassan ein paar Aufgaben zu übertragen und ihn richtig anzulernen; aber jetzt fällt es ihm doch sehr schwer hinzunehmen, dass jemand sich so neugierig in seine morgendlichen Tätigkeiten einmischt.

»Du hast deine Arbeit gestern gut erledigt«, lobt er schließlich.

Mit gehöriger Überwindung weist er auf das große Stück Butter, das er aus dem Kühlschrank geholt hat.

»Schneid den Block in zehn Stücke und bring sie mir.«

Hassan strahlt und will diesen Auftrag so eilig ausführen, dass er beinahe über einen Hocker stolpert.

»*Doucement!*«, schimpft Robert und wischt sich mit der mehligen Hand über die Stirn. »Bei mir wird immer mit Bedacht gearbeitet. Und es herrscht Ruhe dabei. Das ist Regel Nummer eins.«

»Okay, Chef. Und welche gibt es noch?«

»Wasch dir die Hände. Die Butter und der Klogang vertragen sich nicht sonderlich gut.«

Hassan verkneift sich ein Lachen und kommt der Aufforderung nach. Anschließend herrscht erst einmal Stille. Keine unangenehme oder peinliche Stille, sondern ein Augenblick wohltuender Ruhe und heiterer Betriebsamkeit. Nur das Rascheln von Roberts Schürze ist zu vernehmen, wenn er sich wieder und wieder nach vorn über die Arbeitsplatte beugt. Dazu das satte Schmatzen des Messers, wenn es durch die kühle, duftende Butter fährt. Hassan genießt diese Geräusche, die sich in seinen Ohren zu einem üppigen, melodiösen Ganzen fügen.

Mit seinen sechzehn Jahren hat Hassan bereits einige Aushilfsjobs gehabt. Er kennt den Lärm in einer Küche, das Geschrei des Chefs, das Knallen der Türen und das Klappern von Geschirr. Er hat nicht damit gerechnet, hier genau das Gegenteil zu erleben. Zufrieden lächelnd schneidet er dicke Scheiben von der Butter und lässt sich bei seinen Bewegungen vom Rhythmus leiten, in dem Robert den Teig auf seinen Handflächen immer wieder wendet.

Langsam wandelt sich das Halbdunkel zu einer goldschimmernden Morgendämmerung. Glitzernder Staub tanzt über Roberts Schultern, der seinen geschmeidigen Teig immer weiter auf der Arbeitsfläche auseinanderzieht.

»Gut, jetzt bring mir die Butter.«

Mit stolzgeschwellter Brust trägt der Junge ein wuchtiges Brett vor sich her, auf dem lauter cremeweiße Scheiben liegen.

»Das Geheimnis des Blätterteigs besteht darin, dass die Butter, die man verwendet, sehr kalt sein muss. Deshalb arbeite ich in dieser Jahreszeit so frühmorgens«, erklärt Robert, der selbst verwundert ist über sein Gebaren als Lehrmeister.

»Braucht man wirklich so viel Fett für den Teig?«

»Was soll das denn heißen, du Dummkopf?«, empört sich der frischgebackene Lehrer. »Das ist Butter von einem Nachbarhof. Sie ist von A bis Z handgemacht, und die Milch kommt von den allerbesten Kühen. Und so etwas nennst du Fett ...«

Robert schäumt und will ihn seine unbedachten Worte teuer bezahlen lassen, dann dreht er sich jedoch zum Küchentisch um, greift nach einem großen Laib Brot und schneidet eine Scheibe davon ab. Hassan sagt kein Wort. Beim Anblick dieses Mannes, der jetzt wie ein gieriger Vielfraß mit einem schweren Messer herumhantiert, wird ihm etwas unbehaglich zumute.

Von hinten hat Robert einen wahren Stiernacken, und seine Schultern wirken mächtig wie die von Herkules. Ahnungslos, weil er keinen Blick erhaschen kann, rätselt der schmächtige Hassan, was sein Chef dort auf dem Tisch wohl macht. Aber dann dreht dieser sich um und reicht ihm ein kleines Stück Brot, auf dem eine ganz dünne Scheibe Butter verstrichen ist.

»So viel Aufwand ... dafür?«, staunt Hassan verwundert.

»Wenn man eine Kuh melkt, um ihr einen Teil der Milch fortzunehmen, die für ihre Jungen gedacht ist, dann ist es doch wohl normal, dass man die Produkte, die man daraus macht, respektvoll behandelt. Das ist eine Regel, die du beherzigen musst, wenn du wirklich bei mir arbeiten willst.«

Ohne den Blick von dem Butterbrot zu wenden, nickt Hassan beflissen.

»Beiß hinein, und nimm dir Zeit, den Geschmack richtig auszukosten. Später kannst du mir dann sagen, ob du Butter immer noch als bloßes Fett betrachtest.«

Hassan nimmt das Stück Brot und hält es zunächst nur unter seine Nase. Ein cremig-milder Duft steigt von der Butter auf, beinahe süß. Er hat in verschiedenen Kochsendungen gesehen, dass manche Chefköche ein Gericht zuerst mit den anderen Sinnen wahrnehmen, bevor sie es kosten. Unter dem ermutigenden Blick seines Lehrmeisters setzt Hassan das Spiel fort, denn er spürt, dass Robert seine »sinnliche« Herangehensweise gutheißt.

Kaum spürt er die Kruste zwischen seinen Fingern, da gewinnt er auch schon eine Vorstellung von der vollkommenen Osmose zwischen dem knusprigen Brot und dem zarten Schmelz der Butter. Er ist plötzlich hungrig, so hungrig, dass die Hälfte des Butterbrotes in seinem Mund verschwindet.

»*Merde!* Das schmeckt hammermäßig!«

Robert muss laut lachen.

»Nichts anderes habe ich erwartet«, sagt er und tätschelt ihm die Schulter. »Los, mein Lieber. Wir müssen uns sputen. Die Pasteten machen sich nicht von allein. Während ich mich um den Blätterteig kümmere – dafür braucht man nämlich viel Erfahrung –, setzt du schon einmal genug Wasser für drei Kilo Kartoffeln auf. Bevor du sie ins Wasser gibst, schälst und wäschst du sie natürlich. Alles klar?«

»Absolut.«

»Dann an die Arbeit, mein Junge.«

Ohne sich dessen tatsächlich bewusst zu sein, hat Robert Hassans Anwesenheit und sein Mitwirken akzeptiert. Der Junge ist zurückhaltend und kann den Mund halten – genau das, was Robert von einem Gehilfen erwartet. Auch jetzt herrscht Ruhe in der Küche, jeder geht seiner Aufgabe nach. Hin und wieder wirft Hassan einen Blick auf die Uhr und auf die Pastetenböden, die sich vor Robert stapeln. Dessen Sorgfalt ist verblüffend, denn alle Böden sind exakt gleich groß und weisen eine gleichmäßige Dicke auf. Allerdings ist seine gewissenhafte Arbeitsweise einem raschen Fortkommen nicht gerade zuträglich. Die Zeit verfliegt, es ist bereits elf Uhr, und die *tourtes* sind noch nicht gefüllt, geschweige denn im Ofen.

Robert stört sich jedoch nicht daran. Er beendet seine Arbeit in der Küche gewöhnlich gegen 13 Uhr, und die Gäste wissen, dass man sich hier Zeit beim Essen nimmt. Während Hassan eifrig die Kartoffeln schneidet, um bloß keine Verspätung zu verursachen, bleibt Robert bei seiner üblichen Gemächlichkeit und gönnt sich zwischendurch sogar ein Stückchen Münsterkäse, mit ein wenig Kreuzkümmel ummantelt.

Er kaut gerade genüsslich, als ihn plötzlich eine Anspannung erfasst. Noch herrscht Ruhe in der Küche, aber auf den Kacheln im Flur glaubt er ein unheilvolles Klappern von Absätzen zu vernehmen. Und tatsächlich, das Geräusch wird lauter, kommt näher und nimmt Ausmaße eines drohenden Unwetters an.

»Oje, das ist Elsa …«

Noch bevor er seinen Satz zu Ende bringt, hat seine Schwester die Tür aufgerissen wie eine Furie. Ihr Haarknoten hat sich gelöst, das Gesicht ist vom Laufschritt gerötet, und sie stützt sich auf die Arbeitsfläche, um wieder zu Atem zu kommen.

»Meine Güte, Elsalein, was ist denn los?«

»Was ist mit den *tourtes*? Wie viele hast du gemacht? Sind sie im Ofen? Sag bloß, sie sind noch nicht einmal gebacken?«

Robert wirft einen Blick zu Hassan hinüber und stellt zufrieden fest, dass der Junge die Füllung beinahe fertig hat. Diesmal liegt Robert gut in der Zeit. Er kann es sich sogar leisten, unter dem entsetzten Blick seiner Schwester ein weiteres Stück Käse zu naschen.

»Dreißig Böden sind vorbereitet und stehen in der Kühlung«, beruhigt er sie. »Sie müssen nur noch gefüllt werden, dann kommen sie in den Ofen.«

Überrascht von Roberts rascher und ruhiger Antwort, verschlägt es Elsa glatt die Sprache. Als ihr Atem allmählich wieder etwas ruhiger geht, schweift ihr prüfender Blick zu Hassan, der die noch dampfenden Kartoffeln in Scheiben schneidet. Wäre sie nicht so in Bedrängnis, würde sie ihren Bruder dazu beglückwünschen, endlich die Unterstützung eines Gehilfen angenommen zu haben.

»Heute Mittag ist der Teufel los. Ich habe eine wahnsinnige Reservierung angenommen, und wir werden das gemeinsam stemmen müssen.«

»Hassan hilft mir. Er ist gut in der Zeit. Alles wird rechtzeitig fertig sein. Deine Touristen müssen nur ein klein wenig Geduld aufbringen. Am besten kredenzt du ihnen erst einmal ein Glas Riesling und etwas geräucherten Speck«, schlägt Robert vor, ohne den geringsten Anflug von Verstimmtheit an den Tag zu legen. »Hol dir ein schönes Stück aus der Vorratskammer und bring es auf die Terrasse. Diese Städter finden es bestimmt großartig, dir beim Schneiden zuzusehen. Ein solches Schauspiel – das gefällt ihnen!«

Nachdem Elsa sich langsam erholt hat, wird ihr bewusst, dass Robert zum ersten Mal seit fast fünfzehn Jahren in einer heiklen Situation nicht zu schimpfen angefangen und sich auch nicht auf der Stelle in sein Schneckenhaus zurückgezogen hat. Dank seines Gehilfen, der jetzt dabei ist, Unmengen von Münsterkäse in Würfel zu schneiden, wirkt Robert entspannt und gesprächsbereit. Gewöhnlich antwortet er nicht auf Elsas Fragen und unternimmt keinerlei Anstrengung, um ihr beizuspringen. Oft genug hätte sie ihn am liebsten geschüttelt, um ihm begreiflich zu machen, dass er sich beeilen und rasch eine Lösung finden muss. Aber natürlich lassen sich die fehlenden

Portionen immer mit einer rasch aufgetischten einfachen Gemüsesuppe ausgleichen, die zweifelsohne ebenfalls köstlich ist. Robert kann mit Druck nicht umgehen, und auch wenn der Ruf des Gasthofs ausgezeichnet ist, so ist der Brummbär doch auch bekannt für seine in letzter Minute auf den Tisch gebrachten Gemüsesuppen.

Von alldem heute keine Spur. Kein Streit. Keine Suppe. Roberts Vorschlag ist schlichtweg akzeptabel, und seine gute Laune flößt Elsa Vertrauen ein. Deshalb wagt sie sich mit hochroten Wangen etwas weiter vor.

»Ich fürchte, ein Aperitif mit ein wenig Speck wird nicht reichen. Gerade ist ein Bus mit holländischen Touristen eingetroffen. Es sind etwa dreißig Personen. Der Saal wird also voll sein und die Terrasse auch. Wir brauchen mindestens fünfzehn zusätzliche *tourtes*. Die scheinen einen Mordshunger zu haben!«

Roberts Schnurrbart schnellt beidseitig in die Höhe. Vielfraße sind ihm ein Gräuel. Diese Allesfresser, die seine Gerichte hinunterschlingen, ohne sie zu genießen – das geht ihm gegen den Strich.

»Deine Touristen werden eben warten müssen, oder sie essen heute Abend«, erwidert er. »Ich kann meinen Blätterteig schließlich nicht mit bloßem Fingerschnippen herbeizaubern!«

»Dann fahre ich schnell zum Laden und kaufe ein paar fertige Teigpakete, Bioqualität natürlich, dann schaffen wir ...«

Robert schlägt mit der Faust auf den Tisch.

»Wie oft habe ich dir schon gesagt, dass ich keine Fertigprodukte in MEINER Küche dulde? Und ich will auch nicht, dass du mir hier in die Quere kommst!«

»Aber wir haben hier eine Ausnahmesituation. Ich kann doch nicht dreißig Personen draußen stehen lassen! Es ist Hochsaison, wir müssen Geld in die Kasse bekommen. Jetzt lass es mal gut sein mit deinen Prinzipien, nur dieses eine Mal ...«

»Es sind gerade meine Prinzipien, die unser Geschäft in Schwung gebracht haben. Ohne sie wären die Gäste nicht zufrieden mit meiner Küche. Du kannst sie ja vorwarnen, dass sie, falls sie hier essen wollen, nicht ganz so viel von der *tourte*, dafür aber mehr Salat bekommen. Und dass sie sich am Dessert schadlos halten sollen.«

Elsa beißt sich frustriert auf die Lippen. Ihr Bruder macht sich einfach nicht klar, wie sehr auch er die Gäste braucht. Dass es ohne sie weder den über alles geliebten Garten noch das behaglich umgestaltete Haus gäbe. Tag für Tag kämpft sie darum, einen ordentlichen Schuldenberg abzutragen. Die heutige Reservierung würde üppige Einnahmen bedeuten, aber sie verlangt eben ein zusätzliches Engagement von Robert ...

»Ich werde auch etwas Unterstützung beim Service während des Essens benötigen ... ausnahmsweise ...«

»Verschwinde aus meinem Reich, Elsa! Langsam gehst du mir wirklich auf den Geist. Solange ich lebe, werde ich niemanden am Tisch bedienen. Mein Platz ist hier, basta!«

Sie blickt resigniert zu Boden, holt eilig den Speck und ein Messer, um mit beidem so schnell wie möglich das Weite zu suchen und der Wut ihres schnaubenden großen Bruders zu entgehen. Sie weiß, dass sie zu viel von ihm verlangt hat und gerade etwas zu weit gegangen ist. Dafür verbucht sie die Tatsache, dass Robert mit Hassan arbeitet, als einen Sieg für sich.

»Die Leute werden nicht genug zu essen haben«, stellt Hassan fest, während er die Kartoffelscheiben auf dem Teig verteilt.

»Na und? Sag bloß, du findest Elsas Vorschlag gut. Wenn das so ist, kannst du nämlich gleich verschwinden, dann brauche ich dich nicht mehr in der Küche.«

»Oh nein, überhaupt nicht. Ich bin auch gegen Fertigprodukte. Ich habe mich nur gefragt, ob sich Ihr Rezept vielleicht so abändern lässt, dass möglichst viele Gäste bewirtet werden können.«

Robert zieht verblüfft die Augenbrauen hoch. Sein Rezept abändern – das hat er noch nie in Erwägung gezogen. Sollte ihn das jedoch davor bewahren, weiterhin mit Fertig-Blätterteig-Vorschlägen konfrontiert zu werden, hätte er nichts dagegen.

»Am Ende bist du genauso einfallsreich wie deine Mutter. Sie hat mich gestern Vormittag ganz schön überrascht mit ihren *cocas*. Also, sag schon, was hast du für eine Idee?«

»Äh, ich kann ja eigentlich nicht kochen, und deshalb ist es nicht mein Verdienst. Aber meine Mutter kocht immer für eine ganze Kompanie. Und gestern Abend hat sie in Elsas Küche noch *bricks* zubereitet, weil die Kinder neugierig darauf waren, nachdem sie ihnen davon vorgeschwärmt hatte.«

»Was sind denn ›bricks‹?«, staunt Robert, der keine Ahnung von der algerischen Küche hat.

»Das sind hauchdünne Teigplatten, die frittiert werden. Ich weiß, dass meine Mutter einen riesigen Stapel zubereitet hat. Wenn sie noch im Kühlschrank sind, könnten wir sie verwenden.«

»Wir sind hier in einem traditionellen Gasthof. Die Leute erwarten regionale Küche. Ich bezweifle, dass sie es gutheißen, wenn wir ihnen statt elsässischer *tourte* ein orientalisches Gericht auftischen.«

»Das nennt man *culture clash*, Monsieur Walch! Der *brick*-Teig wird zwei Minuten in der Pfanne gebacken. Dann muss er nur noch zu einem Dreieck gefaltet werden. Nebeneinander sehen die Dreiecke wie Tortenstücke aus. Ich schwöre Ihnen, die sind total lecker und schön knusprig, und weil sie so dünn sind, wird der Duft ihrer Füllung den Gästen ganz wunderbar in die Nase steigen.«

Robert bleibt im Grunde keine Wahl. Bei den Worten des Burschen hat ihn ohnehin bereits die Neugierde gepackt, und er brennt darauf, diese famosen *bricks* kennenzulernen. Außerdem hat Fatima ihr kulinarisches Geschick ja bereits am Vortag mit ihren *cocas* unter Beweis gestellt.

Es ist ein Leichtes, Fatima die Dringlichkeit der Situation klarzumachen. Schon eilt sie mit den zarten, beinahe durchsichtigen Crêpes herbei.

In nur einer halben Stunde hat das Trio etwa vierzig *bricks* mit Münsterkäse gefüllt und zu Dreiecken gefaltet. Robert gibt vor, wie die Füllung verteilt werden soll, und Fatima und Hassan beherzigen seine Ratschläge mit großer Gewissenhaftigkeit. Ein angenehmer Duft nach Käse und Butter liegt in der Luft. Als es halb eins ist und damit Zeit, die Teller anzurichten, blickt Robert tatsächlich zufrieden auf die goldenen Dreiecke, die es auf den Tellern durchaus mit seiner traditionellen elsässischen *tourte* aufnehmen können.

»Die sehen wirklich gut aus«, stellt er fest.

»Und schmecken tun sie ganz sicher auch. Nur schade, dass nichts für uns übrig bleibt«, bedauert Fatima.

Die Tür wird aufgestoßen. Elsa kommt mit großen Tabletts herein und belädt sie mit einer beachtlichen Menge an Tellern. Sie strahlt über das ganze Gesicht und murmelt Robert im Vorbeigehen rasch ins Ohr:

»Ich bin sehr stolz auf dich.«

»Ich habe nichts Besonderes getan. Bedank dich bei Hassan und Fatima.«

»Genau deshalb bin ich ja stolz auf dich. Dass du dir von ihnen hast helfen lassen, macht mich sehr froh«, sagt sie und drückt ihrem Bruder ein Küsschen auf die Wange.

Nach jahrelangen vergeblichen Versuchen hat Elsa endlich Erfolg gehabt und freut sich über das in der Küche so gut harmonierende Trio. Jetzt aber werden helfende Hände für die mit Speisen beladenen Tabletts gebraucht, und da stehen nur Hassan und Fatima zur Wahl.

Während die anderen auf der Terrasse mit dem Service beschäftigt sind, findet sich Robert allein in der Küche. Und mit einem Mal hat er das Gefühl, im Abseits zu stehen. Auch wenn es seine eigene Entscheidung war, schließlich hat er selbst es in Bausch und Bogen abgelehnt, beim Service zu helfen. Warum nur verspürt er jetzt den Wunsch, doch zu den anderen hinüberzugehen? Warum drängt es ihn, die verzückten Gesichter der Gäste zu sehen, während sie die neuen Gerichte kosten? Es bleibt ihm ein Rätsel, das er nicht aufzulösen vermag, doch sein Wunsch nach Teilhabe ist entfacht. Das Klappern der Gabeln auf den Tellern lockt ihn aus der Küche, er geht durch den Flur zu dem großen Speiseraum hinüber.

Verschämt bleibt er hinter der Tür stehen, um aus seinem Versteck die Gäste zu beobachten.

Das Lachen und die lauten Stimmen stören ihn eher, lieber konzentriert er sich auf die übrigen Geräusche. Das Klappern der Gabeln und das Klirren der Gläser haben für ihn etwas Beruhigendes. Die Touristen lassen sich Zeit beim Essen, sie genießen ihre Mahlzeit. Das verrät ihm das emsige, aber genüssliche Kratzen auf den Steinguttellern.

Glücklich und stolz schließt Robert die Augen und überlässt sich der Klangkulisse um ihn herum. Die Musik der Gabeln und Messer ist alles, was zählt. Am heutigen Tag ist er zum Dirigenten eines Orchesters geworden, und die köstliche Symphonie um ihn herum ermöglicht es ihm, einen Schritt auf die wirkliche Welt zuzugehen.

6

UNTER EINEM STERNENHIMMEL SIND DIE MÖHREN BESONDERS SCHÖN

Die Nacht breitet ihr dunkles Gewand über das Tal. Robert atmet tief durch, spürt der Hitze und Fröhlichkeit des Tages in all ihren Nuancen nach. Der Duft von unbeschwertem sommerlichen Beisammensein und Freiheit liegt auch jetzt noch in der Luft. Es riecht nach Kindheit und Unschuld, und dieses Gemisch lässt seine Nasenflügel erbeben. Ein idealer Augenblick, um den jungen Damen neben den Rosenstöcken ein paar Schmeicheleien ins Ohr zu säuseln.

Die Möhren warten vermutlich schon ungeduldig auf ihn. Sie sind jetzt reif und bereit, verspeist zu werden. Das ist ein entscheidender Augenblick, den es genau abzupassen gilt. Robert hat sie schon zu lange warten lassen. Allerdings hat er auch so viel erlebt innerhalb weniger Tage, dass seine ganze zeitliche Ordnung durcheinandergeraten ist! Normalerweise hätten die Möhren längst ihre letzte Station in einer wunderbaren Bouillon oder einer üppigen Creme auf einer Kartoffeltarte gefunden, aber mit Hassan haben sich all seine Pläne geändert.

Erstaunlicherweise verspürt Robert keinerlei Bedürfnis, über die ungewohnten Verschiebungen zu schimpfen. Als er Hassan im innigen Zwiegespräch mit den Hühnern entdeckt hat, ist ihm klar geworden, dass sie beide ähnlich empfinden. Es ist das erste Mal, dass Robert einem Menschen begegnet, der genauso feinfühlig ist wie er. Das beschäftigt ihn so sehr, dass er vor lauter Nervosität auf seiner Lakritzstange herumkaut, bis sie nur noch einem formlosen Klumpen gleicht.

Er wirft die einstige Stange in den nährstoffreichen Dünger unter den Rosenstöcken. Dann bewegt er sich mit federndem Schritt auf das Beet mit den Möhren zu und kniet sich behände neben sie.

»Guten Abend, meine Schätzlein, verzeiht mir, dass ich so spät komme.«

Die Möhren erbeben in seinem warmen Atem. Sie wirken ungeduldig. Ihr Beschützer verharrt jedoch, ohne etwas zu tun. Mit seiner schwieligen Hand fährt er ihnen seufzend durch das Möhrengrün, zerzaust liebevoll ihre Haarpracht.

Roberts Herz krampft sich zusammen. Er muss mit ihnen reden. Sie sollen sich wohlumsorgt fühlen, sollen akzeptieren, dass er das an seine »Gemüsegartenmetaphysik« angelehnte Ritual ändert.

»Ich weiß, dass ihr mir vertraut, und deshalb würde ich euch gern um eure Zustimmung bitten.«

Er beugt sich ganz nah zu ihnen und murmelt ein paar Worte in ihre aufmerksamen Ohren. Die Möhren durchfährt ein angenehmes Schaudern. Sie sind gespannt und akzeptieren es gern, dass Hassan an der Ernte mitwirkt. Robert hat gewusst, dass er auf sie zählen kann. Sie sind wirklich schwer in Ordnung, diese kleinen Farbwunder, die obendrein zu einer schönen Haut verhelfen.

Er steht auf und geht zu jenem Flügel der *auberge* hinüber, in dem Hassan und Fatima wohnen. Im Zimmer des Jungen brennt noch ein kleines Licht. Robert nimmt ein paar Kieselsteine und wirft sie nach und nach an die Fensterscheibe, bis Hassan öffnet und schlaftrunken in das Dunkel blinzelt.

»Monsieur Walch, sind Sie das?«

»Komm schnell runter, ich will dir etwas zeigen«, flüstert Robert.

»Aber ich bin im Schlafanzug!«

»Macht nichts. Daran werden sie sich nicht stören.«

»Sie?«

»Ich erklär es dir, wenn du unten bist!«, drängt Robert ungeduldig.

Hassan strahlt. Mit einem Mal ist er hellwach. In Windeseile hat er ein Sweatshirt übergestreift und eilt die Treppe des Gästezimmertrakts hinunter. Er huscht auf Zehenspitzen über die Stufen, um niemanden durch das Knarzen der alten Holzstufen aufzuwecken.

»Was wollen Sie mir denn mitten in der Nacht zeigen?«

Robert formt mit seinen Händen zunächst das Time-out-Zeichen, dann legt er einen Finger auf den Mund. Hassan begreift sofort, dass er still sein und sich leise bewegen muss, wenn er an dem teilhaben will, was Robert ihm verraten möchte.

In der nächtlichen Stille gehen sie unter dem teilweise von Wolken verdeckten Sternenhimmel den Weg zum Gemüsegarten hinüber. Hassan lächelt, als er einen großen Korb neben dem Möhrenbeet stehen sieht. Jetzt ist ihm klar, worum es geht, und er verharrt erwartungsfroh und zugleich mucksmäuschenstill, aus Angst, Robert könne seine Meinung noch ändern und ihn doch nicht an der Ernte teilnehmen lassen.

»Die Wolken werden dichter, es wird bald regnen. Ich möchte die Möhren lieber herausziehen, bevor die Erde aufweicht und zu matschig wird.«

Hassan nickt verständig.

»Ich wollte sie eigentlich schon an deinem ersten Tag hier bei uns herausziehen. Aber durch die ganze Aufregung hat sich alles verzögert, sodass meine Schönen langsam ungeduldig werden.«

»Ihre ›Schönen‹?«

Robert hatte sich Hassan beim Sprechen nicht zugewandt, aber jetzt blinzelt er ihm komplizenhaft zu, bevor er ihm bedeutet, sich neben den Möhren auf den Boden zu hocken. Seite an Seite schauen sie zu, wie die zarten grünen Schweife im aufkommenden Windhauch zu tanzen beginnen. Das Gewitter wird nicht mehr lange auf sich warten lassen.

»Siehst du, wie ihre Haarpracht im Wind erbebt?«

Hassan blickt gebannt auf das Beet. Ja, natürlich sieht er das Grün der Möhren genau.

»Sie sind sehr kokett und lieben es, wenn ein Luftzug durch ihr Haar fährt. Deshalb ernte ich sie nachts. Da ist die Luft oft sanfter und gleicht einer zarten Liebkosung. Der Wetterbericht hat kurzfristig ein heftiges Gewitter angekündigt. Deshalb ist es besser, jetzt zur Tat zu schreiten und nicht abzuwarten, bis sie klatschnass sind.«

»Reden Sie so über all Ihr Gemüse?«

»Ich spreche mit all meinem Gemüse«, stellt Robert richtig. »Du hast mich gebeten, dir mein Geheimnis zu verraten. Und genau darin liegt es. Die Bewohner meines Gemüsegartens sind genauso empfindsam wie du und ich, wenn nicht noch um einiges mehr. Deshalb nehme ich mir die Zeit, mit ihnen zu reden, sie zu unterhalten und ihnen zu erklären, was für ein Glück sie haben, in meiner Küche zu landen …«

»Pardon, Monsieur Walch, ich glaube, ich kann Ihnen nicht ganz folgen.«

»Genau das habe ich befürchtet. Jetzt hältst du mich für verrückt!«, murmelt Robert verärgert und schickt sich schon an, wieder aufzustehen.

Hassan legt unwillkürlich eine Hand auf Roberts Oberschenkel, wie um ihn zu beschwichtigen. Robert verharrt neben ihm in der Hocke. Er sieht traurig aus, und sein Schnurrbart hebt und senkt sich in nervösen Zuckungen.

»Mir gefällt Ihre Sicht der Dinge, aber die Vorstellung, dass Ihre Möhren sehnsüchtig darauf warten, als Püree oder Raspelgemüse zu enden, fällt mir schwer.«

Robert stößt einen tiefen Seufzer der Erleichterung aus. Der Junge hat seine letzten Worte kaum hörbar gemurmelt, um die Schönen nicht zu verwirren.

»Das stimmt natürlich. Aber du musst auch bedenken, dass alles Gemüse dazu geschaffen ist, irgendwann verspeist zu werden. Wie sähe denn ein Gemüseleben aus, wenn es am Ende ...«, er beugt sich zu Hassan hinüber und flüstert ihm ins Ohr: »... dazu verdammt wäre, in der Erde, die es genährt hat, zu verrotten?«

Hassan bleibt vor Staunen der Mund offen stehen.

»Verdammt, das stimmt natürlich! Schrecklich wäre das! Wachsen, gedeihen, für nichts und wieder nichts. Ihr Leben hätte keinen Sinn«, sinniert er so leise wie möglich.

»Du hast es erfasst«, antwortet Robert und klopft ihm wohlwollend auf die Schulter. »Heute Nacht werden wir sie aus der Erde herausholen, um ihnen ein zweites Leben zu schenken. Morgen werden meine Schönen zurechtgemacht für das große Fest der Papillen.«

»Sie meinen das Fest der ›Pupillen‹ – weil sie eine Augenweide sind? Ist das eine bestimmte Tradition, wenn Sie die Möhren ernten?«

Robert lacht laut auf.

»Na, da hast du aber Lücken im Vokabular! Ich spreche von Pa-pil-len! Das sind die Dinger vorn an der Zunge, ohne die du nichts schmecken würdest! Ich habe nur bildlich gesprochen.«

»Ach, jetzt verstehe ich: Das Verspeisen von Gemüse bedeutet für Sie ein Fest, nicht wahr?«

»Du lernst schnell. Das ist schön. Jetzt pass gut auf, sag nichts mehr und hör mir einfach zu.«

Hassan rückt noch näher heran. Ein angenehmer Geruch von Lakritz geht von Robert aus. Es riecht nach Kindheit, und das stimmt Hassan heiter. Auf Knien, beinahe andächtig, beugt sich Robert dicht über seine Schützlinge und streicht ihnen mit flacher Hand über den grünen Schweif.

»Meine Damen, ihr seht großartig aus in dieser gewittrigen Nacht. Damit ihr nicht nass werdet, werden wir euch in die Küche geleiten, wo ihr es bis morgen früh schön warm habt.«

Hassan lächelt innig. Etwas so Reizendes hat er noch nie miterlebt. In der Stadt hat er vom Einklang mit der Natur unter freiem Himmel geträumt, und nun geht sein Wunsch in Erfüllung. Nur bei seinem Großvater hat er Ähnliches erlebt. So wie Roberts Geheimnis darin besteht, mit seinem Gemüse zu sprechen, sprach sein Großvater mit seinen Ziegen. Hassan erinnert sich noch sehr gut an den Geschmack ihrer Milch: intensiv, süß, beinahe fruchtig. Gemolken, während sein Opa die Melodien alter Lieder vor sich hin summte, um seine Tiere zu besänftigen. Hier, inmitten der Nacht, kehrt für Hassan die Magie jener Augenblicke zurück, die er mit seinem Großvater verleben durfte, und die Erinnerung daran erfüllt ihn mit einem wunderbaren Hochgefühl.

»Hassan, hörst du mir zu?«

Bewegt, aber glücklich taucht der Jugendliche mit feucht schimmernden Augen aus seinen Gedanken auf.

»Ja, Monsieur Walch, ich höre Ihnen zu.«

Robert verzieht als Antwort lediglich kurz den Mund.

»Schau her, um eine herauszuziehen, musst du sie am unteren Ende ihrer Haarpracht fest umgreifen. Man zieht eine Möhre nie am oberen Grün heraus. Mädchen mögen es nicht, wenn man sie an den Haaren zieht oder gar welche ausreißt …«

Hassan hält sein Lachen im Zaum, denn Roberts strenger Blick duldet keine Unterbrechung. Die Lektion ist wichtig, und es liegt nun an ihm selbst, sich anständig zu benehmen, wenn er etwas lernen will.

»Außerdem wäre es respektlos, sie mit solcher Brutalität aus der Erde zu reißen. Viele gehen so zu Werke, aber mir ist Behutsamkeit wichtig, schau her ...«

Sanft umfasst er das untere Ende der Pflanze, dreht sie noch in der Erde vorsichtig herum, bevor er sie herauszieht und dann abklopft.

»Guten Abend, Aline«, sagt er, während er sie zärtlich streichelt.

Nachdem er sie so willkommen geheißen hat, legt er sie in den Korb, der mit einem schützenden, weichen Deckchen ausgekleidet ist. Hassan ertappt sich bei dem Gedanken, dass die Möhre sicher nicht einmal aus dem Schlaf gerissen wurde und dass Roberts dezente Handgriffe wohl auch den Schlummer ihrer Artgenossinnen nicht gestört haben.

»Jetzt verstehe ich alles besser. Die Leute sagen, dass Ihre Speisen so natürlich und mild, beinahe süß schmecken. Ich glaube, es ist die Liebe, die Sie Ihrem Gemüse entgegenbringen, die alles so gut schmecken lässt.«

»Genau. Wenn die Leute ruhiger wären, mehr Zeit aufbringen und genauer hinhören würden, dann würden sie ihre Gemüsegärten auch lieben und achten. Es bringt überhaupt nichts, sich als Biogärtner aufzuspielen, wenn man nicht darauf achtet, dass es dem Gemüse gut geht.«

»Ich finde Ihre Sichtweise wirklich toll.«

»Und ich finde es toll, dass du mir die ganze Zeit so aufmerksam zuhörst. Los jetzt, mein Lieber, nimm dir Rosalie vor!«

Zaghaft greift Hassan nach der Möhre. Sachte legt Robert eine Hand auf den Arm des Jungen.

»Du musst ruhig bleiben. Sie wird deine Nervosität spüren, wenn du weiter so zögerlich bist. Stell dir vor, du gehst zu einer Verabredung mit einem Mädchen und willst einen guten Eindruck machen.«

»Aber gerade Verabredungen jagen mir immer eine Heidenangst ein.«

»Ich hatte zwar bislang nur welche mit Zucchini und Möhren, aber was diese anbelangt, kannst du mir vertrauen. Im Garten bin ich sozusagen Fachmann im Gemüseabschleppen.«

Hassan muss lachen, bevor er nun die Möhre mit ruhiger Hand herauszieht. Begeistert hält er sie in den Händen, dann bettet er sie dicht neben Aline in den Korb.

Robert sieht sein Vertrauen in den Jungen bestätigt. Er lächelt ihm ermutigend zu, und Hassan macht sich froh daran, den Korb nach und nach zu füllen.

Noch bevor die ersten Tropfen fallen, tragen die beiden Möhrenflüsterer ihre »Schönen« in die Küche. Warm eingeschlagen in ihre Decke halten diese ungestört ihre Nachtruhe. Ein leichtes Unbehagen erfasst Robert und Hassan allerdings bei dem Gedanken, dass sie um kurz vor sieben in der Frühe wieder aufstehen müssen. Es bleiben ihnen nur noch drei kurze Stunden Schlaf, um sich von der nächtlichen Ernte auszuruhen.

Glücklich über die getane Arbeit, begibt sich jeder auf sein Zimmer. Keiner von ihnen sieht die beiden Geschöpfe mit den sommersprossigen Nasen, die jetzt ihrerseits in die Nacht hinaushuschen. Wäre Robert ihrer gewahr geworden, er hätte ihnen gewiss die Ohren langgezogen.

In ihre gelben Regenmäntel gehüllt, schleichen die Zwillinge kichernd im Regen hinaus in den Garten.

7

KLEINE JÄGER AUF DER PIRSCH

»Robert! Robert, wach auf!«

Urplötzlich aus dem Schlaf gerissen, blinzelt Robert in das noch spärliche Licht der Morgendämmerung und bemerkt die über sein Bett gebeugte Elsa, deren Augen im Halbdunkel verdächtig glänzen.

»Du hast ja Tränen in den Augen! Was ist denn passiert, meine kleine Elsa?«, fragt er und setzt sich an den Rand der Matratze.

»Die Zwillinge sind verschwunden ... Ich ... ich wollte bei ihnen das Fenster schließen, weil es regnet. Und da habe ich gesehen, dass sie nicht in ihren Betten sind! Ich finde sie nicht! Nirgendwo!«

Robert fährt sich mit feuchter Hand über die schlecht rasierten Wangen. Er bleibt ruhig, beinahe teilnahmslos.

»Sag doch was! Du musst etwas tun! Meine Kinder sind nicht mehr da, verstehst du?«

Robert nickt kaum merklich mit dem Kopf. Allerdings ist es fünf Uhr morgens, und da er sich erst nach vier Uhr schlafen gelegt hat, ist er noch ganz benommen und braucht einen Augenblick, um zu sich zu kommen.

»Weit weg können sie ja nicht sein. Wahrscheinlich sind sie draußen auf der Jagd ...«

Er gähnt lautstark, dann reibt er sich die Augen.

»Die Dunkelheit, der Karpfenteich, der Wald und die große Straße sind ja wohl genug Gründe, um in Panik zu geraten!«, empört sich Elsa über die scheinbare Gleichgültigkeit ihres Bruders. »Wenn sie auf die Jagd gegangen sind, müssen sie irgendwo da draußen sein, vollkommen sich selbst überlassen, noch dazu bei diesem Regen! *Mince alors!* Sie hatten doch gar keinen Regen vorhergesagt!«

Robert nickt erneut. Elsas Worte überzeugen ihn nicht. Sollte dies ein Versuch sein, ihre Angst und Aufregung auf ihn zu übertragen, so scheitert er auf ganzer Linie.

»Die beiden kleinen Jäger haben eine hervorragende Ausbildung genossen. Sie wissen, wo man Schutz findet. Ich habe ihnen alles beigebracht. Wenn du sie finden willst, solltest du erst einmal überlegen, wonach sie wohl gesucht haben. Also, bei dem Wetter würde es mich wundern, wenn sie sich nicht auf die Suche nach Schnecken gemacht hätten.«

Dynamisch wie ein junger Mann steht er endlich auf und schlüpft in eine abgewetzte Cordhose und ein löchriges T-Shirt.

»Ich gehe jetzt erst einmal zum Gemüsegarten. Die Schnecken verstecken sich gern in den großen Blättern der Kürbisse. Das wissen die beiden Schlawiner. Vielleicht hast du sie einfach nicht gesehen, sie sind ja noch klein.«

Elsa kann die Tränen nicht mehr zurückhalten.

»*Mes petits ...* meine kleinen Schätzchen!« Sorgenvoll wirft sie sich ihrem Bruder in die Arme.

Robert klopft ihr zaghaft auf den Rücken.

»Elsa, den Kindern geht es gut. Es ist doch nicht das erste Mal, dass sie nachts abhauen. Glühwürmchen, Schnecken und Kröten sind eben nur im Dunkeln zu sehen. Wann sollten die beiden Schlingel denn sonst fündig werden, wenn nicht nachts?«

»Du meinst also, sie sind im Garten?«

»Bei dem Regen? Sie haben sich ganz sicher einen Unterschlupf gesucht. Weißt du was? Du kochst jetzt eine schöne heiße Schokolade und sorgst für warme Handtücher. Und ich bin spätestens in einer Stunde mit deinen beiden Rotznasen zurück«, versichert er ihr mit einem Augenzwinkern.

Elsa starrt mit leerem Blick aufs Fenster. Noch immer prasselt der Regen heftig gegen die Glasscheibe.

»Elsa, der Garten ist ein wahres Paradies für die Kinder. Glaub mir, sie sind ganz bestimmt dort.«

Jetzt drückt er ihr sogar noch einen dicken Kuss auf die Wange, bevor er mit schweren Gummistiefeln an den Füßen das Zimmer verlässt. In aller Ruhe steigt er die Treppe hinunter und wendet sich zu der kleinen Vorratskammer, die gleich neben der Küche liegt. Die nackte Glühbirne dort drinnen brennt noch. Er lächelt. Hier sind die beiden Schlitzohren also nach draußen geschlichen. Ihre Stiefel sind nicht an Ort und Stelle, und auch der Korb für die Schnecken fehlt.

Er geht in den Regen hinaus. Der Tag will sich noch nicht recht einstellen. Der Boden ist so aufgeweicht, dass die Spuren der Kinder bereits verschwunden sind. Kein Wunder, dass Elsa in Panik ins Haus zurückgelaufen ist. Allerdings braucht Robert keine Fußabdrücke, um zu wissen, wo er die Zwillinge findet. Er braucht lediglich der langsamen Schneckenprozession auf den Steinplatten hinüber zum Gemüsegarten zu folgen.

Um die gleiche Perspektive zu haben wie die beiden Zwerge zuvor, bewegt Robert sich jetzt auf allen vieren weiter. Er robbt vorsichtig voran, stützt sich mit den Ellbogen im matschigen Boden ab, spitzt die Ohren und blickt wachsam um sich. Bevor er sich wehren kann, drückt sich eine dicke feuchte Schnauze liebevoll in seinen Nacken.

»Calimero! Jetzt nicht!«, schimpft er mit dem mächtigen Tier, das ihm nun über die Wange leckt.

Der Hund bringt sich seinerseits in Position. Mit angewinkelten Beinen und zum Boden gesenkter Schnauze folgt er der Fährte seines Herrchens, das die Schneckenhäuser fest im Blick behält.

»Siehst du, es werden immer weniger«, erklärt der dem Bernhardiner. »Die Zwillinge haben gründlich aufgeräumt, vor allem hier, unter den Kürbisblättern. Man sieht noch den Abdruck von dem Korb. Sie waren also eine ganze Zeit lang an dieser Stelle, bevor sie ihre Jagd …«

Das Wasser tropft ihm nun auch in den Nacken und lässt ihn vor Kälte erschaudern. Robert schüttelt seine Haarmähne. Calimero tut es ihm gleich und beschert seinem Herrchen dadurch eine zusätzliche Ladung erdiges Regenwasser.

»Bravo, mein Dicker! Dein Talent zur Nachahmung lässt wirklich nicht zu wünschen übrig«, beschwert sich Robert. »Jetzt rieche ich auch noch nach feuchtem Hund!«

Der Bernhardiner schmollt und senkt den Kopf. Er könnte kehrtmachen, um dem Unmut seines Herrn zu entgehen, aber mit einem Mal ist seine Aufmerksamkeit geweckt. Er reckt die Schnauze in die Luft, überholt Robert und rast ungestüm bellend schnurstracks zum Hühnerstall hinüber.

»Calimero! Gleich hast du alle Hühner aufgeweckt!«

Zu spät. Roberts Hühnchen schnattern aufgeregt und verziehen sich eiligst im Stroh. Als Robert nun den Hühnerstall betritt, steht das Ungetüm hechelnd und mit einem erbeuteten Regenhut in der Schnauze vor ihm.

»Guter Hund«, murmelt Robert und greift nach Davids Kopfbedeckung. »Zeigst du mir, wo du das gefunden hast?«

Vor Freude und Stolz ungeduldig hin und her tänzelnd, bewegt sich Calimero an Robert vorbei zum anderen Ende der Scheune, wo sich der Stall der Milchziegen befindet. Etwa zwanzig Ziegen samt ihren Kleinen sind dort untergebracht. Im Halbschatten sieht Robert, dass die kleinen Zicklein sorglos schlafen. Nur Noiraude und Blanchette, die beiden ältesten, halten ihren wachsamen Blick fest auf ihn gerichtet.

»Da sind sie ja«, brummelt er gerührt.

Ganz nah an den Eutern von Noiraude, der bunt gescheckten Ziege, liegen die Zwillinge im Stroh und haben im Schlaf ihre Fäustchen geballt. Robert beugt sich hinunter zu dem Tier und streichelt ihm liebevoll über den Schädel. Noiraude bleibt ganz ruhig. Ihr mütterliches Gemüt hat sie bewogen, die beiden Leckermäuler ganz selbstverständlich an ihre Milch heranzulassen, als die beiden hier im Stroh Zuflucht suchten. Die Kinder müssen eingeschlafen sein, nachdem sie sich satt getrunken haben. Davon zeugen die Milchbärtchen an ihren Oberlippen und die weißen Flecken auf ihren Jacken.

»Ich hoffe, sie haben dir genug übrig gelassen für deine Kleinen.«

Noiraude antwortet ihm mit einem Augenzwinkern. Ihre Euter sind prall gefüllt.

Robert nimmt die Kinder vorsichtig auf den Arm, um sie nicht aufzuwecken.

»Danke, dass ihr auf sie aufgepasst habt. Das ist sehr lieb von euch«, lobt er seine Ziegen.

Blanchette und Noiraude erwidern das Kompliment mit einem Kopfnicken. Es sind sanfte und anschmiegsame Tiere, und sie haben – was bei Ziegen keineswegs die Regel ist – einen gutmütigen Charakter. Das mag daran liegen, dass Robert sie von Geburt an aufgezogen und nie von ihren Kleinen getrennt hat. Nur der Ziegenbock wird gesondert untergebracht, denn Bouftard kann durchaus als störrisch bezeichnet werden. Er legt keinen Wert auf die Gesellschaft von Menschen – und noch weniger auf die der Zwillinge.

»Ihr habt Glück gehabt, ihr kleinen Schlingel. Hättet ihr euch an Bouftard vergriffen, dann wärt ihr jetzt weder satt noch so niedlich anzusehen.«

Er lacht in sich hinein über seine alberne Überlegung. Diese kleinen Ungeheuer! Sie sind ihm wirklich sehr ans Herz gewachsen. Auch er liebte es als Kind, die Ziegen zu melken und direkt aus ihrem Euter zu trinken. Er erinnert sich noch gut an die warme Milch, die ihm über das Gesicht floss, an ihren leicht süßlichen Duft und ihr fruchtiges Aroma. Wie könnte er ihnen da böse sein? Diese Augenblicke des heimlichen und intensiven Vergnügens gehören zur Kindheit, und später werden die Zwillinge gern an sie zurückdenken.

Die Kinder dicht an sich gepresst, verlässt er die Scheune. Mittlerweile blinzelt die Sonne hervor, und der Regen hat nachgelassen. Silberne Tropfen glänzen in dem dunstigen Licht an den Rosenstöcken, die nur noch von einem leisen Nieselregen benetzt werden. Alles ist ruhig, einzig das von den Schindeln abtropfende Wasser und das Knirschen der Gummistiefel auf den Kieselsteinen unterbrechen die Stille. Plötzlich hält Robert inne und richtet sich kerzengerade auf. Nur wenige Schritte vor ihm steht eine unbekannte Frau.

Im zaghaften Licht des noch jungen Tages wirkt sie wie eine Gestalt aus einem Bilderbuch. Sie ist groß, hat die roten Haare zu einem Knoten hochgesteckt, der nun vollkommen durchnässt ist, und trägt eine so grellbunte Kleidung, dass jeder, der nicht gerade Anhänger der Modemarke Desigual ist, von dieser schreienden Farbkombination abgeschreckt werden muss. Robert, der die neutralen und gedämpften Farbtöne von Arbeitskleidung gewöhnt ist, fährt unwillkürlich leicht zurück. Es kommt ihm so vor, als seien Hose und Bluse der Frau von den Zwillingen höchstpersönlich mit Fingerfarben verziert worden.

»Entschuldigen Sie, bin ich hier richtig beim Hotel ›Woualch‹?«

Robert hat es die Sprache verschlagen. Der ausländische Akzent klingt genauso reizend wie der von Jane Birkin in dem Chanson *Je t'aime moi non plus*. Der Gedanke an dieses Lied, das seine Jugend geprägt hat, jagt ihm eine Gänsehaut über den Rücken – und treibt ihm sogleich die Schamesröte ins Gesicht. Also beschränkt er sich darauf, einfach nur zustimmend zu nicken.

»Ich bin Maggie Tyrell. Meine Freundin Fatima hat mich für ein paar Tage hierher eingeladen. Ich weiß, dass es noch sehr früh ist, aber könnten Sie mir vielleicht mein Zimmer zeigen?«

Wieder nickt Robert, ohne nachzudenken. Er ist überrumpelt und weiß nicht, was er tun soll. Auch werden ihm die beiden beiden Rotznasen allmählich schwer.

»Folgen Sie mir. Ich bringe Sie zu meiner Schwester. Sie hat Ihre Reservierung sicher notiert.«

Die Engländerin schenkt ihm ein Lächeln, bei dem sich vorn eine reizende Zahnlücke zeigt. In dem noch weichen Morgenlicht mustert sie die Zwillinge mit ihren Milchbärtchen. Ein Hauch Nostalgie hängt in der Luft, sie erinnert sich an die Ferien, die sie als Kind in ihrer Heimat Yorkshire verbracht hat. Sie holt tief Luft, dann geht sie strahlend hinter Robert her. Fünf Minuten zuvor hatte sie noch keine Ahnung, was sie hier in Frankreich eigentlich sucht. Jetzt weiß sie es. Ganz tief in ihrem Innern spürt sie, dass dieser Ort auf sie gewartet hat, um sie einem tristen und einsamen Leben in der Stadt zu entreißen.

8

»SCONES ÜBER ALLES!«

So tun, als ob nichts sei. Weiterhin die Ochsenherztomaten begutachten, weiterhin Hassan gegenüber ein wenig mürrisch bleiben, weil er nicht alles Unkraut beseitigt hat, und vor allem – das ist das Allerwichtigste! – nicht zu der Engländerin hinüberschauen. Sie einfach ignorieren, ihr fröhliches Lachen und ihre gute Laune überhören und übersehen.

Nur ist Maggie nun einmal alles andere als unauffällig. Bei ihren ein Meter achtzig ist es schwer, sie nicht wahrzunehmen. Und sie singt so laut, dass man es vermutlich noch in weiter Ferne hört.

Robert verkrampft sich. Seit drei Tagen geistert überall der Londoner Akzent herum, bedrängt und torpediert seinen kostbaren Garten mit fremdartigen, schrillen Klangbildern. Mit so unglaublich aufdringlichen Tönen, dass sie das Wachstum seines Gemüses und die morgendliche Eiablage stören könnten.

Wütend wirft er bitterböse Blicke zu der Engländerin hinüber, die unweit der Terrasse die Bettlaken aufhängt. Von seiner Position aus könnte man sie mit einer Stricknadel verwechseln, auf der oben als Kopf ein orangefarbenes Wollknäuel steckt. Eine Stricknadel, die sich auf seinen Grund und Boden verirrt hat und ihm nun den letzten Nerv raubt.

Es ist nun einmal so, dass Robert kaum etwas so sehr schätzt wie die Stille. Offensichtlich ist Maggie die Definition dieses Wortes aber fremd. In ihrer Begeisterung, sich nützlich machen zu können, trällert sie ununterbrochen fröhlich vor sich hin, während sie mit den Zwillingen die Laken aufhängt. Die Kinder reichen ihr eifrig die Klammern an – und überhaupt: Die *auberge* Walch ist zu neuem Leben erwacht. Maggies Fröhlichkeit ist ansteckend, alle scheinen mit einem Mal von unglaublicher Lebensfreude beseelt. Auch die Gäste auf der Terrasse lassen sich darauf ein und summen schon die gleichen Lieder. Nur Robert leistet Widerstand, obwohl er seine Füße nur mühsam im Zaum halten kann. Aber es würde seinen »botanistischen« Prinzipien widersprechen, sich den Melodien und dem Rhythmus hinzugeben. Robert ist seinem Gemüse immer mit Ruhe und Zurückhaltung entgegengetreten, damit es in entspannter Atmosphäre gedeihen kann. Allerdings muss er jetzt zugeben, dass kein einziges Pflänzchen sich über Maggies außergewöhnliche Stimme beschwert, ja vielmehr der ganze Garten von dieser musikalischen Euphorie erfasst wird.

Robert kann den Blick nicht von ihr abwenden, obwohl Maggie immer wieder hinter der Wäsche verschwindet. Die weißen Laken blähen sich in der morgendlichen Luft und flattern stolz im Wind. Beinahe wie gehisste Segel auf dem Ärmelkanal. Vom Wind prall gefüllte Segel, die Robert zu den angelsächsischen Inseln mit ihren saftigen grünen Wiesen bringen, deren Farbton in Maggies smaragdfarbenen Augen anklingt.

Er müsste sich nur entspannen, und schon wären die Leinen los. Tatsächlich treiben ihn seine Gedanken zu Landstrichen, auf denen das Sonnenlicht mit Dunstschleiern Verstecken spielt, während er am Ruder steht und sein Hof im Elsass in weite Ferne rückt.

Missmutig, geradezu wütend beißt Robert sich auf die Lippen. Er hat ein schlechtes Gewissen, es kommt ihm vor, als würde er mit solchen Gedanken seinen Grund und Boden verraten. Alles wegen ihr. Sie vergiftet seine Gedanken, umgarnt sie mit kindischen Melodien und fängt ihn ein. *Ob-La-Di, Ob-La-Da* und *She loves you*. Diese Lieder wecken Erinnerungen, die Robert lieber ganz tief in seinem Unbewussten vergraben hielte.

Bevor er als junger Mann endgültig in seiner Heimat Wurzeln schlug, stand ihm der Sinn nach Reisen und Entdeckungen. Er war fasziniert von England, sammelte Vinylplatten von den Beatles, und schon als zehnjähriges Kind, voller Träume und beseelt von einer überbordenden Fantasie, lag er seinen Eltern mit dem Wunsch in den Ohren, eine Wochenendreise nach London zu unternehmen. Diese gemeinsame Reise hatte jedoch ein furchtbares und jähes Ende an einer Platane genommen. Papa und Mama hatten den Unfall nicht überlebt, und ein Teil von Robert war an jenem Tag ebenfalls gestorben. Von Gewissensbissen geplagt, hatte er sich in sein Schweigen eingeigelt. Eine alte Tante, deren Naturell in etwa einer Brennnessel glich, hatte die Erziehung übernommen, und so hatte der Junge den Gefallen am Lachen und an der Musik verloren. Was Elsa betraf, so war sie mit ihren drei Jahren zu klein, um zu begreifen, welches Unglück sie getroffen hatte, und erst recht zu klein, um ihrem Bruder Trost zu spenden. Sie hatte sich klaglos in das neue Leben gefügt. Die Tante brachte Elsa durchaus Zärtlichkeit und Verständnis entgegen, mühte sich jedoch vergeblich, Roberts Panzer aufzubrechen. Für ihn war die ganze Welt zu einem einzigen Feld Unkraut geworden, das obendrein von Schädlingen befallen war. Und die Tante war ein Teil davon, daran konnte auch ihr guter Wille nichts ändern.

Allein die Gesellschaft von Gemüsepflanzen verschaffte ihm Erleichterung. Stundenlang konnte er ihnen zuhören. Noch nie hatte ihm eine Rübe vorgeworfen, Schuld an dem Unfall zu tragen, der seine Eltern das Leben gekostet hatte.

Und eine Artischocke erst recht nicht. Artischocken haben ein viel zu gutes Herz, als dass sie kleine Jungen zum Weinen brächten.

Seine Vergangenheit lag weit hinter ihm, war beinahe ausgelöscht. Er hatte sie mit vielen Spatenstichen begraben. Tief unter der Erde seines Gemüsegartens ruhten seine Erinnerungen an die Zeit vor dem Unfall. Dort nährten sie die Samen, die er mit stiller Freude aussäte, seit er dreizehn Jahre alt war. Die Gemüsepflanzen hatten ihm Familie, Freunde und Hobbys ersetzt. Niemals hätte eine Möhre es gewagt, ein *Hello, Goodbye* anzustimmen – aus Angst, Robert zu verletzen. Aber mit Maggies Ankunft hatte eben niemand gerechnet.

Der ganze Gemüsegarten lebt auf. Von Maggies Lebensfreude mitgerissen, erröten die Tomaten und wiederholen im Chor »yeah, yeah, yeah!«, während die Möhren ein »oh, yes, she loves you« raunen und dabei Maggies Akzent nachahmen.

Roberts Füße bewegen sich im Takt. Die Texte fallen ihm wieder ein. Es packt ihn die Lust, die vier Pilzköpfe aus Liverpool zu hören. Er beißt sich auf die Lippen, um der Versuchung zu widerstehen, in den Chor einzustimmen.

Lieber wäre er gestorben, als diesem ungestümen Drang nachzugeben, der gerade sein Herz wiederbelebt. Sterben, um dem Gesang einer hochgewachsenen, schlanken Sirene zu entkommen. Einem Geschöpf, das es schafft, ihn mindestens ebenso heftig erröten zu lassen wie seine Ochsenherztomaten, die er jetzt etwas übereifrig poliert.

»Eine ungewöhnliche Frau, nicht wahr?«

Robert schreckt hoch. Mit einer großen Schüssel beladen, steht Fatima unmittelbar hinter ihm. Betreten, weil er sich ertappt fühlt, senkt Robert rasch den Blick auf seine erdverkrusteten Gartenschuhe.

»Vor allem macht sie einen unglaublichen Lärm. Sie sollten ihr nahelegen, eine Oktave tiefer zu singen. Kennen Sie die aufdringliche Operndiva Castafiore aus *Tim und Struppi*? Selbst die würde sich für diesen Brunftgesang schämen.«

»Solange Ihre Gläser davon nicht zerspringen ...«

»Kostbarer als mein Geschirr sind meine Tomaten. Und die ... die sind völlig verstört!«

Fatima verdreht die Augen und beißt sich auf die Lippen, um nicht loszulachen. Sie hat sehr wohl begriffen, dass die unbedingte Liebe, die Robert seinem Gemüsegarten entgegenbringt, absolut echt ist.

»Sie könnten sie selbst darum bitten. Maggie ist eine sehr verständnisvolle Person.«

»Das ist Ihre Aufgabe. Sie haben sie schließlich hierhergeholt! Außerdem weiß ich überhaupt nicht, ob sie mich verstehen würde. Ich spreche kein einziges Wort Englisch!«

»Pech gehabt! Maggies Vater war Franzose. Sie spricht fließend Französisch, und obendrein ist sie sehr gesprächig.«

»Ein Grund mehr, dass Sie mit ihr reden.«

»Einverstanden. Ich werde ihr sagen, dass es auf Ihrem Grund und Boden verboten ist, Spaß zu haben, zu singen oder auch nur zu lachen. Sie wird begeistert sein!«

Roberts Wangen färben sich feuerrot, während Maggies Stimme sich in solche Höhen verirrt, dass die Zwillinge einen Lachanfall bekommen. Den kleinen Jägern den Spaß verderben? Das wäre eines Schnurrbärtigen mit weichem Herzen unwürdig. Auch wenn er immer wieder Stille für sein heiß geliebtes Gemüse einfordert, ist ihm sehr wohl bewusst, dass das Lachen die beste Gefühlsäußerung ist, um seine Tomaten gedeihen zu lassen und die oft missmutigen Zucchini milde zu stimmen. Verflixte Zucchini! Jetzt fordern sie sogar eine weitere Lachsalve und Gesangseinlage ein! Seufzend gibt Robert klein bei. Es wird Maggie zu verdanken sein, wenn sie am Ende noch zarter und geschmackvoller sind als in den letzten Jahren. Es wäre ein grober Fehler, Maggie zu tadeln, das würde sein Gemüse vollkommen verwirren – ist es doch gewohnt, seinen Willen zu bekommen und verwöhnt zu werden.

»Suchen Sie keine Ausflüchte. Ihr Gemüse wird bestens gedeihen, auch wenn Maggie in der Nähe ist. Meine Anwesenheit und die meines Sohnes haben Sie letztlich doch auch akzeptiert. Da können Sie sich bei meiner Freundin vielleicht auch ein kleines bisschen bemühen.«

Erneut blickt Robert streng auf seine dreckigen Schuhe. Wenn er daran denkt, wie er vor drei Tagen mitten in der Nacht durch den Matsch gewatet ist, um Davy und Croquette zu suchen – und nun haben diese kleinen Gartenzwerge im Handumdrehen eine neue Verbündete in Gestalt von Maggie gefunden! Das verheißt nichts Gutes.

»Maggie ist großartig, Sie werden schon sehen. Sie ist übrigens Journalistin, hatte ich Ihnen das gesagt?«

»Nein. Und ich weiß auch nicht, ob ich mehr über sie wissen will.«

»Aha! Ich verstehe ... Es ist schon schwer genug für Sie, zwei fremde Menschen in Ihrem Umkreis zu akzeptieren. Wenn jetzt auch noch meine Freundin dazukommt, dann fürchten Sie, dass dieses Durcheinander zu viele Auswirkungen auf Ihren geregelten Tagesablauf hat.«

»So in etwa«, erwidert Robert, beinahe erleichtert darüber, dass Fatima seine Ängste erkannt hat.

»Machen Sie sich keine Sorgen. Ich habe Maggie eingeladen, weil sie eine Pause braucht. Ihre Arbeit in London ist sehr anstrengend, und ich hatte den Eindruck, dass ein paar Tage hier im Grünen ihr guttäten. Sie ist ein wahrer Sonnenschein, Sie werden schon sehen.«

Robert nickt bedächtig. Die überraschend angenehme Begegnung mit Fatima und Hassan hat ihn gelehrt, Menschen nicht vorschnell zu beurteilen. Vielleicht sollte er wirklich aufhören, über Maggie und ihre schrille Stimme zu urteilen.

»Monsieur Walch, ich bin mit dem Unkrautjäten fertig, was kann ich jetzt tun?«

Als Robert sich zu Hassan umwendet, zeichnet sich unter seinem Schnurrbart ein leichtes Lächeln ab. Zufrieden blickt er auf den mit Unkraut gefüllten Eimer und die erdigen Spuren auf der Arbeitskleidung seines Gehilfen. Genüsslich zwirbelt er seinen Schnurrbart zurecht und empfiehlt Hassan großmütig:

»Geh duschen, du hast ordentlich gearbeitet, mein Kleiner. In einer halben Stunde kommst du zu mir in die Küche. Wir müssen unsere *fleischschnackas* vorbereiten.«

Hassan zieht fragend eine Augenbraue hoch.

»Was für ›flash-Dinger‹?«

Jetzt verdreht Robert fassungslos die Augen.

»*Fleisch-schna-ckas*, das ist in Nudelteig eingerolltes Hackfleisch. Sieht ein bisschen aus wie kleine Fleischschnecken.«

»Schnecken aus Fleisch?«

»*Kopf...*« Robert will gerade zu einem Fluch ansetzen, besinnt sich aber, als er Fatima bemerkt, die ihn amüsiert beobachtet. »Du wirst schon sehen. Und jetzt ab unter die Dusche!«

Hassan ist bereits auf dem Weg zur *auberge* hinüber, um rechtzeitig in der Küche zu sein und nichts von diesen neuen kulinarischen Wunderwerken seines Lehrmeisters zu verpassen.

»Bravo, Robert, da haben Sie sich aber gut zusammengerissen. Ich dachte schon, Sie würden meinen armen Sohn zusammenstauchen.«

Robert beglückwünscht sich insgeheim. Noch vor ein paar Wochen hätte er den damaligen Gehilfen wüst angeschnauzt. Doch bei Hassan ist es anders. Robert brennt darauf, ihn mit den Köstlichkeiten der elsässischen Küche vertraut zu machen.

Er lässt sich zu einem Lächeln hinreißen.

»Ich glaube, dass Ihr Junge hier noch viel lernen kann. Wer könnte denn auch schon bei einer köstlichen *baeckeoffe* oder einer *flammenkueche* widerstehen? Er wird all diese wunderbaren Spezialitäten kennenlernen, Ihr Hassan!«

Da wird die rückwärtige Tür des Hauses plötzlich aufgestoßen. Robert gerät ins Straucheln, fällt aber nicht, denn zwei Hände fangen ihn auf. Zu diesem Zweck hat Maggie allerdings das Tablett, das sie in ihren Händen hielt, von sich geworfen. Bevor Robert sich wieder aufrichten kann, sind einige der zehn Törtchen, die sich darauf befanden, nun auf seinem Kopf gelandet.

»*Oh, my God!*«, schreit Maggie entsetzt.

Die Zitronenbuttercreme hängt an seiner Nase und klebt in seinem Schnurrbart. Seinem schönen Schnurrbart, den er heute so sorgsam gekämmt und parfümiert hat. Vor Wut kochend, ballt er die Fäuste und öffnet den Mund, findet aber keine Worte. Die geschmeidige und gehaltvolle Creme läuft ihm hinterlistig über die Lippen und bringt ihn zum Schweigen.

»Es tut mir wirklich wahnsinnig leid«, entschuldigt sich Maggie und sucht in den Hosentaschen ihrer Jeans nervös nach einem Taschentuch.

Robert bleibt stumm. Sein Herz schlägt bis zum Hals. Zudem ist der Geschmack der Buttercreme so betörend, dass er seinen Groll beinahe vergisst. Eine echte Liebkosung. Manche Speisen vermögen das Herz zu besänftigen, und Buttercreme ist in dieser Hinsicht äußerst wirksam.

»Verzeihen Sie mir, Monsieur ›Woualch‹, Ihr Schnurrbart ist vollkommen verschmiert«, entschuldigt Maggie sich, nachdem sie schließlich das violette Tuch entknotet hat, das ihr Haar in einem dicken Pferdeschwanz zusammengehalten hatte.

Die rot gelockte Mähne fällt über ihre Schultern herab und verleiht ihr ein wildes, ungestümes Aussehen. Robert wird rot, als sie sich über ihn beugt, um seinen Schnurrbart mit ihrem Halstuch zu säubern. Er fasst nach ihrem Handgelenk, um sie von ihrem Tun abzubringen.

»Lassen Sie ruhig, es wäre schade drum«, sagt er und leckt sich über die Lippen, um der restlichen Creme habhaft zu werden.

Maggie lächelt ihn an. Sie entspricht genau dem Bild einer mageren und etwas verrückten Britin, die gerade von einem Popkonzert kommt. Mit ihrer großen schwarzen Brille, die fast von ihrer markanten Nase herunterrutscht, sieht sie beinahe grotesk aus. Sie unternimmt keinerlei Anstrengung, um sich in ein besonders vorteilhaftes Licht zu rücken. Über die Schönheit einer Frau hat Robert sich nie viele Gedanken gemacht. Aber jetzt, in diesem Augenblick, da Maggie ihn sanft anlächelt und sein Blick auf ihre Zahnlücke und ihre von Sommersprossen gesprenkelten Grübchen fällt, findet er sie unglaublich attraktiv.

»Meine Scones sind hin!«, ruft Maggie nun verzweifelt und sammelt die Überreste der kleinen, zu ihren Füßen liegenden Törtchen ein.

Robert kniet sich nun auch hin, um ihr behilflich zu sein. Eigentlich wäre er jetzt längst in der Küche, um seine *fleischschnackas* zu rollen. Aber das ungewöhnliche Wesen aus London scheint ihn in die Falle gelockt zu haben.

»›Stones‹? Was ist denn das?«

»›Scones‹ heißen sie. Das sind kleine englische Törtchen. Ich kröne sie immer mit Zitronenbuttercreme, um mein Unvermögen zu kaschieren. Ich bin nämlich nicht gerade die beste Konditorin«, gesteht sie. »Aber wie Sie sehen, haben sie jetzt, wo sie platt gedrückt sind, eine gewisse Ähnlichkeit mit Mick Jagger. Man könnte sie also tatsächlich ›Stones‹ nennen!«

Sie presst ihren Zeigefinger fest auf die Lippen, um die breiten, platten Lippen des Rocksängers nachzuahmen – und löst damit bei Robert einen haltlosen Lachanfall aus. Maggie runzelt fragend die Stirn, erstaunt über diesen unvorhergesehenen Heiterkeitsausbruch. Tatsächlich ist es eine Ewigkeit her, dass Robert so gelacht hat. Dabei ist es weniger Maggies Scherz als vielmehr die Situation, die ihn amüsiert. Für einen Augenblick hat sich Robert nämlich in Hassans Lage versetzt. Wie konnte er ihm eine kulinarische Moralpredigt halten wollen, wenn er selbst nicht in der Lage war, die Bezeichnung eines Gebäcks von der anderen Kanalseite richtig auszusprechen? Die elsässischen Gerichte sind großartig und verdienen es, von der ganzen Welt gewürdigt zu werden. Aber es gibt eben auch noch andere Küchen und andere Spezialitäten auf dieser Erde – das hat ihm das Erlebnis handfest vor Augen geführt.

»Ich wusste gar nicht, dass ich so komisch bin ...«

»Oh nein, das ist es nicht. Nehmen Sie es mir nicht übel, die Situation ist einfach zu seltsam. Ehrlich, Sie sehen sehr hübsch aus, selbst wenn Sie Grimassen schneiden.«

Die Küchentür fliegt auf, Elsa erscheint und reißt staunend die Augen auf.

»Alles in Ordnung, Robbie? Ich habe dich schreien hören.«

Robert lacht immer noch. Sein Lachen schallt durch den Garten und über den Hof und erfüllt alles um ihn herum mit Licht und Wärme.

Die gute Elsa traut ihren Augen nicht, traut ihren Ohren nicht. Fatimas Freundin ist wahrlich keine gewöhnliche Frau. Sie ist eine Zauberin. Der zitronige Duft der Scones breitet sich aus und verleiht allem eine fröhliche, schwingende Note. Ein einziger Bissen von Maggies Scones hätte wohl sogar die Sängerin Fabienne Thibeault bewogen, den traurigen Text ihres Songs *Le monde est stone* zu ändern und die Welt in bunten Farben zu sehen.

9

TROMMELN

Die Lakritzstange hat sich mittlerweile zu einem unansehnlichen zähen Klumpen verformt, ohne dass Robert es gemerkt hätte. Er liegt mit vor der Brust verschränkten Armen auf dem Bett, kaut hin und kaut her, als könne er so den Aufruhr in seinem Innern bändigen. *Bum, bum, bum.* Wann hat sein Herz je so heftig geschlagen? Einen Augenblick kommt ihm der Gedanke, dass es wohl aus seinem Käfig herauswill, um ausgelassen unter dem Sternenhimmel herumzutollen. Es pocht mit aller Macht gegen seine Rippen. Ein in der Nacht herumschweifendes Herz, inmitten der Zucchini und Tomaten – das würde seine Pflanzen vollkommen verwirren. Dieser Gedanke erschreckt ihn, und er presst seinen Brustkorb zusammen, um den gemeinen Bösewicht im Zaum zu halten, der keine Ruhe gibt. An Schlaf ist nicht zu denken.

»Wirst du wohl still sein!«

Das Herz antwortet mit einem erneuten leidenschaftlichen Tanz. Schon seit Stunden kämpft Robert darum, seinen Herzschlag in den gewohnten, ruhigen Rhythmus zu bringen. Vergeblich! Er braucht nur die Augen zu schließen, um Maggies strahlendes Gesicht vor sich zu sehen, und schon bläst sein Herz zum Sturm! Entfesselt wie die Trommeln der russischen Armee hallen die Schläge in seinem voluminösen Brustkorb wider, wo doch sonst ein weitaus gemächlicherer Rhythmus für Ruhe und Zufriedenheit sorgt. Ein erschreckendes, atemberaubendes Tempo hat Robert heute Abend von Kopf bis Fuß erfasst und zwingt ihn zum Innehalten, wo er doch eigentlich noch die Streu der Hühner wechseln sollte.

»*Kopftomi*, ich werde dir schon beibringen, ruhig zu sein!«, beschwört er sich selbst, ehe er sich energisch im Bett aufrichtet.

Dann steht er auf und spuckt sein zerkautes Lakritz in ein Taschentuch. Verdrossen wirft er das Ganze in den Mülleimer, um anschließend das Fenster weit aufzureißen. Erschöpft holt er tief Luft. Doch er ahnt, auch wenn er die ganze Luft unter dem Himmel einatmete, würde es ihm keine Erleichterung verschaffen. Er muss nach draußen.

Entschlossenen Schrittes durchquert er den von kleinen Nachtlichten erhellten Flur. Es ist bereits nach Mitternacht, und überall ist Ruhe eingekehrt. Nur vom anderen Ende der *auberge* dringt noch gedämpftes Lachen herüber. Ein paar Gäste scheinen immer noch Karten zu spielen, während Fatima, Hassan, Elsa und die Zwillinge süß schlummern. Und Maggie, was macht sie wohl gerade? Überlässt sie sich bereits ihren Träumen oder hört sie noch Musik?

Sein Herz gerät erneut in Wallung und macht sich durch lautes Pochen bemerkbar. Maggie. Sie ist der Grund für Roberts desolate Verfassung.

Zittrig öffnet er das Tor zum Gemüsegarten, in der Hoffnung, der unerbittlichen Wahrheit zu entkommen und Ruhe zu finden.

Er holt tief Luft und lässt die frische Luft in seine Lungen strömen. Schwer atmend bleibt er beim Hühnergehege stehen und starrt in den Sternenhimmel hinauf.

»Drei Tage«, murmelt er. »Erst drei Tage ist sie hier, und schon bin ich neben der Spur. Helft mir, um Himmels willen!«

Die Sterne bleiben eine Antwort schuldig. Als ebenso stumme wie reglose Vertraute beschränken sie sich darauf,

Robert mit ihrem zarten und flüchtigen Lichtschein zu umfangen.

»Vermutlich habt ihr dort oben euern Spaß an dem Drama, das ich hier gerade veranstalte«, ruft er ihnen bitter zu.

Die Sterne belassen es bei ihrem freundlichen Funkeln, und Robert nimmt es ihnen nicht übel. Auch die Damen der Nacht haben das Recht, ihn zu belächeln. Alle Welt würde sich darüber lustig machen, dass ein Mann von zweiundfünfzig Jahren Angst davor hat, auf eine Frau seines Alters zuzugehen.

Robert ballt die Fäuste. Er drängt seine Ängste zurück, vergräbt sie ganz tief in seinem Bauch. Er trägt schwer an seinen Befürchtungen, aber nach außen dringen sie nicht. Ja, das kann er gut: Wenn es darum geht, den Kopf in den Sand zu stecken, um sich der Wirklichkeit nicht stellen zu müssen, dann ist er ein ernster Anwärter auf die Goldmedaille! Er möchte sich dieses Gefühlswirrwarrs am liebsten entledigen wie eines schmutzigen Strumpfs, den man nur mit spitzen Fingern anfasst und möglichst rasch und ohne nähere Betrachtung zu der übrigen schmutzigen Wäsche, zu den übrigen gemeinen Verursachern von Traurigkeit und Scham wirft. Zack, weg damit! So geht das. Er sortiert seine Gefühle so, wie man seine Wäsche sortiert, wirft alles Unpassende und Unbequeme weg und hofft, dass kein unverbesserlicher Strumpf mehr in der sauberen Wäsche auftaucht.

»Alles wird gut. Sie ist nur für zwei Wochen hier, danach ist es vorbei. Ich muss mich einfach nur in die Arbeit stürzen und ihr aus dem Weg gehen. Ja, genau. Das werde ich tun«, redet er sich ein und schlägt den Weg zur Terrasse ein.

Er beobachtet im Halbdunkel die weißen Laken, die sich, von einem leichten Windhauch liebkost, hin und her wiegen. Sein Magen spielt verrückt. *Dieu du ciel!* Dieses Gefühl, dieses Erschauern beim Blick auf die Terrasse, wo sie mit den Kindern singt und tanzt ... Das ist definitiv kein gutes Zeichen!

»Robert? Was machst du denn um diese Zeit hier draußen?«

Er schreckt aus seinen Gedanken auf und bemerkt erst jetzt Elsa, die unmittelbar vor ihm auf der Terrasse sitzt. Sie hat es sich in einem der Rattanstühle bequem gemacht und genießt offenbar die Stille, während sie an einem Tee aus Orangenschalen nippt, der einen köstlichen Duft verströmt.

»Und du? Was machst du hier?«, versucht Robert den Kopf aus der Schlinge zu ziehen.

»Ich entspanne mich. Die Kinder sind im Bett, die Kasse ist abgerechnet, also gönne ich mir ein wenig Zeit für mich und denke über das Leben nach.«

Er nickt bedächtig, denn er kann das Ritual seiner Schwester gut nachvollziehen. Hat er nicht aus einem ähnlichen Grund nach Mitternacht das Bett verlassen, um hier durch den Garten zu spazieren?

»Setz dich doch ein wenig zu mir, hier ist noch Platz für meinen Lieblingsbruder.«

»Was soll das denn heißen? Außer mir hast du doch gar keinen Bruder!«

»Komm schon her, du alter Brummbär!«

»Aha, das trifft es wohl eher«, grantelt Robert, nimmt aber auf dem Schaukelstuhl Platz.

Er wippt vor und zurück und stößt dabei einen Seufzer aus, der seiner Gefühlslage ungewollt Ausdruck verleiht. Beide schweigen eine Weile, ohne dass diese Stille zwischen ihnen etwas Unangenehmes hätte. Sie ist vielmehr eine sanfte Atempause, die es Robert ermöglicht, sich langsam wieder zu fassen.

»Du hast fantastische Fortschritte gemacht«, beglückwünscht ihn Elsa.

Robert ist peinlich berührt von ihrer Feststellung und kommt sich beinahe vor wie ein Schüler, den man zum ersten Mal lobt.

Stumm wie ein Karpfen zieht er eine neue Lakritzstange aus seiner Hemdtasche hervor. Verträumt lutscht er daran und lässt Revue passieren, was ihm die letzten Tage beschert haben.

»Du hast in letzter Zeit mehr gesprochen als während des gesamten letzten Jahres. Ich weiß nicht, wie Fatima und Hassan es angestellt haben, aber das Ergebnis ist umwerfend. Robbie, du schaffst es aus deinem Schneckenhaus heraus, glaub mir! Ich kann es immer noch nicht fassen, wie du heute mit Maggie gelacht hast!«

Die Worte legen sich Robert wie eine seltsam schwere Last auf die Schultern. Er hat die Szene wieder vor Augen. Maggies Lächeln, Elsas wissender Blick. Was hat seine Schwester gedacht, als sie Robert und Maggie in beinahe so etwas wie einer Umarmung sah? Ausgerechnet Elsa, die ihn ständig unter die Haube bringen will! Hatte sie es am Ende sogar eingefädelt, dass die Engländerin hier auftauchte?

»Träum ruhig weiter, Elsa! Nur weil du mich dabei erwischt hast, wie ich mit einer Frau lache, werde ich noch lange nicht meine Gewohnheiten ändern.«

»Ob du es willst oder nicht, das hast du schon getan. Außerdem – wenn alles so wäre wie immer, wärst du jetzt nicht hier draußen aufgetaucht, noch dazu mit so finsterer Miene! Die Veränderungen machen dir zu schaffen und du kannst nicht schlafen – deshalb tigerst du nachts hier herum.«

Das sitzt! Die kleine Schwester kann glatt Gedanken lesen. Fehlt nur, dass sie eine Kristallkugel hervorzieht, um ihm auch noch seine Zukunft vorherzusagen! Robert Walch, der einsame Koch – wird er ein weiteres Mal an gebrochenem Herzen leiden?

»Du solltest lieber keine fremden Leute mehr bei uns einquartieren«, stößt er erbittert hervor. »Deine hochheilige Geschäftsbilanz wird rasant in den Keller gehen, wenn ich nicht mehr schlafen kann. Wenn ich meine Zeit damit vertue, mit all diesen Menschen aus der weiten Welt zu reden. Je mehr ich rede, desto schlechter wird meine Küche.«

Das ist geradezu aus ihm herausgebrochen – und war doch nichts weiter als ein kläglicher Versuch, das Gesicht zu wahren!

»War's das? Mir kannst du nichts vormachen! Ich habe doch gesehen, wie viel Spaß es dir macht, mit der neuen Truppe zu arbeiten. Und genau das Gegenteil ist der Fall: Deine Gerichte sind noch besser, seit du Umgang mit anderen Leuten hast. Merkst du nicht, dass sie dich inspirieren? Du öffnest dich für andere Kulturen. Das ist doch großartig!«

»Und gefährlich«, wendet er ein. »Wenn das so weitergeht, dann werde ich alles verlieren. Meine Hingabe, die Lust, früh aufzustehen ...«

Elsa greift nach seiner großen Hand und streichelt sie sanft. Er lässt es geschehen, denn er ist viel zu sehr mit seinen Gedanken beschäftigt, um sie zurückzuziehen.

»Es hat noch niemanden umgebracht, auf andere zuzugehen. Klar, du hast guten Grund, durcheinander zu sein, aber ich habe sehr wohl gesehen, dass du Hassan und Fatima magst, und vor allem habe ich bemerkt, dass du alles Mögliche anstellst, um Maggie aus dem Weg zu gehen. Robbie, es ist dein gutes Recht, dich zu einer Person hingezogen zu fühlen. Du bist zweiundfünfzig Jahre alt, es wäre durchaus Zeit, dass du ...«

»Lass es gut sein, Elsa. Ich brauche keine Belehrungen von dir.«

»Warum? Weil ich deine kleine Schwester bin?«

»Weil du doch genauso schräg drauf bist wie ich! Du glaubst, dass du mir helfen kannst, wenn du mich mit neuen Leuten zusammenbringst, aber genau das Gegenteil ist der Fall. Ich ... ich bin einfach nicht in der Lage, Kontakte zu knüpfen, ich bin ein Einzelgänger, ich mag die Menschen nicht, wie oft muss ich dir das noch sagen?«

»Könntest du vielleicht auch einmal darauf verzichten, deine Rüstung anzulegen, wenn ich mit dir rede? Du bist mein Bruder, da sollte es doch möglich sein, dass wir offen und ehrlich miteinander sind.«

»Offen! Offen! Immer kommst du mir mit diesem Wort! Wohin hat es dich denn gebracht? Du hast zwei Kinder, die ihren Vater nie kennenlernen werden! Mit wie vielen Männern hast du dich denn getroffen, seit dich dieser Blödmann Marc sitzen gelassen hat? Ich weiß doch, dass du dich so manche Nacht in den Schlaf weinst!«

Elsa bleibt ruhig und nimmt lediglich einen Schluck von ihrem Tee. Sie ist es gewohnt, dass Robert sie mit Vorwürfen überhäuft, sobald sie ihn zum Reden bringen will. Wie immer schaltet er sofort in den Abwehrmodus und lässt sich auf nichts ein.

»Du hast recht. Es macht mir auch heute noch zu schaffen. Ich hätte nie gedacht, dass ich mich mit meinen fast vierzig Jahren noch so heftig verlieben könnte. Und als Marc angefangen hat, hier bei uns zu arbeiten, da ist es eben doch passiert. Wir hatten eine schöne Zeit miteinander, und dann war seine Arbeit beendet und er wieder fort. Als ich dann wusste, dass ich schwanger bin, und ihn ausfindig gemacht habe, wäre mir natürlich lieber gewesen, dass er zu mir zurückkommt, anstatt zu erfahren, dass er verheiratet ist. Aber das schmälert nicht das Glück, das ich während der Wochen mit ihm empfunden habe, und schon gar nicht die Liebe, die ich für die Zwillinge empfinde.«

»Er hat sich einen Dreck um dich gekümmert, und du bleibst so positiv …«

»Es war sehr schön mit uns beiden, und das denke ich jeden Tag wieder, wenn ich meine Kinder sehe. Wenn man immer darauf bedacht ist, nichts an sein Herz heranzulassen, dann lässt man vielleicht auch irgendwann sein Glück vorüberziehen. Ich habe die Chance ergriffen, als mir Marc begegnet ist. Eigentlich, mein lieber Robbie, war ich schon auf dem Weg, allein zu bleiben, weil ich immer Angst hatte, mich in den Falschen zu verlieben ...«

»Und dann hast du dich genau in den Falschen verliebt!«, ereifert sich Robert.

»Du willst es einfach nicht verstehen! Meine schönste Liebesgeschichte ist nicht Marc, das sind Charlotte und David. Auch wenn Marc mich enttäuscht hat – ohne ihn hätte ich nie das Glück erfahren, Mutter zu sein. Ich versuche dir einfach nur begreiflich zu machen, dass sich hinter einer enttäuschenden Begegnung eine andere, schönere verbergen kann, die das Leben unendlich bereichert.«

»Du willst also, dass ich leide, um dann irgendwann mein wahres Glück zu finden?«

»Nein. Blick einfach positiv auf dein Umfeld. Du bist jetzt in wenigen Tagen auf mehr Leute zugegangen als bisher in deinem ganzen Leben. Und du bist richtiggehend aufgeblüht. Du gibst deine Leidenschaft an andere weiter und teilst sie mit ihnen. Du kannst also ruhig stolz auf dich sein! Ist dir eigentlich klar, dass die Leute dich mögen? Warum versuchst du trotzdem hartnäckig, nichts von dir preiszugeben und dich hinter diesem Schutzschild zu verschanzen?« Elsa bleibt unerbittlich, legt ihm aber liebevoll eine Hand auf die Brust.

»Du bist einfach zu optimistisch. Irgendwann finden mich die anderen langweilig und haben genug von mir. Ich bin eben nicht so wie sie. Ich habe mir immer anhören müssen, dass ich ein Träumer bin, und das wird sich vermutlich auch nicht ändern. Menschen wie ich gelten im besten Fall als ›schräge Vögel‹, aber lieben tut man sie nicht!«

Er steht so plötzlich auf, dass ihm schwindlig wird. Sein

grauer Schnurrbart zittert leicht. Jäh packt ihn eine tiefe Traurigkeit, und ihm ist mit einem Mal nach Weinen zumute.

»Du brauchst die anderen. Hör auf, dich so schlechtzumachen, und nimm ihre Freundschaft einfach an.«

»Und wenn diese Freundschaft zu etwas anderem wird ... wenn mir dabei das Herz bricht?«

»Dann hast du zumindest die Chance genutzt, eine Liebesgeschichte zu erleben. Das Schlimmste ist, wenn man im Nachhinein bereut, etwas Entscheidendes nicht getan zu haben. Warte nicht, bis du irgendwann bedauern musst, dich nie auf die Liebe eingelassen zu haben.«

10

HALLO? DOKTOR HASE?

»Robert, denkst du vielleicht auch einmal an die Gäste? Sie werden nichts zu essen haben, wenn du nicht endlich herauskommst!«

Immer noch keine Antwort. Robert hat sich tief unter seiner Decke vergraben und blickt starr auf die Tür, auf die Elsa von außen einhämmert. Die Situation ist heikel. Wenn er sich emotional überfordert fühlt, zieht er sich so sehr zurück, dass er sich regelrecht ausklinkt, ganz gleich, welche Aufgaben in der Realität anstehen.

Er stößt einen Seufzer aus und lässt noch einmal den bisherigen Morgen vor seinem geistigen Auge vorüberziehen.

Er hatte sich von Elsas Optimismus anstecken lassen. Von ihrer nächtlichen Unterhaltung beflügelt, hatte er beschlossen, sich eine so schöne Freundschaft nicht nehmen zu lassen. Es war ihm vollkommen unklar, was er eigentlich für Maggie empfand. Vermutlich waren es eher ihre Scones und ihr reizender englischer Akzent, die es ihm angetan hatten. Mit der vielbeschworenen Liebe auf den ersten Blick hatte das bestimmt nichts zu tun!

Elsa hatte recht. Es gefiel ihm mit einem Mal, Menschen zu begegnen und sich ihnen zu öffnen. Seine Angst, sich zu verlieben, gründete allein auf der Tatsache, dass er so unglückselig in Maggies Armen gelandet war. Prompt hatte seine Fantasie ihm einen Streich gespielt, und sein Herz war nicht mehr im Zaum zu halten. Und nun machte er sich ohne Not das Leben schwer.

Mit einem Korb voller Brot und Gebäck, das er in der Nacht gebacken hatte, war er bei Hassan und Fatima aufgekreuzt, die auf der Terrasse am Tisch saßen. Erst lief alles sehr gut. Robert hatte sogar einen neuen Rekord beim Eintauchen des Frühstücksbrotes in seinen Zichorienkaffee aufgestellt. Außerdem hatte ihm niemand damit in den Ohren gelegen, sich endlich an der Unterhaltung zu beteiligen. Fatima kannte ihn bereits gut genug, um sein morgendliches Ritual nicht zu stören.

Dann aber hatte Elsa leider alles verdorben, indem sie Maggie bat, sich zu ihnen zu setzen.

Immer noch hält er die kleine Einkaufsliste, die Maggie erstellt hat, in seinen zittrigen Händen. Sie ist der Auslöser, der Ursprung all seiner Ängste.

Sie wollte mit ihm ins Dorf gehen, wollte sich die hübschen elsässischen Häuser ansehen und ein paar regionale Produkte kaufen. Wie kommt sie nur auf den Gedanken, dass ich ihr etwas zeigen könnte?, denkt er, den Tränen nahe. Ich weiß nichts von dem Dorf, obwohl es ganz nah ist. Jeder beliebige Tourist weiß besser Bescheid als ich!

Er ist beschämt, fühlt sich elend. Denn er muss sich eingestehen, dass er, der immerzu die regionale Gastronomie anpreist, eigentlich nichts über das Elsass weiß. Dass er sich über die Grenzen seines Hofes hinaus nie mit dem Elsass beschäftigt hat.

Und schon ist es so weit, er wird von der Liebe enttäuscht. Der Schmerz, vor dem er sich heute Nacht noch so gefürchtet hat, hat sich eingestellt. Er glaubte eine tiefe Liebe zum Elsass zu empfinden, weitaus tiefer als zu den Menschen, aber in Wirklichkeit ist ihm das Elsass fremd. Maggie hat ihm klargemacht, dass er der Liebe zu seiner Heimat nicht würdig ist. Seine schlimmsten Ängste werden wach, schnüren ihm die Kehle zu und nehmen ihm die Luft zum Atmen. Schnell, er braucht frische Luft!

Er springt aus dem Bett und läuft zum Fenster, vor dem er allerdings mit weit aufgerissenen Augen stehen bleibt.

»*Kopftomi*, Fatima! Sie sind ja vollkommen verrückt!«

Auf der obersten Sprosse einer Leiter stehend, krallt sich Fatima an der Regenrinne unterhalb des Fensters von Roberts Zimmer fest. Da das Fenster noch fest geschlossen ist, kann sie nicht hören, was er sagt.

»Lassen Sie mich in Ruhe! Ich habe gesagt, dass ich niemanden sehen will. Ich bin viel zu erschöpft, um auch nur das Geringste zu tun.«

Sie neigt ostentativ ein Ohr in seine Richtung, um ihm zu bedeuten, dass sie nichts hört. Robert ignoriert sie jedoch und wendet sich niedergeschlagen ab. Er fühlt sich bedrängt, in die Enge getrieben von seiner an die Tür hämmernden Schwester einerseits und von Fatima vor dem Fenster draußen andererseits.

Wild entschlossen, sich weiterhin zu verschanzen, bleibt er regungslos stehen und beginnt, sorgfältig die Latten der Deckenverkleidung zu zählen.

»Sechsundvierzig«, seufzt er schließlich.

Sechsundvierzig, genauso viele Minuten ist er Elsa jetzt schon eine Antwort schuldig geblieben. Erleichtert stellt er fest, dass sie inzwischen aufgegeben hat. Er dreht sich zum Fenster und bleibt erstarrt stehen. Ein langes weißes Ohrenpaar wackelt unmittelbar unter dem Fenster hin und her.

»Was soll das denn?«, rätselt Robert und tritt näher.

Der Hase macht einen Satz nach oben und ist nun ganz zu sehen. Es ist ein lustiges weißes Plüschtier mit zotteligem Fell und einer abgewetzten Nase.

»Guten Tag, Robert!« Das kleine Plüschtier winkt und will offenbar Kontakt zu ihm aufnehmen.

Robert zieht die Augenbrauen hoch und reißt das Fenster nun doch weit auf, um das seltsame Geschöpf zu fassen. Da aber taucht auch Fatima schon wieder auf ihrer Leiter auf und reckt die Hand hoch, mit der sie das Stofftier führt.

»Wie ich sehe, ist Doktor Hase noch immer kaum zu übertreffen«, verkündet sie und drückt ihm ein Küsschen auf die Schnauze.

»Ich habe Sie doch gebeten, mich allein zu lassen«, brummt Robert und will das Fenster sofort wieder schließen.

»Das hast du aber nicht zu mir gesagt«, erwidert Doktor Hase mit warmer, nachsichtiger Stimme.

Bei diesem Einwand zieht Robert erneut die Augenbrauen hoch und vergisst in seiner Verwunderung, Fatima zu vertreiben.

»Wer ist denn dieser ›Doktor Hase‹?«

»Ein treuer Freund, der gern einsamen Herzen hilft«, antwortet der kleine Hase. »Du bist ein einsames Herz, stimmt's, Robert?«

Es kommt ihm aberwitzig vor, aber Robert vermag jetzt die Augen nicht mehr von dem Plüschhasen abzuwenden, in dessen Stimme eine solche Aufrichtigkeit liegt, dass er wie gebannt zu ihm hinübersieht.

»Wenn du mich hineinlässt, kann ich dir vielleicht helfen.«

»Das ist sicher gut gemeint von Ihnen, Fatima, und Ihr Hase hat tatsächlich irgendwie etwas Wohltuendes, aber ich möchte allein sein.«

Fatima zieht ihre Hand aus der Figur und stopft den kleinen Hasen wieder in die Hosentasche ihrer Jeans.

»Genau das hat Hassan auch immer gesagt, und doch hat ihm der gute alte Hase oft geholfen.«

»Wie konnte ihm denn ein Plüschtier helfen?«

»Er ist eben ein Träumer, genau wie Sie, Robert«, antwortet Fatima bewegt. »Und Menschen wie Ihnen fällt es manchmal schwer, sich jemandem aus der wirklichen Welt anzuvertrauen.«

Robert schluckt mühsam. Seine Kehle ist wie zugeschnürt. Die wirkliche Welt, ja, sie jagt ihm immer wieder Angst ein. Doch wozu um Himmels willen brauchte ein junger Mensch, der so zuversichtlich und fröhlich in die Welt blickt wie Hassan, die Unterstützung eines Plüsch-Doktors mit synthetischen Schnurrbarthaaren?

»Sie versuchen nur, mich mit Ihren Schmeicheleien umzustimmen, damit ich Sie hereinlasse«, fährt er Fatima brüsk an und umfasst den Fenstergriff.

Schnell presst Fatima ihre Handfläche kräftig gegen die Scheibe und blickt Robert geradewegs in die Augen.

»Ich sage Ihnen jetzt mal etwas ganz im Vertrauen. Mein Sohn hat nicht gesprochen, bis er sechs Jahre alt war. Nur diese kleine Handpuppe konnte ihm dabei helfen, seine Ängste zu äußern. Und Sie, Sie sprechen mit Ihren Hühnern und Ihrem Gemüse, stimmt's? Mein Sohn hat sich eben dem kleinen Doktor Hase anvertraut.«

Robert weicht einen Schritt zurück, so sehr haben ihm Fatimas Worte zugesetzt. Er sinkt auf sein Bett, während sie durchs Fenster steigt. Mit ihrem rot-schwarz karierten Hemd und ihrer Jeans sieht sie aus, als käme sie direkt von einem Country-Abend. Bei der Vorstellung, sie könnte gleich einen Madison-Tanz hinlegen, schleicht sich ein leichtes Lächeln in Roberts Gesichtszüge.

»Darf ich mich neben Sie setzen?«

Robert nickt schweigend.

»Ihre Kindheit war sicher alles andere als unbeschwert. Das sieht man an Ihrer Art, mit dem Leben umzugehen. Glückliche Kinder werden zu offenen Erwachsenen, aber Sie scheinen zu einer kindlichen Unschuld zurückkehren zu wollen, weil Ihnen dieses unbeschwerte Lebensgefühl so früh genommen wurde.«

Sie versucht, seine Hand zu nehmen, um sein Zutrauen zu

gewinnen, aber Robert steckt sie rasch in die Tasche seiner Arbeitshose.

»Es fällt Ihnen schwer, sich berühren zu lassen oder mit Unbekannten zu sprechen, nicht wahr?«

Er senkt bedrückt den Kopf und muss widerwillig zugeben, dass Fatima ihn besser durchschaut, als ihm lieb ist.

»Alles Neue ängstigt Sie, und deshalb klammern Sie sich an Rituale und Gewohnheiten, die Ihnen Sicherheit vermitteln.«

»Warum sagen Sie das alles? Ich fühle mich sehr wohl dabei.«

Fatima zieht Doktor Hase wieder aus ihrer Hosentasche hervor und reicht ihm das Stofftier.

»Ich glaube, dass Sie – genau wie Hassan – einen Doktor Hase gut hätten brauchen können, und zwar immer dann, wenn Sie dachten, niemand würde Sie verstehen ... außer Ihrem Gemüse.«

Roberts Herz gerät so aus dem Takt, dass ihm die Luft wegbleibt.

»Hassan war immer sehr sensibel. Als Kind war er verschlossen, und er konnte zum Beispiel manche Geräusche nicht ertragen. Er wurde aggressiv, nur weil sein Vater beim Essen zu laut war. Das Schlimmste war aber, dass wir so getan haben, als seien wir eine heile Familie. Karim war viel zu pragmatisch und viel zu streng, um Hassan zu begreifen. Jahrelang haben wir Karims Wutanfälle, die Schläge und unsere Angstzustände ausgehalten. Wenn Hassan zu viel weinte, gab es eine Tracht Prügel. Wenn Hassan trotzig war, schloss er ihn in sein Zimmer ein. Ich habe es irgendwann nicht länger ertragen, habe meine Sachen gepackt, meinen Jungen genommen und Karim verlassen. Auf unseren Reisen quer durch Europa habe ich eine ganz neue Beziehung zu Hassan aufgebaut, und mir wurde klar, dass sein Anderssein, das seinem Vater solche Angst machte, auch eine Stärke war, von der ich etwas lernen konnte. Maggie war mir eine sehr große Hilfe. Sie sah Hassan in einem wunderbar optimistischen Licht. Für sie war gerade das, was ihn zu einem Einzelgänger machte, eine besondere Fähigkeit. Und ich denke, dass auch Sie, Robert, auf Ihre Art ein ganz außergewöhnlicher Mensch sind und wir alle deshalb etwas von Ihnen lernen können.«

»Von mir? Ich bin doch nur ein alter, einsamer Bär. Keine Ahnung, was ich an andere weitergeben könnte ...«

Fatima lächelt ihn liebevoll an und legt eine Hand auf seinen Oberschenkel.

»Sie machen den Möhren Komplimente, bevor Sie sie aus der Erde ziehen, Sie singen Ihre Hühner mit Wiegenliedern in den Schlaf ... Niemand sonst macht so etwas, niemand ist in dieser Hinsicht so sensibel wie Sie. Ihnen ist es wichtig, dass man Achtung vor den Nahrungsmitteln hat, denn Sie sind einer der wenigen, die wissen, woher jede einzelne Zutat kommt und was sie zu einer Speise beitragen kann. Ihr Einzelgängerdasein macht Sie zu einem Beschützer der Natur. Gerade in einer Zeit wie der unsrigen ist es wichtig, dass Sie auf die Welt zugehen, denn die Welt braucht Sie.«

Robert hat eine Gänsehaut bekommen. Er hat immer geglaubt, dass sein Anderssein ein Makel ist, vergleichbar mit einer Krankheit, für die es kein Heilmittel gibt. Über einen langen Zeitraum seines Lebens hat er immer wieder den Spott der anderen zu spüren bekommen. Mit einem Stoßseufzer wird ihm bewusst, dass er vielleicht doch nicht einfach ein komischer Vogel ist.

»Selbst wenn Sie recht haben, wüsste ich nicht, wie ich meinen Umgang mit den Dingen anderen weitergeben könnte. Ich bin einfach so, basta. Außerdem liegt es mir überhaupt nicht, auf andere zuzugehen. Mit Ihnen kann ich nur deshalb reden, weil Sie sich in mich hineinversetzen können.«

»Es war nicht leicht für mich und hat mich viel Zeit, Geduld und Verständnis gekostet, Hassan so weit zu bringen, dass er sich auf den Umgang mit anderen einlässt. Jahrelang hat er nur mit diesem Doktor Hase gesprochen. Glauben Sie mir, diese Handpuppe ist mit Sicherheit das Beste, was ihm je passiert ist. Und jetzt wäre es gut, wenn Sie unsere Hilfe annehmen würden.«

Robert hat den Kopf in die Hände gestützt, lauscht aber aufmerksam Fatimas Worten. Sie erinnern ihn an seine eigene Kindheit, an die Hänseleien der anderen Dorfjungen, an das Unverständnis seiner Lehrer und vor allem an die bedingungslose Liebe seiner Mutter. Nur sie verstand es, mit ihm zu reden und ihn so zu sehen, wie er war.

»Ihre Schwester hat mir erzählt, was Sie erlebt haben. Ich weiß, dass Ihre Mutter für Sie die wichtigste Bezugsperson war und Sie sich nach ihrem Tod in Ihr Reich zurückgezogen haben. Aber Sie dürfen sich nicht so einigeln. Es würde Ihnen nur guttun, es auch einmal zu verlassen – und zwar Ihnen genauso wie allen um Sie herum.«

»Das wollte ... das wollte ich ja tun. Ich hatte wirklich vor, mit Maggie in die Stadt zu fahren, aber dann wurde mir klar, dass es zu spät ist, dass ich nichts von der Welt da draußen weiß. Ich schäme mich so, Fatima! Ständig halte ich die Werte meiner Heimat hoch, dabei kenne ich sie gar nicht. Es ist einfach nur erbärmlich!«

Ein paar Tränen schimmern auf Roberts Wangen. Er fühlt sich so jämmerlich, dass er sie nicht zurückhalten kann.

»Keine Sorge, wir werden Ihnen helfen. Sie werden sehen, am Ende machen Sie einen schönen Ausflug mit Maggie.«

»Ich weiß nicht, ob ich mich noch dazu aufraffen kann. Wenn ich nur an die Stadt, an den Lärm denke ... Das schaffe ich nicht! Dabei habe ich Lust, meine Heimat besser kennenzulernen. Die Begegnung mit Maggie hat mir klargemacht, dass meine Liebe zum Elsass nicht so tief ist, wie ich mir eingebildet habe. Es fühlt sich an, als wäre ich in eine Frau verliebt, von der ich kaum etwas gesehen habe als ihre Lippen und Augen. Wenn ich mein Elsass besser kennenlerne, vielleicht könnte ich dann ...«

Seine Stimme bricht, und er wagt es nicht weiterzusprechen.

»Sie werden Ihr Herz für andere Menschen öffnen können«, vervollständigt Fatima seinen Gedanken. »Sie sind doch schon dabei.«

Sie wendet sich Robert mit einem warmherzigen Lächeln zu und schließt ihn in die Arme.

»Morgen machen Sie erst einmal einen Ausflug mit Hassan, einfach mal raus in die Natur. Wenn Sie eine engere Verbindung zu Ihrer Heimat aufbauen wollen, dann wäre das vielleicht ein schöner Anfang.«

Robert nickt langsam. Er ist erschöpft, überwältigt von einer wahren Flut von Gefühlen. Fatima drückt ihn noch etwas fester und summt ganz nah an seinem Ohr ein paar Takte aus dem Chanson *Week-end à Rome* von Étienne Daho, in dem es um eine ähnliche Sehnsucht geht: »*Oh, j'voudrais tant coincer la bulle dans ta bulle, et traîner avec toi qui ne ressembles à personne.* Lassen Sie es einfach zu, dass sich Ihr Reich mit unserem mischt – wir alle brauchen Sie, um unser Leben ein wenig mit Ihren Augen zu sehen. Ich kümmere mich darum, dass Sie in der wirklichen Welt besser zurechtkommen, und Sie helfen uns beim Träumen auf die Sprünge.«

11

»SCOOT« FÜR IMMER!

Robert häuft Dung auf eine Schubkarre. Während er mit dem Schaufeln beschäftigt ist, steigt ihm der Geruch in die Nase, aber das macht ihm nichts aus, ganz im Gegenteil. Je strenger der Dung riecht, desto besser wird er für die Rosenstöcke und den Gemüsegarten sein. Dankbar wirft er einen liebevollen Blick zu den Ziegen hinüber, die seinen Gruß mit einem Kopfnicken erwidern. Er ist so in seine Arbeit vertieft, dass er Maggie nicht bemerkt hat, die am Eingang des Stalls steht und ihn beobachtet.

»Wollten Sie heute nicht einen Ausflug mit Hassan machen?«

Robert fährt zu Maggie herum. Sie trägt ein rotes Kleid mit schwarzen Punkten und lächelt ihm mit ihrer charmanten Zahnlücke zu.

»Wir brechen gleich auf. Ich musste nur erst noch den Stall sauber machen.«

»Sie haben wohl immer zu tun bei all den Tätigkeiten, die auf dem Hof und in der Küche anfallen. Es muss hart sein, so zu leben.«

Mit ihren Ballerinas betritt Maggie den Stall. Es kümmert sie offenbar nicht, dass die dafür ungeeigneten Schuhe schmutzig werden könnten. Sie scheint sich wohlzufühlen und die Gesellschaft der friedlich kauenden Ziegen zu genießen. Mit beinahe mütterlichem Wohlwollen ruht ihr Blick auf den Tieren. Robert kann seine Überraschung nur mit Mühe verbergen. Sollte in der Städterin tatsächlich eine Landwirtin schlummern?

»Ich liebe das alles hier«, erklärt er und nimmt eine große Menge Dung mit der Schaufel auf. »Was Sie als Arbeit ansehen, betrachte ich als eine ganz gewöhnliche Tätigkeit.«

Mit vor Anstrengung geröteten Wangen kippt er das Ganze in die Schubkarre. Maggie bewegt sich leichtfüßig zu ihm hinüber und fragt freiheraus:

»Darf ich Ihnen Gesellschaft leisten?«

Normalerweise hätte Robert ein solches Ansinnen auf der Stelle verneint, aber Maggie verhält sich ganz anders als die Gäste der *auberge* und sieht auch ganz anders aus. Sie ist wissbegierig und begeisterungsfähig, immer bereit, Elsa zur Hand zu gehen oder auf die Zwillinge aufzupassen. Auch wenn sie hier auf andere Gedanken kommen wollte, verhält sie sich nicht wie ein Feriengast.

Sie tritt zu ihm und lächelt wieder. In ihren leicht zusammengekniffenen Augen blitzt der Schalk. Von ihrer Natürlichkeit bezaubert, gibt Robert nach.

»Habe ich denn überhaupt eine andere Wahl?«

Maggie lacht hell auf, dann greift sie nach einer zweiten Schaufel.

»Was soll das werden?«

»Ich stehe nicht gern so untätig herum«, erklärt sie. »Außerdem liebe ich den Geruch von Dung!«

Robert schmunzelt. Fatima hatte recht. Maggie hat etwas Strahlendes an sich. Seite an Seite setzen sie die Arbeit fort, tauschen die Streu gegen frisches Stroh. Hin und wieder streifen sich ihre Ellbogen, so nah sind sie einander.

»Für Sie ist das alles hier also gar keine Arbeit, habe ich Sie da richtig verstanden?«

»Genau so ist es«, bestätigt Robert. »Arbeit heißt für mich, dass ich etwas gegen meinen Willen tun muss.«

»Den Stall ausmisten ist für Sie also eher eine Art netter Zeitvertreib?«, fragt sie mit einem Lächeln. Ihr Blick ist gleichermaßen freundlich und verschmitzt.

»Ich ziehe mich gern hier in den Stall zurück. Da bin ich allein und muss mich nicht von Elsa in endlose Gespräche verwickeln lassen.«

»Aha, ich verstehe. Wenn es Ihnen lieber ist, kann ich Sie auch allein lassen.«

Sie macht Anstalten, ihre Schaufel zur Seite zu stellen, wird jedoch von einer unvermuteten Redseligkeit Roberts überrascht.

»Das hängt ganz von den Gesprächsthemen ab. Über Dung zu reden ist mir sehr viel lieber als die Unterhaltungen mit meiner Schwester. Sie landet am Ende doch immer bei Themen wie dem lästigen Papierkram, den Gästen und der ewigen Frage, ob sie zufrieden sind. Dabei will ich mit denen gar nichts zu tun haben, und ich will auch nicht an das Geld denken, das man mit ihnen verdient. Ich habe nie so recht verstanden, warum man sich kaputtschuften soll, wo uns die Erde selbst doch schon sehr viel zum Leben liefert.«

Maggie hört Robert aufmerksam zu. Sie findet seine Worte rührend, aber auch ein klein wenig naiv. Sie klingen in ihren Ohren wie die eines großen Kindes. Eines Kindes, das sich der Verantwortung, die man in der Welt der Erwachsenen übernehmen muss, entzogen hat. Es war eine gute Idee von Fatima, sie hierher einzuladen. Schon dieser Robert reicht aus, um den Kopf freizubekommen.

»Ich tue das alles, weil es mir Spaß macht. Ich liebe es, mich um den Garten zu kümmern, die Blumen aufblühen zu sehen, mein Gemüse im Blick zu haben und ihm alles zu geben, was es braucht. Wenn man mich zwingen würde, etwas gegen meinen Willen zu tun, würde ich sofort von hier fortgehen.«

»Wohin denn?«

In seinen Blick schleicht sich ein kleines Funkeln, bevor er die Augen unwillkürlich zusammenkneift.

»Ins Chalet ›Butterblume‹. Das ist ein kleines Häuschen, das meinen Eltern gehörte. Jetzt geht niemand mehr dorthin. Es liegt in den Bergen, und ich könnte dort genau so leben, wie es mir passt.«

»Aber dort wären Sie dann ganz allein.«

»Man ist nie allein, wenn man in der Lage ist, der Natur zu lauschen.«

Maggie bekommt eine Gänsehaut. Ihr wird klar, dass sie mit Robert jemanden vor sich hat, der die Außenwelt vollkommen ausblendet, aber glaubt, über die Dinge des Lebens bestens Bescheid zu wissen. Vermutlich hat er keine Ahnung, dass Elsa Steuern für besagtes Chalet ›Butterblume‹ zahlt und dass er erst einmal lernen müsste, Rechnungen zu begleichen und amtliche Formulare auszufüllen, wenn er tatsächlich an einem solchen Ort leben wollte. Es ist der Traum eines Kindes, den Robert vermutlich nie verwirklichen wird. Trotzdem möchte Maggie gern glauben, dass es immer noch möglich ist, so zu leben. Dass man sich vom Kreislauf der Jahreszeiten tragen lassen kann, ohne sich um bürokratische Dinge zu kümmern.

»Möchten Sie irgendwann dorthin ziehen?«, fragt sie ihn.

»Das hängt davon ab, wie es hier weitergeht. Ich liebe mein Leben hier, und es würde mir sehr schwerfallen, meinen Hof und meinen Garten zu verlassen.«

»Ich glaube, Ihnen ist gar nicht klar, wie sehr Ihre Gäste Sie brauchen. Sie sind ein ganz besonderer Mensch, und es ist gut für uns andere, Sie bei uns zu haben. Nur schade, dass Sie so zurückhaltend sind. Es wäre für uns alle bereichernd, wenn wir mehr mit Ihnen zu tun hätten.«

Die Schaufel entgleitet Roberts Händen, so sehr berühren ihn Maggies Worte.

»Sie sollten lieber gehen, Sie bringen mich ganz durcheinander«, murmelt er und greift wieder nach der Schaufel, die Maggie gerade noch aufgefangen hat.

»Ich wollte nur ehrlich sein. Die meisten Menschen begnügen sich damit, nach einem fest vorgegebenen Schema zu leben. Sie beschränken das Lernen auf ein Minimum, heiraten irgendwann, bekommen Kinder, kaufen ein Haus, verschulden sich, ängstigen sich um die Zukunft ihrer Sprösslinge, bezahlen ihre Rechnungen und Steuern und schimpfen darüber … Dann kreist das ganze Leben nur noch um zwei Dinge: das äußere Ansehen und die damit einhergehende Unterwerfung. Man tut alles, um den allgemeinen Vorstellungen zu entsprechen und um nicht von anderen verurteilt zu werden. Also unterwirft man sich den von der Gesellschaft aufgestellten Normen. Ein Mensch ist eben nur glücklich, wenn er dies oder jenes besitzt, wenn er dieser oder jener Arbeit nachgeht. Was mich betrifft, so habe ich lange studiert, lebe in einer der schönsten Städte Europas, und doch bin ich jetzt hier bei Ihnen und suche nach einem anderen Sinn in meinem Leben. Das ist doch total paradox. Viele Menschen träumen von einem Alltag, wie ich ihn habe. Ich stehe finanziell gut da, habe einen angenehmen Job, ein süßes Apartment in London, und trotzdem fühle ich mich irgendwie verloren.«

»Es ist spät, Maggie. Hassan wartet sicher schon auf mich. Was wollen Sie mir eigentlich mit alldem sagen?«

»Sie sind genau das Gegenteil von den Gästen, die hierherkommen. Die Leute schlafen in solchen Gasthöfen, um ihrem Alltag zu entfliehen, und fahren wieder weg, ohne etwas gelernt zu haben. Aber ich kann gar nicht aufhören, Sie zu beobachten, weil ich dadurch vieles ganz anders sehe. Sie verstehen es, den Augenblick zu nutzen, Sie kennen die Geheimnisse der kleinen Dinge, die glücklich machen – und das ist eine sehr wertvolle Eigenschaft.«

So wertvoll, dass Robert immer darauf bedacht war, sie zu bewahren. Sein Herz schlägt ihm mit einem Mal bis zum Hals, und er fühlt sich ertappt. Ja, dieses Glück der kleinen Dinge war sein geheimer Schatz, und Maggie hat das glasklar erkannt.

»Es liegt an einem selbst, das Glück zu finden. Das muss jeder allein schaffen. Ich kann den Gästen nicht dabei helfen.«

»Ich verstehe: Sie haben das Recht, das für sich zu behalten.«

Sie bemerkt, wie unbehaglich Robert sich fühlt. Er ist verwirrt von seinen eigenen Bekenntnissen. Da Maggie bewusst ist, dass sie ihn ein wenig in die Enge getrieben hat mit ihren vielen Fragen, lehnt sie die Schaufel gegen ein Gatter und geht zum Ausgang.

Er folgt ihr mit den Augen. Nur selten unterhält er sich so lange mit jemandem, mal abgesehen von Elsa. Auch wenn er das nur sehr ungern zugeben möchte – er hat es genossen, Maggie zuzuhören.

Bevor sie nach draußen verschwindet, wendet sie sich noch einmal zu ihm um und sieht ihn an.

»Sie mögen die Gesellschaft der anderen nicht, weil sie nicht die gleiche Empfindsamkeit haben wie Sie. Aber wenn Sie ihnen ein wenig davon vermitteln würden, könnten Sie wahre Wunder bewirken ...«

»Sie sind schon die Zweite, die mir das sagt«, stellt er fest und tritt zu ihr.

»Und zwar sicher deshalb, weil Fatima und ich recht haben.«

Robert weiß nicht, was er darauf antworten soll. Zum Glück taucht Hassan draußen mit seinem Motorroller auf und wartet auf dem Hauptweg. Ein willkommener Anlass für Robert, die Vertraulichkeiten mit Maggie zu beenden, die nun zu dem Teich mit den roten Fischen hinüberschlendert.

»Du wirst ja wohl nicht verlangen, dass ich auf dieses Wrack steige«, sagt Robert mit skeptischem Blick, während er sich dem kleinen Gefährt nähert.

»Warum denn nicht? Ich bin schon so viele Kilometer mit diesem Roller gefahren, da kommt es auf einen Ausflug mehr oder weniger nicht an«, antwortet Hassan und setzt einen Helm auf.

Robert bleibt trotzig.

»Ich kann doch nicht einfach so mitfahren, schließlich muss ich meine Küche am Laufen halten.«

»Mama wird die Spätzle rösten und das Hirschragout aufwärmen, das Sie schon vorbereitet haben. Alles ist geregelt, Monsieur Walch. Sie haben gut vorgesorgt, wie immer.«

Roberts Schnurrbart zittert nervös bei der Vorstellung, dass Fatima nicht genug Butter in die Pfanne tun könnte. Jedenfalls werden die Spätzle nicht wie sonst geröstet sein.

»Ich weiß wirklich nicht, ob das eine gute Idee ist. Die Spätzle verlangen sehr viel Aufmerksamkeit. Sie brauchen ...«

»... eine gute Portion Butter, aber auch nicht zu viel«, schneidet Hassan ihm das Wort ab, »... einen kurzen Schwenk durch die Pfanne, gerade lang genug, um sich goldbraun zu färben, und dazu einen Hauch gehackte Petersilie, um sie ein wenig aufzuhübschen.«

Wieder einmal hat ihn sein *lehrbüa* überrumpelt. Der Unterrichtsstoff ist gelernt, und zwar tadellos!

»Machen Sie sich keine Gedanken. Meine Mutter steht am Herd, und alles wird ganz wunderbar klappen. Los, es ist schon fast elf Uhr. Wir sollten längst unterwegs sein.«

»Und was ist mit dem Dessert? Niemand wird den elsässischen *kougelhopf* richtig backen! Nein, es geht einfach nicht ... Ich kann unter diesen Umständen nicht weg.«

Hassan klappt den Sitz des Rollers auf und holt einen zweiten Helm hervor, den er Robert reicht. Dieser greift danach und betrachtet ihn einen Augenblick eingehend, als wolle er irgendeinen Makel ausfindig machen, der es ihm doch noch ersparen könnte mitzufahren.

»Die ›Kugellupfs‹ sind bereits gebacken und mit Zucker bepudert. Das habe ich erledigt, während Sie mit den Hühnern und dem Stallsäubern beschäftigt waren.«

Robert steigt das Blut zu Kopfe. Er weiß nicht recht, ob er sich darüber aufregen soll, dass der junge Mann die Aussprache seines Lieblingsgebäcks so entsetzlich verunstaltet, oder ob er ihm die Ohren langziehen soll, weil er sich ohne Erlaubnis in seiner Küche zu schaffen gemacht hat.

Hassan, dem nicht verborgen bleibt, dass sein Chef kurz vorm Explodieren ist, greift nach seinem Rucksack, öffnet ihn und zieht eine Metalldose daraus hervor.

»Ich habe mir erlaubt, davon eine dicke Scheibe für uns einzupacken. Ich dachte, dann haben wir nach unserer Spazierfahrt etwas Leckeres zum Essen.«

Hassan nimmt den Deckel ab, sodass Robert das in ein kleines kariertes Küchenhandtuch eingeschlagene Stück *kougelhopf* begutachten kann. Er bekommt eine Gänsehaut. Die Kruste weist das perfekte Goldbraun auf, die Krume ist locker und großporig. Hassan muss den Kuchen während des Backvorgangs ständig im Blick gehabt haben. Der milde buttrige Duft weckt Roberts Appetit, und er muss sich zurückhalten, um nicht auf der Stelle ein kleines Stück abzubrechen.

»Alles klar, ich habe wohl keine andere Wahl?«

»Auf jeden Fall haben Sie keine weitere Ausrede. Sie können Ihren Hof ohne Bedenken verlassen.«

Robert stößt einen tiefen Seufzer aus. Es ist Jahre her, dass er sich von seinem Grund und Boden entfernt hat, deshalb löst schon dieser kleine Ausflug von ein paar Stunden Beklemmungen in ihm aus.

»Sie schenken Ihrem Gemüse und Ihren Tieren so viel

Liebe und Aufmerksamkeit, dass alle auch einmal allein bestens zurechtkommen. Sie werden sehen, dass es ihnen an nichts fehlt ...«

»Und ...«

»Und Calimero wird von den Zwillingen gefüttert und ausgeführt«, unterbricht Hassan und nimmt Robert damit noch einmal den Wind aus den Segeln.

Letzterem rutscht nun endgültig das Herz in die Hose. Unruhig fingert er an dem mit bunten Aufklebern versehenen Helm herum.

»Am besten machen Sie jetzt die Augen zu und überlassen sich meiner Führung«, schlägt der junge Bursche keck vor. »Auf geht's. Es wird Ihnen gefallen, vertrauen Sie mir.«

Hassans Stimme klingt fröhlich und beruhigend. Sie erinnert Robert an Klänge aus seiner Kindheit, an das Blindekuh-Spiel mit Elsa. Das war sein Lieblingsspiel. Er liebte es, mit verbundenen Augen herumzulaufen, denn hinter dem Tuch um seinen Kopf konnte er sich perfekt von der Außenwelt abkoppeln und ganz in sich vertiefen.

Endlich setzt Robert den Helm auf und steigt hinter Hassan auf den Roller. Er umklammert die Taille des jungen Mannes und kneift die Hinterbacken fest zusammen, während der Roller vor dem Haupteingang zu knattern beginnt.

»Tu mir den Gefallen und setz doch bitte im Vorbeifahren Elsas weißen Kieselsteinen ein wenig zu. Die konnte ich noch nie leiden«, raunt er Hassan leise ins Ohr.

Dieser lacht und gibt ordentlich Gas, sodass ein Schwall der kleinen Steinchen in die Rosenstöcke fliegt, die sich an der zur *auberge* hinaufführenden Treppe entlangranken. Robert hält die Augen geschlossen, hört aber deutlich, wie die Kiesel gegen die Blumentöpfe prasseln.

»*Kopftomi!*«, wettert er, denn die Kollateralschäden seines gemeinen Vorschlags hatte er nicht bedacht. Trotzdem ist er hochzufrieden, dass dem Kies so übel mitgespielt wurde. Bravo, mein Lieber!, denkt er mit einem boshaften Grinsen. Das wird sie lehren, mir immer zeigen zu wollen, wo es langgeht, verflixte Elsa!

Der Roller beschleunigt. Robert klammert sich an Hassan. Der Fahrtwind fährt ihm in den Nacken und zerzaust die grauen Locken, die unter dem Helm hervorschauen. Der Geruch von Sommer und Sonne umschmeichelt seine Nase. Sein Herz rast. In seiner *auberge* ist er von einem fest umrissenen olfaktorischen Universum umgeben, und wenn er bisher gedacht hatte, außerhalb seiner Welt ersticken zu müssen, spürt er nun, dass seine Lungen sich so sehr mit Sauerstoff füllen wie seit einer Ewigkeit nicht mehr. Gierig atmet er die Luft ein, die sich zwischen seine Lippen drängt. Aromen von Heu, Sonnenblume und Traube kitzeln ihn am Gaumen. Es müssen Reben ganz in der Nähe sein. Robert braucht sie nicht zu sehen, um ihre Nähe zu spüren. Hassans rasante Fahrt macht seine Sinne um ein Vielfaches wachsamer und empfänglicher als sonst.

Es ist der jähe und betörende Schritt in eine Welt, die er verdrängt hatte. Aber jetzt tauchen seine Erinnerungen wieder auf, lebendiger und hartnäckiger denn je. Trotz aller Vorkehrungen hat sein Körper nicht vergessen, was er Jahrzehnte zuvor empfunden hat. Die Fahrt durch die Weinberge bringt Robert in eine glückliche Vergangenheit zurück, in der seine Eltern noch lebten und sie oft gemeinsam mit dem Cabriolet fuhren, um das schöne Wetter auszunutzen.

»*Mon Dieu*, meine liebe kleine Elsa!«, murmelt Robert mit Tränen in den Augen.

Schon tut es ihm leid, dass er ihre Feng-Shui-Allee so malträtiert hat. Schließlich hatte Elsa sich das ganze Unternehmen ausgedacht, um ihm etwas Gutes zu tun und die glücklichen Augenblicke von früher wachzurufen. Im Grunde kennt seine

Schwester ihn besser, als er dachte, und bei diesem Gedanken wird ihm warm ums Herz.

Der Roller wird langsamer und biegt auf einen steinigen Weg, der ein spürbares Gefälle hat. Düfte von Gras, Moos und Flechten verraten Robert, dass sie sich einem Wasserlauf nähern. Eine angenehme Frische weht ihn an und lindert das Brennen der heißen Sonne auf seinem Gesicht.

»Wir sind da«, verkündet Hassan und hält an.

Beide steigen von dem Fahrzeug und nehmen die Helme ab. Staunend blickt Robert um sich und stellt bewegt fest, dass sie sich direkt an jenem verwunschenen Bach befinden, der ihn in seiner Kindheit stets so bezaubert hatte.

»Eine Angelpartie gefällig?«, schlägt Hassan vor.

»Ohne Ruten? Das wird kompliziert.«

»Elsa hat sie heute früh hierhergebracht«, antwortet Hassan und weist auf eine Eiche, deren Stamm von hohen Ranken und Efeu bewachsen ist.

Robert kann seine Gefühle nur mit Mühe verbergen. Er erinnert sich, wie er als Kind in diesem fischreichen Gewässer gebadet hat und in einer entzweigeschnittenen Plastikflasche Frösche und Kaulquappen gesammelt hat. Meine Güte, wie sehr hat er diesen Ort geliebt! Und doch hatte er ihn vergessen, hatte ihn tief unter seinem Schmerz und seiner Einsamkeit vergraben.

Hassan ermuntert Robert, sich ans Ufer zu setzen. Von seinen Erinnerungen geleitet, zieht er wie selbstverständlich seine alten Stiefel aus, entledigt sich der Strümpfe und taucht die Füße ins Wasser.

Hassan folgt seinem Beispiel und setzt sich neben ihn. Er hat die Ruten am Ufer abgestellt und einen Picknickkorb geholt.

»Möchten Sie etwas essen?«, schlägt er vor.

»Hoffentlich hast du daran gedacht, ein schönes *miche-*

Brot und ein ordentliches Stück Wurst einzupacken? Das gehört zu einem solchen Ausflug unbedingt dazu!«

»Ich esse kein Schweinefleisch, aber ich weiß, wie gern Sie das mögen ... Vielleicht liegt es ja am Schweinefleisch, dass Sie oft so grantig sind?«, frotzelt Hassan, während er ihm ein von Elsa zubereitetes Sandwich reicht.

Robert nimmt es und beißt herzhaft hinein.

»Hier im Elsass sagt man: ›Alles, was vom Schwein kommt, ist gut.‹ Also kann es gar nicht so schlimm mit mir sein.«

»Ich würde sogar sagen, dass Sie ein ziemlich netter Kerl sind«, tut Hassan jetzt kund und lässt sich dabei sein Thunfischbrot schmecken.

Robert wuschelt kurz durch das Haar seines *lehrbüa*.

»Ganz ehrlich, ich bin echt froh, dass ich meine Ferien hier mit Ihnen verbringen kann«, fügt Hassan hinzu und blickt geradeaus auf das Wasser.

Robert will seinen Stolz nicht zeigen, kann aber ein Lächeln nicht unterdrücken. Seine Züge entspannen sich und werden weich.

»Sie haben sich ganz schön verändert, seit ich hier bin. Sie sind viel freundlicher geworden.«

»Weil ich dich gut leiden kann, mein Lieber.«

»Ach, ich glaube, Sie können nicht nur mich gut leiden. Ich glaube eher, Sie können einfach nicht so recht zugeben, dass Sie ganz gern andere Menschen um sich herum haben.«

»Jetzt gehst du aber etwas zu weit. Deine Freundschaft reicht mir fürs Erste.«

Und schon droht Robert sich wieder wie eine Auster zu verschließen.

»Es tut gut, Vertrauen zu den Menschen zu fassen. Die meisten sind nämlich freundlicher, als man denkt.«

»Glaubst du ernsthaft, dass ich glücklicher wäre, wenn ich andere Menschen an mich heranlassen würde?«

»Ich glaube, dass Sie es schon sind. Und dass es etwas damit zu tun hat, dass wir hierhergekommen sind. Oder etwa nicht?«

Robert kann nicht verbergen, wie aufgewühlt er ist. Es stimmt, er verbringt gern Zeit mit Hassan. Er genießt es, ihm zu zeigen, wie er mit dem Gemüse und den Tieren spricht oder wie angenehm die Arbeit in der Küche in den ungestörten frühen Morgenstunden ist. Auch wenn seine Einsamkeit ihn gelehrt hat, eine besondere Achtsamkeit für die kleinen Glücksmomente des Lebens zu entwickeln, bereitet es ihm eine noch größere Freude zu sehen, dass ein Junge wie Hassan diese offenbar ebenso genießen kann wie er selbst.

»Wissen Sie, bevor ich Sie kennengelernt habe, dachte ich, dass niemand mich verstehen würde«, vertraut Hassan ihm nun an. »Aber ohne meine Mutter hätte ich mich niemals aufgerafft, mich hier bei Ihnen um einen Aushilfsjob zu bewerben. Sie wollte, dass ich lerne, auf Leute zuzugehen, aber trotzdem so bleibe, wie ich bin. Und dabei haben Sie mir geholfen. Ich habe gleich gemerkt, dass Sie mir irgendwie ähnlich sind. Und ich habe das Gefühl, dass die Welt um Sie herum Ihnen mittlerweile Angst macht. Da ist mir klar geworden, dass ich aufpassen muss, dass ich mich nicht zu sehr abschotte. Und wenn ich mich heute traue, Ihnen das zu sagen, dann vielleicht, damit es Ihnen Mut macht, auch ein wenig aus Ihrer Deckung zu kommen.«

Robert hält die Augen geschlossen, um zu verhindern, dass ihm die Tränen kommen.

»Meine Mutter war schon total verzweifelt. Überall, wo ich hinkam, hatte ich Probleme. Ich bin zum Beispiel aus einem Kleiderladen geflogen, in dem ich gejobbt habe, weil ich das Geräusch des Etikettiergeräts so schön fand. Stundenlang habe ich Etikette bedruckt, nur weil der Druckstempel sich so schön anhörte. Das hatte etwas total Beruhigendes für mich.

Aber der Chef war sauer, dass ich so viel Zeit im Lager herumhing, und hat mich entlassen.«

»Ich verstehe. Mein Vater schimpfte immer ganz furchtbar mit mir, weil ich mit den Händen so gern ganz tief in die Kornsäcke auf dem alten Speicher hineingegriffen habe. Manchmal bin ich sogar mit dem Getreidegeruch in der Nase dort eingeschlafen. Dann setzte es eine ordentliche Tracht Prügel, weil sich auch die Mäuse dort eingenistet haben ... Dabei mochte ich diese kleinen Tierchen richtig gern!«

»Mein Vater konnte mich überhaupt nicht leiden. Er fand mich zu sensibel, für ihn war ich ein Schwächling«, offenbart Hassan ihm jetzt und richtet sich bei seinen Worten auf.

Er greift nach einem Grasbüschel und hält es fest umklammert in seiner Hand.

»Er wollte, dass ich so bin wie die anderen. Es ging immer nur darum, dass ich mich ändern sollte, dass ich lernen sollte, ein Mann zu sein.«

Robert legt seine Hand auf die von Hassan.

»Reiß nicht so an dem Gras herum, es kann nichts dafür«, sagt er nur.

Hassan lockert seinen Griff um die Halme, die durch den Druck seiner Hand bereits in Mitleidenschaft gezogen sind.

»Man darf sich auf keinen Fall an der Natur vergreifen, wenn es einem schlecht geht. Sie ist da, um uns beizustehen und zu beruhigen.«

Seine Finger umfassen vorsichtig Hassans Handgelenk und führen seine Hand so, dass sie schließlich sanft über das grüne Büschel streicht.

»Das Gras wird dir immer ein treuer und liebevoller Weggefährte sein, bei dem du Trost finden kannst. Wenn du von deinem Vater keine Zuneigung bekommen hast, dann solltest du wissen, dass du sie in allem finden kannst, was dich umgibt.«

Hassan seufzt.

»Warum können nicht alle Menschen so denken wie Sie? Sie haben ja keine Ahnung, wie gut es tut, mit Ihnen zusammen zu sein.«

Robert drückt den Jungen an sich. Auch wenn er nicht weiß, ob er sich dabei geschickt anstellt, da er eigentlich nur seine Tiere und manchmal die Zwillinge in die Arme schließt. Schweigend überlassen sie sich dem munteren, gleichförmigen Plätschern des Baches. Den Kopf vertrauensvoll an Roberts Schulter gelehnt, kommt Hassan zur Ruhe und nickt schließlich ein. Robert hält den Blick auf das Wasser gerichtet und genießt es, an diesem wohltuenden Ort einen Augenblick ganz für sich zu haben. Zugleich muss er sich jedoch eingestehen, dass nicht die Schönheit der Natur ihm die größte Freude bereitet, sondern die Anwesenheit dieses Jungen, der sich bei ihm geborgen fühlt. Früher hätte er ein solches Gefühl verdrängt – aus Angst, Hassan könnte ihn am Ende doch enttäuschen und verletzen. Nach ihrem Gespräch ist Robert jedoch klar, dass er nichts zu befürchten hat. Sie sind gewissermaßen aus dem gleichen Holz geschnitzt, und Robert spürt, dass er Hassan schützen kann, indem er ihn mit der alten Rinde umgibt, die ihn bisher vom Rest der Welt ferngehalten hat.

12

»IMAGINE«

Drei Tage sind seit dem Ausflug vergangen, den Robert und Hassan mit dem Roller unternommen haben. Seither hat sich Roberts Blick auf seine Heimat verändert. Die Bilder von einem wilderen, weitläufigeren Elsass haben sich ihm eingeprägt, und er schöpft eine neue Energie aus ihnen, die den Menschen in seinem Umkreis nicht verborgen bleibt. Von Maggie und Fatima ermutigt, reicht er jetzt hin und wieder auf der Terrasse ein paar angerichtete Teller an Hassan weiter, aber er kann sich nicht überwinden, direkt zu den Gästen an den Tischen zu gehen. Und noch weniger gelingt es ihm, mit ihnen zu sprechen. Nein, Robert bleibt dabei: Die Touristen sollen hier essen und in den von Elsa hübsch zurechtgemachten Zimmern schlafen, und damit genug. Wenn es darum geht, interessante Gespräche zu führen, sind ihm die Auberginen weitaus lieber.

Doch es ist ihm ein Anliegen, den Gästen beim Verzehr seiner Speisen einen möglichst weitreichenden Genuss zu vermitteln. Dass sie beispielsweise über den feinen Geschmack seiner Forellen die Schönheit des Baches erahnen, in dem er sie gefangen hat. Daher bereitet er die Fische stets mit der gleichen Sorgfalt zu, mit der ein Juwelier einen Diamanten schleift.

»Guten Abend, Robert, können Sie ein bisschen Hilfe gebrauchen?«, fragt Maggie und betritt auch schon die Küche.

Er macht sich nicht die Mühe, sich umzuwenden, hofft

stattdessen einfach, dass sie vielleicht wieder geht, wenn er ihr keine Beachtung schenkt.

»Ich habe Ihnen eine Frage gestellt ...«

»Mit Verlaub, Sie haben hier nichts verloren. Niemand betritt diese Küche außer mir und meinem *lehrbüa* Hassan. Das hier ist mein Reich«, entgegnet er. »Ihr Platz ist draußen.«

»Ich wollte Ihnen ja nur meine Hilfe anbieten. Die *auberge* ist ausgebucht, und da ...«

Robert fährt abrupt herum. Mit dem Fisch, den er noch in der Hand hält, fuchtelt er in der Luft herum, als sei es ein Säbel.

»Was ist denn so schwer an dem zu verstehen, was ich gesagt habe? Nein heißt nein. *Kopftomi!*«

Maggie lässt sich jedoch nicht abschrecken. Sie hat Robert schon des Öfteren so hemmungslos zetern hören.

»Wissen Sie eigentlich, dass sogar Ihr Hund freundlicher ist als Sie?«, frotzelt sie. »Er mag es ganz gern, wenn ich in seiner Nähe bin.«

»Ich muss meine Forellen zubereiten!«, poltert er.

»Lassen Sie mich doch dabei helfen.«

»Die Zubereitung von Fischen ist nichts für feine Damen«, antwortet er und zieht an den Gedärmen einer Forelle.

»Aha, kennen Sie denn viele feine Damen, die sich ihre Schuhe im Mist schmutzig machen, ohne das Gesicht zu verziehen? Glauben Sie wirklich, dass ich mich wegen so ein paar Gedärmen übergeben muss?«

»Das hat nichts mit Ihnen zu tun, ich koche allein, und außerdem kann ich mich nicht konzentrieren, wenn Sie da sind!«

Maggie stemmt ihre Hände in die Hüften und runzelt die Stirn.

»Glauben Sie, dass sich unsere *fish and chips* in England von selbst zubereiten?«

»Maggie, ich bin gerade dabei, einen Fisch auszunehmen. Das kann ich nicht vernünftig machen, wenn Sie mir hier dazwischenfunken! Außerdem bin ich schon reichlich spät dran. Hassan muss mindestens zehn Kilo Kartoffeln schälen und schneiden, und draußen auf der Terrasse warten die Gäste ... Also raus jetzt!«

»Das ist es ja gerade! Wenn Sie so viel zu tun haben, bin ich genau die Richtige!«

»*Kopftomi!* Verschwinden Sie aus der Küche, oder ich schlage Ihnen die Forelle um die Ohren!«

Aber Maggie streckt ihm nur die Zunge heraus und schnappt sich eine Schürze.

»Meine ...«

Die Worte bleiben ihm im Halse stecken, als er sieht, wie sie jetzt nach einem Fisch greift und ihn im Nu ausnimmt.

»Mein Vater hat mich früher gern zum Fischen mitgenommen, und anschließend habe ich immer dabei geholfen, die Fische auszunehmen«, erklärt sie und setzt ihre Arbeit fort.

Starr vor Staunen sieht Robert ihr zu, ohne einen Ton herauszubringen.

»Keine sehr glamouröse Fähigkeit, nicht wahr?«, gibt sie lachend zu.

Roberts Wangen glühen. Es fühlt sich an, als würde er von Kopf bis Fuß erröten. Mit ihrer Art, die Fische zu säubern, erinnert Maggie ihn an das Bild einer Indianerin aus einem Abenteuerroman. Wie oft damals bei nächtlicher Lektüre war sein Blick von jener Zeichnung gebannt gewesen, die eine Siouxindianerin mit von Fischblut befleckten Wangen zeigte. Die Illustration war ihm grausam und sinnlich zugleich vorgekommen, und zum ersten Mal hatte er so etwas wie ein aufflackerndes Begehren verspürt.

»Gleich rutscht Ihnen der Fisch aus den Händen«, stellt Maggie jetzt nüchtern fest.

Robert fährt heftig zusammen, der Fisch entgleitet ihm tatsächlich und springt kopfüber in den Spülstein.

»Das würde alles nicht passieren, wenn Sie endlich aufhören, mich zu ärgern«, schnauft er und fasst nach der glitschigen Forelle.

»Sie haben viel zu fest zugepackt«, bemerkt Maggie. »Jetzt auch wieder!«

Sie schenkt ihm ein reizendes Augenzwinkern, bevor sie Roberts Finger etwas anhebt, um seinen Griff um den Fisch zu lockern.

»Gehen Sie ein bisschen sanfter mit ihm um. Das Fischfleisch muss fest und zart bleiben. Wenn Sie ihn zu grob anfassen, rutscht er Ihnen weg und Sie beschädigen die Filets.«

Roberts Wangen sind jetzt so krebsrot, dass es auch sein gewaltiger Schnurrbart nicht mehr verbergen kann. Die Nachsicht und Ruhe, die Maggie an den Tag legt, bringen ihn völlig durcheinander. Noch nie hat er solch intensive Gefühle verspürt, noch nie ein so zärtliches und aufrichtiges Einverständnis mit einer Person des anderen Geschlechts empfunden.

Sein Mund fühlt sich mit einem Mal trocken an. Maggie hat ihre Hand nicht zurückgezogen, und ihre Wärme verstärkt seine Aufgewühltheit noch. In der Küche ist es jetzt so still, dass man eine Stecknadel fallen hören könnte. Maggie lässt ihren wachen und verschmitzten Blick auf Robert ruhen und hält nach dem Anflug eines Lächelns Ausschau.

»Danke für Ihren Rat«, bringt er schließlich mühsam heraus.

»Gern geschehen. Allerdings – wenn einer von uns Ratschläge geben kann, dann sind das mit Sicherheit Sie.«

»Wie kommen Sie denn darauf?«

»Ich habe gesehen, wie Sie mit Ihren Tieren und Ihrem Gemüse umgehen. Wissen Sie eigentlich, dass Sie einen hervorragenden Lehrer für ökologische Themen abgeben würden?«

»Ich und Lehrer?«, staunt Robert, der jetzt einen Fisch abspült.

»Ja, Sie. In London arbeite ich für eine sogenannte *feelgood*-Zeitschrift. Ich mache Reportagen über neue, umweltbewusste Lebensweisen, die letztlich nicht nur der Erde, sondern auch uns Menschen zugutekommen. Fatima hat mir eigentlich geraten, dass ich hierherkommen soll, um den Kopf frei zu kriegen, aber ich glaube, dass ich ein tolles Thema für eine neue Reportage mit nach Hause nehme.«

Robert filetiert mit höchster Konzentration seine Fische und tut so, als höre er gar nicht zu. Sorgfältig und aufmerksam streicht er mit der Handfläche sachte an den Filets entlang, um zu prüfen, ob sich auch nur noch die kleinste Gräte findet. Ertastet er eine, zieht er sie mit Hilfe einer Pinzette behutsam heraus. Diese langwierige und heikle Tätigkeit verschafft ihm vorerst einen Rückzugsraum vor seiner Umgebung. Er ist so vertieft in seine Arbeit, dass Maggies Bewunderung nur noch weiter wächst.

Inzwischen ist Hassan in die Küche gehuscht, um die Kartoffeln fertig zu schälen. Schweigend beobachtet er die beiden und kann sich ein kleines Grinsen nicht verkneifen, als er sieht, wie Maggie herumgestikuliert, um Roberts Aufmerksamkeit auf sich zu lenken. Der ist jetzt jedoch mit der Vorbereitung des Teigs zum Frittieren beschäftigt. Statt frittierten Karpfen werden den Gästen heute Forellen serviert. Robert läuft das Wasser schon jetzt im Mund zusammen, und beinahe vergisst er Maggie.

»Hassan, mach bitte schon mal die Fritteusen an«, weist er seinen jungen Mitarbeiter an, der ihm jetzt drei riesige Schüsseln bringt, die randvoll sind mit in Streifen geschnittenen Kartoffeln für die Pommes frites.

Hassan stellt sie ab und begrüßt Maggie rasch mit einem Küsschen, was sie mit einem strahlenden Lächeln erwidert.

»Dein Chef ist ganz groß darin, auf Durchzug zu schalten«, flüstert sie ihm rasch ins Ohr.

»Allerdings, ein echter Meister. Wenn du mit ihm reden willst – versuch es lieber später noch einmal. Solange er kocht, wird er dir nicht zuhören, keine Chance.«

»Danke für den Rat, ich …«

»Pscht!«, brummt Robert, der sich mit geneigtem Kopf über die Pfanne beugt. »Seid mal leise, damit ich das Öl knistern höre!«

Maggie macht Anstalten, die Küche zu verlassen, bleibt aber einen Augenblick hinter der breiten Flügeltür versteckt stehen. Lächelnd beobachtet sie Robert, der seine Filets mit Teig ummantelt, bevor er sie ins Öl gleiten lässt. Das muntere Blubbern des Frittierens setzt ein und erinnert sie an den Zauber, der den mit ihrem Vater verbrachten Abenden innewohnte, wenn sie vom Angeln nach Hause kamen. Robert ist ein Zauberer – ganz ungewollt weckt er bei Maggie Sehnsucht nach ihrer Kindheit in Yorkshire.

Nach und nach hat sich ihr Sinn für die elementaren Dinge verflüchtigt, die Arbeit belegt Maggie allzu sehr mit Beschlag. Ihre Reisen durch die ganze Welt, von denen sie Eindrücke mitbringt, die bei ihren Lesern die Lust auf die ursprüngliche, schlichte Schönheit wecken sollen, haben sie zur Zuschauerin gemacht, die nur noch von außen in den Blick nimmt, was sie anderen nahebringen könnte. Mit Robert ist das ganz anders. Sie fühlt sich lebendig, ihre schönsten Erinnerungen werden wach, und ihr wird warm ums Herz. Das kleine Mädchen, das sich so gern auf die Arbeitsfläche setzte, um lustvoll in die knusprigen *fish and chips* ihres Papas hineinzubeißen, ist von Roberts hingebungsvoller Arbeitsweise wie gebannt.

Aufgewühlt dreht sie sich um und läuft mit einem Notizbuch in der Hand eilig die Treppe hinauf. In zwei Stunden wird Robert sich beruhigt haben, und dann wird sie mit ihm über das Projekt sprechen, das ihr seit dem Gespräch im Stall im Kopf herumgeistert.

Und die Zeit vergeht rasch, wenn man so von seiner Arbeit in Beschlag genommen ist wie Robert. Nachdem die frittierten Forellen serviert sind und das Abendessen gut verlaufen ist, steht er, der wider Willen zum Küchenchef einer *auberge* geworden ist, mit einem zufriedenen Lächeln im Gesicht allein in seiner Küche. Die Gäste haben ihm einmal mehr viele Komplimente zu seinen Gerichten gemacht. Die Fischfilets im Teigmantel setzen Bilder von unbeschwerten Wochenenden am Fluss frei, von Angelausflügen und Badevergnügen. Robert ist eine ganze Weile versteckt hinter der Tür zum Speisesaal stehen geblieben, um an dem fröhlichen Miteinander der Gäste teilzuhaben, und die munteren Gespräche der Menschen an den Tischen haben ihn mit Freude erfüllt.

Zufrieden nimmt er einen Teller, auf den er eine dicke Scheibe Brot, Münsterkäse und Kümmel legt. Heute Abend drängt es ihn geradezu, hinüber zu Fatima und Hassan zu gehen, denn von dort klingt eine seltsam bekannte Melodie zu ihm hinüber, die ihn nicht loslässt und ihn förmlich auf die Terrasse zieht.

Mit gerötetem Gesicht geht Robert durch das Halbdunkel und lässt sich von den Tönen eines seiner Lieblingslieder leiten. Maggie sitzt auf der Terrasse und spielt leise Gitarre. *Imagine* von John Lennon schwebt über der *auberge*.

Robert meint beinahe zusehen zu können, wie sich die müden Lider des Hauses – betört von Maggies hübscher Stimme – sachte schließen. Donnerwetter, sie kann ja wirklich singen, wenn sie will!, denkt er, und ein warmes Lächeln zeigt sich auf seinem Gesicht.

Entspannt nimmt Robert auf einem Rattansessel Platz, während neben ihm Fatima und Hassan ruhig in ihren Büchern schmökern. Es herrscht eine stille Gelassenheit an diesem späten Sommerabend. Hier und da sitzen noch ein paar Gäste in der lauen Abendluft und genießen den Kräutertee, den Elsa zubereitet hat.

Robert hätte sich niemals träumen lassen, dass er es als angenehm empfinden könnte, von so vielen Menschen umgeben zu sein. Aber er muss sich eingestehen, dass es ihm durchaus gefällt, ab und zu ein paar Satzfetzen in einer fremden Sprache aufzuschnappen. Die aufgeregte Tonlage einer Chinesin, die mit ihrer Begeisterung über ein gutes Glas Pinot und die Zwetschgentarte nicht hinter dem Berg hält, lässt ihn schmunzeln.

»Guten Abend, Robert«, versucht Maggie zaghaft, ein Gespräch in Gang zu bringen.

Robert grüßt sie mit einem Kopfnicken und nippt an seinem Glas Weißwein.

»Hätten Sie kurz Zeit für mich?«

»Sie haben Glück. Der Münsterkäse hat gern Gesellschaft. Greifen Sie zu.«

Ein Strahlen erhellt Maggies Gesicht. Sie nimmt sich einen Stuhl und setzt sich neben Robert. Dieser senkt den Blick, da ihn Maggies hübsche Grübchen verlegen machen.

»Tunken Sie den Käse zuerst in den Kümmel. Das nimmt dem Käse sein ›Feuer‹ und bezirzt Ihre Geschmacksknospen«, rät er, als sie genüsslich in ein Stück hineinbeißen will.

»Ich gehe gern ein Risiko ein, Monsieur Walch. Ich esse ihn pur.« Ohne mit der Wimper zu zucken, kostet Maggie den Käse und leckt sich anschließend die Finger ab. Robert weiß nicht so recht, wie er darauf reagieren soll.

»Sie glauben offenbar, dass Frauen sehr zerbrechliche Wesen sind. Ich bin auf dem Land groß geworden. Bei uns gab es Würstchen und Eier zum Frühstück. Das liegt wie Blei im Magen!«

Maggies Lächeln ist ansteckend. Robert mag ihre Art, ein Stück Brot zu zerpflücken und dann mit den Krumen die Käsekrümel von ihrem Teller aufzunehmen. Zwanglos schiebt sie sich die Häppchen in den Mund und erzählt ihm nebenbei Begebenheiten aus ihrer Kindheit.

»Mein Vater war ein einfacher Mann, aber er wollte, dass ich studiere. Als ich an der Journalistenschule angefangen hatte und er mich in London besuchen kam, brachte er einen Korb voll *stew* und kiloweise Pudding mit! Er hatte Angst, dass ich in einer großen Stadt nicht so esse, wie es sich gehört.«

Die leise Wehmut in ihrer Stimme ist nicht zu überhören. Robert muss sich beherrschen, um ihr nicht tröstend über die Wange zu streicheln.

»Was ist das denn, ›stiou‹?«

»Sie meinen *stew*? Das ist ein Lammeintopf. Sie müssen einmal ein Wochenende bei uns in Yorkshire verbringen! Ich bin sicher, dass es Sie an Ihre Kindheit erinnern würde. Sie könnten bei uns im Cottage wohnen, und Mama würde ein wunderbares Ragout für Sie kochen! Sie kennt die Geheimnisse der Fleischzubereitung und kocht mit ihren fast fünfundsiebzig Jahren immer noch großartig.«

»Ist das in der Stadt?«

»Oh nein! Mitten auf dem Land, weit weg von London. Es ist wirklich eine sagenhaft schöne Gegend mit endlos weiten Feldern. Ich habe meine ganze Kindheit dort verbracht. Seit dem Tod meines Vaters lebt meine Mutter dort mit meiner Tante und meiner Großmutter zusammen. Ehrlich, es würde Ihnen dort gefallen. Das Haus ist einfach und gemütlich, typisch britisch eben. Und ich bin sicher, dass meine Mutter sehr gern einmal mit Ihnen gemeinsam kochen würde.«

»Wenn das Haus auf dem Land liegt ... warum eigentlich nicht?«, murmelt Robert vor sich hin, ohne sich dessen wirklich bewusst zu sein.

Hassan und Fatima schauen jedoch verwundert auf und wenden sich zu ihm um. Auch wenn sie bisher geschwiegen hatten, war ihnen die Unterhaltung nicht entgangen.

»Sie wären tatsächlich bereit, ein paar Tage von hier fortzufahren?«, staunt Fatima.

Robert gerät in Bedrängnis. Seine Brust schmerzt, so wild schlägt sein Herz. *Mince alors!* Diese verflixte Engländerin! Schon wieder hat sie es geschafft, ihn aus dem Konzept zu bringen.

»Mal sehen …«, bringt er schließlich heraus. »Das … das ist mir nur so herausgerutscht.«

Maggie zieht eine Augenbraue hoch.

»Sie können ruhig zugeben, dass Sie für einen Augenblick das Cottage meiner Eltern vor Augen hatten. Sie haben sich vermutlich vorgestellt, wie angenehm es sein müsste, an einem Regentag dort anzukommen, sich an den Kamin zu setzen und die Füße entspannt auf einem flauschigen Teppich aus Schafwolle auszustrecken.«

Roberts Mundwinkel verziehen sich zu einem kleinen Lächeln. Auch diesmal hat Maggie gewonnen: Er hat sich von der Beschreibung der Örtlichkeiten mitreißen lassen und würde nun gern mehr darüber erfahren.

»Ich gehe mal davon aus, dass Ihre Mutter den Tee besser zubereitet als irgendjemand sonst«, sagt er.

»Da liegen Sie richtig. Sie fügt auch immer genau die richtige Menge Milch und Zucker hinzu … eine echte Zauberin! Und erst einmal unsere Scones: Wenn Sie da hineinbeißen, glauben Sie sofort, dass es zum Paradies nicht mehr weit sein kann!«

Er nickt sanft mit dem Kopf und saugt Maggies Worte gierig auf.

»Vielleicht komme ich einmal vorbei, wenn ich es schaffe, von hier wegzufahren. Ich hänge so an meinem Hof … Sie verstehen mich doch, oder? Als Sie Ihre Familie verlassen haben, da müssen Sie doch am Boden zerstört gewesen sein.«

»Oh nein, Robert, überhaupt nicht – ich wusste ja, dass ich andere Dinge entdecken würde. Man trägt die Erinnerung an das Haus seiner Kindheit immer in sich. Sie verlässt uns nicht, wenn wir auf Reisen gehen und wenn wir uns allein fühlen. Der Zauber der Sehnsucht besteht darin, dass sie niemals erlischt. Ich bin durch die ganze Welt gereist, habe viele Menschen und Kulturen kennengelernt. Das habe ich von jeher als ungeheure Bereicherung empfunden. Und ich weiß, dass mir all das verborgen geblieben wäre, wenn ich zu Hause geblieben wäre.«

»Sie versuchen gerade, mich dazu zu bewegen, einmal von hier fortzugehen, oder?«

»Nicht ganz«, säuselt sie geheimnisvoll.

Alle halten die Luft an. Fatima und Hassan, die von Maggies Vorhaben wissen, drücken inbrünstig die Daumen.

»Man könnte eher sagen, ich habe vor, Ihre ›Welt‹ mitzunehmen.«

»Ich kann Ihnen nicht ganz folgen, Maggie. Was meinen Sie?«

»Mein lieber Robert«, sagt sie jetzt und fasst nach seiner Hand. »Ihnen ist gar nicht bewusst, dass Sie in gewisser Weise ein Vorbild sind, oder? Ich würde sehr gern einen Artikel über Ihre *auberge* schreiben! Ihre Schwester hat mir schon ihr Einverständnis gegeben, aber noch wichtiger ist mir, dass Sie einverstanden sind, denn mein Artikel soll davon handeln, wie Sie hier im Einklang mit der Natur leben und welchen Respekt Sie ihr entgegenbringen.«

Robert bleibt keine Zeit für eine Antwort, denn jetzt steht Hassan auf und holt zu weiteren Erklärungen aus.

»Keine Sorge, sie wird Sie nicht fotografieren, und ein Interview gibt es auch nicht! Allerdings müssten Sie den Touristen so eine Art Unterricht geben, ihnen Ihre Liebe zur Natur und allem, was sie uns gibt, vermitteln. So wie Sie es bei mir getan haben.«

»Aha, jetzt verstehe ich: Ihr beiden habt euch verbündet«, stellt Robert fest, während er an seinem Schnurrbart zwirbelt. »Was soll das denn heißen, ›Unterricht‹? Ihr wollt, dass ich mich als Botaniklehrer aufspiele?«

Maggie, Hassan und Fatima antworten mit breitem Grinsen und eifrigem Kopfnicken. Fehlte nur noch, dass sie die Zunge herausstreckten, dann könnte man sie glatt für diese am Rückfenster im Auto liegenden Wackeldackel halten!

»Wenn ihr mich weiter so angrinst, kann ich überhaupt nicht nachdenken!«, beschwert sich Robert. »Das ist schließlich eine Entscheidung, die man nicht leichtfertig trifft. Wie ihr ja wisst, mag mein Gemüse es überhaupt nicht, wenn es gestört wird ...«

»Aber die neuen Schüler würden es mit zusätzlicher Liebe beglücken!«, unterbricht ihn Hassan.

»Es wird rundum verwöhnt werden«, bekräftigt Fatima. »Stellen Sie sich das doch einmal vor: noch mehr Zärtlichkeit und noch mehr Zuwendung für jedes einzelne Gemüse.«

»Und stellen Sie sich vor, dass diese besondere Liebe, die Sie Ihren Schülern vermitteln, durch meinen Artikel in die Welt hinausgetragen wird«, fährt Maggie fort. »Das Gemüse, die Pflanzen, die Blumen und die Tiere, alles ...«

Robert hebt die Hand, um sie zu unterbrechen.

»Spart euch die langen Vorträge. Ich kann wohl kaum die Welt retten.«

»Seien Sie doch nicht so pessimistisch.«

»Ich bin realistisch. Die Gäste würden hierherkommen, sich den Bauch vollschlagen, und wenn sie wieder zu Hause sind, erzählen sie, wie ulkig dieser schnurrbärtige Hinterwäldler war, der sich als ihr Mentor aufgespielt hat!«

»Ach so, da liegt der Hund begraben! Ja, wenn Sie weiterhin so störrisch sind, dann werden die Gäste sich bestimmt auch über Sie lustig machen, nachdem sie zum Essen hier waren.«

»Damit ist alles gesagt. Sie werden hoffentlich verstehen, dass ich nicht gegen meine Natur ankomme.«

Maggie umfasst sanft seine Hand und führt sie an ihre Wange. Verwirrt senkt Robert den Blick.

»Ein Mensch, der sein Gemüse so sehr achtet, muss einfach ein gutes Herz haben. Verstecken Sie sich doch nicht hinter Ihrer harten Schale, die Leute mögen so besondere Menschen wie Sie.«

»Meine Erfahrung hat mich aber eher das Gegenteil gelehrt. Als ich klein war ...«

»Kinder sind manchmal hart zu denen, die anders sind als sie selbst«, schneidet sie ihm das Wort ab. »Aber Sie sind jetzt erwachsen, Robert, und viele Erwachsene würden die Welt gern auf Ihre Weise sehen können. Seien Sie nicht so streng mit sich selbst. Versuchen Sie es, das wird Ihnen sehr guttun.«

»Dann erklären Sie mir doch mal, was ich davon hätte, wenn ich mein Wissen an vollkommen Unbekannte weitergebe. Ich kann nämlich nur Nachteile erkennen. Ich muss sie im Auge behalten, damit sie meinem Gemüse nichts antun. Ganz zu schweigen von der Zeit, die das alles kostet, für nichts und wieder nichts! Und das Allerschlimmste ist, dass ich dann mit ihnen reden muss ...«

»Aber Sie reden doch jetzt auch mit uns«, gibt Maggie sanft zu bedenken.

Robert unterdrückt ein leichtes Zittern. Er hat eine Gänsehaut.

»Das ist nicht das Gleiche. Wir hatten Zeit, uns miteinander anzufreunden.«

»Ich bin sicher, dass Sie gar keine Lust hatten, sich mit mir

›anzufreunden‹, als ich hier aufgetaucht bin«, erwidert Maggie und betont jedes einzelne Wort. »Trotzdem haben wir es hinbekommen, uns besser kennenzulernen, und es sieht doch so aus, als hätten wir alle beide etwas davon, wenn wir Zeit miteinander verbringen. Ich jedenfalls schätze Ihre Gesellschaft sehr. Ihre Art zu leben ist so anders als meine. Hier vergesse ich meine Verpflichtungen und lasse mich wieder auf die kleinen Dinge des Lebens ein, die mich als Kind so begeistert haben ...«

Widerwillig verzieht Robert das Gesicht. Er würde gern etwas erwidern, aber Maggies Geständnisse haben ihn aufrichtig berührt.

»Hand aufs Herz, ist Ihnen meine Gesellschaft unangenehm? Wäre es Ihnen lieber, wenn ich wieder abreisen würde?«

Ein paar Schweißperlen treten auf Roberts Stirn. Die Angst schnürt ihm die Kehle zu. Bisher war immer alles ganz klar: Er hatte allein bleiben wollen. Aber jetzt fällt es ihm schwer, eine Wahl zu treffen. Natürlich würde er zu seinen Gewohnheiten zurückfinden, wenn er Maggie gehen ließe; aber er muss auch zugeben, dass er ihre Lebendigkeit und ihre gute Laune genießt. Sie hat das Quirlige und Verrückte der Stadt, die Musik und das Lachen ganz selbstverständlich hier auf den Hof gebracht – ohne dass es ihm bewusst war, hatte ihm all das gefehlt.

»Die Touristen sind nicht alle wie Sie«, fällt er ihr ins Wort, um auf den Boden der Realität zurückzukehren. »Sie wollen, dass ich den Leuten das Gärtnern beibringe, aber das sollte man nicht auf die leichte Schulter nehmen. Sie werden das wie jedes beliebige Hobby ansehen, und damit wäre es nicht mehr als eine Freizeitbeschäftigung für Schnösel aus der Stadt, die nach neuen Sinneseindrücken suchen. Sie werden mir zuhören, weil sie damit angeben wollen, wenn sie wieder zu Hause sind. Und ehe man es sich versieht, haben sie meine Lehrstunden vergessen.«

»Da unterschätzen Sie sich aber ganz gewaltig. Glauben Sie mir, die Leidenschaft, mit der Sie Ihren Gemüsegarten versorgen und mit der Sie darüber sprechen, ist einzigartig, das werden die Leute nicht so schnell wieder vergessen. Und Sie würden durch die Kurse genau das Selbstvertrauen bekommen, das Ihnen jetzt fehlt, um auch selbst Ihre Tätigkeiten im Garten angemessen zu würdigen.«

Unwillkürlich reckt Robert seine Brust etwas heraus. Er verspürt fast so etwas wie Stolz. Die Engländerin weiß wirklich, wie sie ihn anpacken muss. Sie hat verstanden, dass er seinen Garten über alles liebt. Gleichzeitig hat sie ihm aber auch die Augen für etwas geöffnet, das er bisher noch nie bedacht hatte: Er ist stolz auf das, was er tut. Der Gedanke, seine ›Schätze‹ zu teilen, hat ihm immer schon gefallen. Auch wenn er im Hintergrund bleibt und den Kontakt zu den Gästen scheut, freut es ihn zu sehen, dass seine Gerichte den Menschen schmecken. Was nun? Soll er auf Maggies Vorschlag eingehen und sich Zeit dafür nehmen, den Touristen das Geheimnis seiner Küche zu zeigen? Auf diese Weise würde sein Gemüse mehr Wertschätzung erfahren, bevor es auf dem Teller landet, und Robert kann nicht leugnen, dass ihm dieser Gedanke angenehm ist. Seine Vorbehalte den Gästen gegenüber gründen schließlich darauf, dass er sie als hungrige Bäuche auf zwei Beinen betrachtet, die zu einer Sympathie für die Bewohner seines Gemüsegartens überhaupt nicht in der Lage sind. Wenn er ihnen jetzt aber zeigt, wie er mit seinem Gemüse umgeht, könnte er vielleicht tatsächlich erreichen, dass die Städter seinen Erzeugnissen mehr Achtung entgegenbringen. Womöglich würden sie dann nicht mehr ganz nebenbei die Kirschtomaten verschlingen oder die Möhren gedankenlos wegknabbern! Dann würde er in seinen Albträumen vielleicht nicht mehr schimpfend dem ein oder anderen Bus hinterherlaufen, weil dessen Insassen ihr Bier in seinen Weißkohl gekippt haben.

Das Kinn auf eine Hand gestützt, zwirbelt Robert nachdenklich an seinem Schnurrbart und erwägt das Für und Wider. Die Waage neigt sich langsam auf die Seite des »Für«. Schließlich sieht sich Robert ein wenig als Vater seiner Gemüseerzeugnisse, und wenn es um deren Wohlergehen geht, ist er zu so manchem Zugeständnis bereit. Aber wie verhält es sich mit seinem eigenen Wohlgefühl? Die Vorstellung, Zeit mit Touristen zu verbringen, löst nicht gerade Freude bei ihm aus, vor allem, weil er Angst hat, der Situation nicht gewachsen zu sein und dafür Spott und Hohn zu ernten.

»Glauben Sie, dass Sie es schaffen könnten, hin und wieder ein paar Lehrstunden in Sachen Garten- und Pflanzenkunde zu geben?«, wiederholt Maggie ihren Vorschlag noch einmal. »Bei Hassan hat es doch auch geklappt ...«

»Das hat geklappt, weil ich mich mit ihm wohlfühle«, gesteht Robert. »Ja, es macht Spaß, mit ihm zusammenzuarbeiten, aber ich bin nicht der Typ, der auf andere zugeht ... Es muss irgendwie ›klick‹ machen.«

»Wow! Ich bin also etwas ganz Besonderes!«, verbucht Hassan dieses Bekenntnis freudig für sich.

Seine Mutter bedeutet ihm rasch, still zu sein, denn ganz offensichtlich ist Robert dabei, eine schwerwiegende Entscheidung zu treffen, und darf dabei nicht gestört werden.

»Ihr Vorschlag klingt zwar interessant, aber ich bin nicht sicher, ob ich das kann. Mit so vielen Leuten gleichzeitig umzugehen und zu sprechen ... ich bin ja wahrlich nicht redselig. Sie werden sich langweilen. Es sind Städter, mit denen mich nichts verbindet.«

»Sie müssen ja keine Freundschaft mit ihnen schließen oder sie bespaßen, sondern ihnen nur etwas von Ihrem Wissen vermitteln. Sie haben mich gefragt, was Sie selbst davon haben. Denken Sie an die Befriedigung, die Sie verspüren werden, wenn Sie diese Leute von hier fortfahren sehen mit lauter guten Absichten im Umgang mit der Natur. Glauben Sie mir, sie werden nicht über Ihre Arbeit spotten, und ich für meinen Teil übernehme es, alle Vorzüge dieses ›Tätigkeitsfeldes‹ ins rechte Licht zu rücken. Versprochen!«

»Und wie wollen Sie das anstellen?«

»Indem ich einen Artikel schreibe über die Kunst, wie man mit seinem Gemüsegarten kommuniziert. All Ihre Gemüsesorten werden eine wahre Sternstunde erleben. Die Leute sollen lernen, dass sie vor der Ernte und Verarbeitung umhegt werden müssen. Denn das tun Sie doch jeden Tag, nicht wahr?«

Maggies Augen funkeln im Schein der Laternen. Robert vermag sich von diesem sanften und zugleich liebevollen Blick nicht zu lösen. Maggies Überzeugungskünste stellen sämtliche Vorhaltungen von Elsa wahrlich in den Schatten. Sie hat etwas Vertrauenerweckendes an sich. Und so kommt es, dass Robert hier unter den Sternen, die sich weit hinunterbeugen, um den Vertraulichkeiten zu lauschen, Maggie ein Versprechen gibt, ohne die Augen von ihr abzuwenden.

An das seidige Schwarz des nächtlichen Himmels geschmiegt, beobachten die Sterne Robert in aller Ruhe. Es heißt, dass man sich etwas wünschen darf, wenn sich eines dieser vorwitzigen Wesen dort oben aus dem Staub macht und zur Erde hinabstiebt, aber heute Abend sind die Rollen vertauscht. Die Sterne verharren wohlgebettet am Himmelsgewölbe und sind sich einig in dem Wunsch, dass auch in der Seele ihres Freundes mit dem so verletzlichen Herzen Ruhe und Zuversicht einkehren möge.

13

LEHRSTUNDEN IN
ANGEWANDTER BOTANIK

Die kleine »Botanik-Klasse« hat sich am Rand des Gemüsegartens eingefunden. Sie besteht aus zwölf »Schülern«, die aus unterschiedlichen Ländern Europas und Asiens kommen. Vor lauter Angst hat Robert die Hände tief in seinen Hosentaschen vergraben und wagt es kaum, sich zu den Touristen umzuwenden, die noch das von Maggie und Elsa servierte Frühstück unter freiem Himmel genießen.

Natürlich stammt auch diese Idee von Maggie. Zuvor hat sie schon stundenlang gemeinsam mit Robert im sanften Licht der Morgendämmerung in der Küche gearbeitet. Er hat sich voll und ganz auf die Teigherstellung und die richtige Zusammensetzung seiner Apfelstrudel konzentriert, um nur ja nicht die Rothaarige mit den funkelnden Augen neben sich ansehen zu müssen.

Mittlerweile sind die Strudel restlos vertilgt, und die Touristen nippen entspannt an einem Tee mit frischer Minze aus dem Garten. Alle sind zur Stelle. Elsa sorgt für Zucker und etwas Schokolade zum Tee, während Fatima und Hassan kleine rote und blaue Fähnchen beim Gemüsegarten aufstellen, um den Gruppen Orientierungspunkte zu geben.

Maggie steht bei Robert und macht Fotos von der Gruppe, um den Augenblick für ihre Zeitschrift festzuhalten.

Robert ist versucht, sich aus dem Staub zu machen. Die Angst hat ihn fest im Griff. Er hadert damit, sich auf Maggies

Vorschlag eingelassen zu haben, und hält das Ganze nunmehr für einen schlimmen Fehler. Außerdem hat er in der Nacht kaum ein Auge zugetan, da er sich über die Gestaltung seiner ersten Lehrstunde den Kopf zerbrochen hat. Schon seit zwei Tagen bereitet er sich darauf vor. Zunächst hat er die Gemüsesorten ausgewählt, die er präsentieren will. Dann hat er sich hinlänglich Zeit genommen, um den Tomaten und dem Rhabarber die Situation zu erklären. Beide zeigten sich zunächst etwas überrascht, konnten dann aber der Aussicht auf freundliche Gespräche mit Menschen aus fernen Ländern durchaus etwas abgewinnen. Die Tomaten freuen sich immer, wenn man sie an Reisen und Träumen teilhaben lässt – ein guter Ausgangspunkt für Begegnungen mit Fremden. Trotzdem beginnt Robert am tatsächlichen Nutzen seiner Schulungsmaßnahme zu zweifeln. Seine Schüler sehen nicht gerade aus, als wären sie für diese Tätigkeit geschaffen. Sie sind viel zu sauber und adrett, viel zu gut gelaunt, um sich auf sein Universum einzulassen – Städter eben!

»Onkel *Kopftomi!*«

In seine Gedanken vertieft, fällt Robert beinahe hintenüber, so plötzlich werfen sich Davy und Croquette ihm an den Hals und zupfen an seinem Schnurrbart. Überrumpelt kann sich Robert der Küsschen kaum erwehren, bevor er die Zwillinge wieder absetzt.

»Dürfen wir auch mitmachen bei deinem Unterricht?«, bettelt Charlotte.

»Sag ja! Sag ja!«, fleht David.

Robert streicht sich mit der schwieligen Hand über die schlecht rasierten Wangen. Alle Augen sind auf ihn und die Kinder gerichtet, die vor Ungeduld und Vorfreude kaum noch zu bremsen sind.

»Ihr werdet euch langweilen, ihr schlauen Füchsle. Ihr wisst doch schon, wie man das Gemüse verwöhnt.«

»Na klar! Du hast uns ja auch schon alles beigebracht!«, bekräftigt Charlotte fröhlich.

»Aber wir könnten doch Polizei spielen! Wir sind die Tomaten-Polizei!«, schlägt David vor.

»Und was soll diese Polizei tun?«

David bedeutet seinem Onkel, sich zu ihm hinunterzubeugen, um ihm etwas ins Ohr zu flüstern. Robert lässt sich auf das Spiel ein, denn mittlerweile dämmert ihm, dass ihm die beiden Schlawiner tatsächlich eine Unterstützung sein könnten.

»Wir passen auf, dass keiner von denen eine Tomate falsch abreißt. Und wenn sie eine zerquetschen, schimpfen wir mit ihnen«, schlägt er leise vor.

»Und wir gucken ganz böse, wenn einer vergisst, die Ochsenherzen erst mal total lieb zu begrüßen. Die Ochsenherzen mit ihren riesigen Herzen!«, konkretisiert Charlotte mit weit geöffneten Armen ihren Einsatzbereich.

»Versprecht ihr auch, brav zu sein?«, fragt Robert mit Nachdruck, worauf die beiden eifrig nicken.

»Und die Touristen nicht zu stören?«

Erneut nicken sie mit einem folgsamen Lächeln.

»Und die Tomaten zu hegen, zu pflegen und zu achten? Und zwar ...«

»... bis dass der Herbst uns scheidet!«, vervollständigen die Zwillinge seine Forderungen.

Robert lächelt mit stolzgeschwellter Brust.

»Ich sehe, dass ihr eure Lektionen gelernt habt, ihr kleinen Jäger.«

»Wir hatten ja auch einen supertollen Lehrer!«, juchzt das vorwitzige kleine Mädchen.

»In Ordnung, dann geht zu den anderen Schülern und spitzt die Ohren.«

Begeistert beziehen die Zwillinge neben einem chinesischen Paar Stellung, das sich bereits Notizen auf einem Tablet macht.

Robert stemmt die Hände in die Seiten und nimmt seine Zuhörerschaft kritisch in Augenschein.

»Was für eine großartige Palette von Städtern«, seufzt er verzweifelt. »Was soll ich nur mit ihnen anstellen? Womöglich können sie nicht einmal eine Zucchini von einer Gurke unterscheiden.«

Maggie stupst ihn mit dem Ellbogen an.

»Ist Ihnen klar, dass man Sie sehr gut hören kann?«, raunt sie ihm mahnend zu.

»Und wenn schon! Wenn sie etwas lernen wollen, müssen sie sich anstrengen! Was sind denn das überhaupt für Manieren? Die haben ja alle Sonnenbrillen und Hüte auf! Gemüsepflanzen müssen wie menschliche Wesen behandelt werden. Es ist ja wohl nicht zu viel verlangt, die Kopfbedeckung abzunehmen und sich direkt anzusehen.«

Die Gäste kommen seiner indirekten Aufforderung unverzüglich nach und nehmen Sonnenbrillen und Hüte ab.

»Da sehen Sie mal, wie gut sie erzogen sind«, springt Maggie den Gästen bei.

»Trotzdem kann mir niemand erzählen, dass so ein Stadtmensch lernen wird, einen freundlichen Schwatz mit den Rüben oder Kürbissen zu halten.«

»Eben deswegen sollen Sie es ihnen doch beibringen. Robert, Sie haben mir ein Versprechen gegeben!«

»Versprechen, die unter dem Sternenhimmel gegeben werden, sind Gold wert«, antwortet Robert. »Natürlich werde ich es halten. Aber ich kann nicht garantieren, dass ich dabei die Nerven behalte. Wenn einer von denen meinem Gemüsegarten etwas zuleide tut ...«

»Dann kann er was erleben!«, drohen Charlotte und David, denen kein Wort von der Unterhaltung entgangen ist.

»Großartig, dann gibt es nämlich einen guten Kompost aus gehäckselten Parisern!«, treibt Robert das Ganze weiter.

»Pariser Schicki, Pariser Micki!«, trällern die Zwillinge.

Die anwesenden Gäste aus der Hauptstadt sind jetzt mucksmäuschenstill. Elsa hatte vorsorglich erwähnt, dass ihr Bruder eine gewisse Skepsis gegenüber Menschen aus der Stadt und insbesondere aus der Metropole Paris hegt.

»Monsieur Walch, es stimmt natürlich, dass wir keine Leuchten im Gärtnerhandwerk sind, aber wir sind ja hier, um es zu lernen«, wagt sich jetzt einer von ihnen vor, dessen runde Brille dicht auf der platten Nase sitzt.

»Dann legen wir schleunigst los!« Robert nimmt ihn beim Wort. »Passen Sie gut auf, ich werde nichts wiederholen. Wir teilen die Klasse in zwei Gruppen. Die erste Gruppe beschäftigt sich mit dem Rhabarber, die zweite mit den Tomaten.«

Folgsam wie Schüler zu Schuljahresbeginn kommen die Touristen seiner Anweisung nach und bilden ohne aufzumucken zwei Gruppen. Charlotte und David sind mit den Chinesen in der Rhabarber-Gruppe gelandet und beugen sich missbilligend über deren Tablet.

»Onkel *Kopftomi*, die beiden hier verstehen gar nicht, worum es geht!«, schimpft David und zeigt mit dem Finger auf das Display.

Robert runzelt die Stirn, der Kleine hat recht.

»Auf geht's, ihr beiden! Sammelt alle Tablets und Handys ein!«

»Schon unterwegs!«

Dienstfeifrig machen sich die Zwillinge ans Werk und bitten um Herausgabe der elektronischen Weggefährten.

Den Touristen ist es offenbar unangenehm, sich falsch verhalten zu haben. Sie kommen der Aufforderung nach, schweigen betreten und richten ihren Blick jetzt aufmerksam auf Robert.

»Sie sind hier, um sich mit der Natur verbunden zu fühlen. Da muss Ihre verflixte Technologie schon einmal außen vor bleiben.«

Keine Reaktion. Robert ist verblüfft. Er hatte geglaubt, dass ihm unverhohlene Empörung entgegenschlagen würde, aber niemand scheint von seinem Vorstoß abgeschreckt zu sein. Ganz im Gegenteil: Er, der sich als grantiger Tyrann aufspielen wollte, um Maggies Plan auszuhebeln, hat sein Pulver nun verschossen.

»Enttäuscht?«, fragt Maggie.

»Überrascht. Ich dachte, dass es ihnen schwerer fallen würde, ihre Geräte abzugeben.«

»Sie sind hier, weil sie etwas lernen wollen. Haben Sie etwas Vertrauen zu ihnen, sie werden sich garantiert bemühen.«

Robert dreht nervös an seinen Schnurrbartspitzen. Was wird es ihn für eine Überwindung kosten, mit all diesen Unbekannten zu reden! Als er jedoch einen Blick zu den Zwillingen hinüberwirft, stellt er fest, dass sie die Dinge bereits in die Hand genommen haben. Bevor er dazu kommt, erste Richtlinien auszuführen, greifen die kleinen Jäger bereits nach den Gartenhandschuhen der Touristen und werfen sie in hohem Bogen auf den Rasen.

»Nix Handschuhe!«, verkünden sie im Chor. »Gemüse muss man mit den Händen anfassen, das ist sinnig.«

Die Schüler sehen Robert mit fragender Miene an.

»Es heißt sinnlich«, verbessert Robert seine beiden Helfer.

Dann lässt er seinen Worten Taten folgen, kniet sich neben eine Tomate und legt vorsichtig eine Hand um sie, bis sie auf seinem Handteller ruht.

»Wenn Sie eine Tomate anfassen, dann stellen Sie sich einfach vor, Sie trügen ein Neugeborenes in Ihrer Hand. Das ›Sinnliche‹ besteht in dem unmittelbaren Kontakt, den man herstellen muss zwischen dem Menschen und dem, was die

Erde ihm schenkt. Die Frucht oder die Pflanze muss sich geborgen wissen, sie muss sich von Ihnen genauso sanft umschmeichelt fühlen wie von einem warmen Sonnenstrahl.«

Ein Raunen geht durch die Gruppe der Schüler. Fasziniert blicken sie auf Roberts kräftige Hände. Der Kontrast zwischen diesen behaarten Pranken und den zarten Kirschtomaten sticht ins Auge. Er geht mit einer Vorsicht zu Werke, als seien die Früchte aus Glas, streicht zärtlich über die Rispe, bevor er bei einer kleinen Tomate den grünen Kopfschmuck abzwackt.

»Man muss die Haube dieser jungen Damen ganz vorsichtig abnehmen, um sie nicht durcheinanderzubringen. Sonst spucken sie Ihnen ins Gesicht und verlieren all ihren Saft.«

Gebannt folgt die Gruppe den Erläuterungen Roberts, in dessen Züge sich ein kleines Lächeln schleicht. Er ist hocherfreut darüber, dass sich so viele Leute für das Pflücken seiner Tomaten begeistern. Und diese Zufriedenheit steht ihm unwillkürlich ins Gesicht geschrieben, was wiederum Maggie nicht verborgen bleibt, die Elsa genüsslich darauf aufmerksam macht.

»Siehst du, genau wie ich es gesagt habe«, flüstert sie ihr leise zu.

Da Elsa indes feststellt, dass Robert nicht mehr an die zweite Gruppe denkt, ruft sie ihm zu:

»Robbie, auch die Rhabarber warten auf dich!«

Verärgert richtet Robert sich auf und wirft seiner Schwester einen bitterbösen Blick zu.

»Regel Nummer eins: Hier wird leise gesprochen. Man flüstert den Gemüsepflanzen ins Ohr«, mahnt er mit erhobenem Finger. »Und man spricht nur mit der Pflanzenwelt! Jeder nimmt sich jetzt bitte einen Korb und pflückt alle reifen Tomaten, die er findet. Nehmen Sie nur die wirklich roten. Sehe ich eine noch orangefarbene oder sogar eine …«

»... dann kann der Pflücker was erleben!«, drohen die Zwillinge und werfen sich in die Brust.

Die Anwesenheit seiner beiden Polizisten bei den Tomaten beruhigt Robert, und so eilt er nun zu Hassan hinüber, der sich redlich bemüht, der Rhabarber-Gruppe die Zeit zu vertreiben. Ein Mitglied der Tomaten-Gruppe aus der Schweiz ruft ihm jedoch hinterher:

»Warten Sie! Sie können uns doch jetzt nicht ganz allein mit Ihren Pflanzen lassen! Wie sollen wir denn mit ihnen sprechen? Das ist doch vollkommen absurd!«

Robert ballt die Fäuste. Es juckt ihn in den Fingern, den Dummkopf ordentlich anzufahren. Er fühlt bereits den Geist eines Obelix in sich erwachen, der wild entschlossen ist, ein paar deftige Ohrfeigen zu verteilen.

»Hat Ihnen Ihre Mutter nicht beigebracht, was Höflichkeit ist?«, erwidert er dem übereifrigen Streber trocken.

Das Gesicht des Schweizers verzieht sich zu einem leicht abfälligen Grinsen.

»Entschuldigen Sie bitte, Monsieur Walch, aber was genau sollen wir dem Gemüse denn erzählen?«

Roberts Wangen färben sich hochrot, und er muss tief durchatmen und sich zusammenreißen. Jetzt bloß nicht losschreien, das würde den Rhabarber zum Weinen bringen. Die Rhabarberpflanzen sind so sensibel, dass ihre Säure schnell überhandnimmt.

»Mir sind Sie keine Höflichkeit schuldig«, sagt er dann ruhig. »Ihre Mutter hat Ihnen doch sicher beigebracht, Freunden der Familie ›Guten Tag‹ zu sagen und ihnen einen schönen Tag zu wünschen. Dann fangen Sie jetzt einfach damit an, die Tomaten zu begrüßen und sie zu fragen, ob ihnen das Bad in der warmen Sonne gefällt. Sie werden schon sehen, dass sie geradezu redselig werden, wenn man respektvoll mit ihnen spricht ...«

Verwirrt kehrt der Schweizer zu seiner Gruppe zurück, die Roberts Ratschlägen aufmerksam gelauscht hat. Eilfertig bewegen sich jetzt alle zu dem Tomatenbeet, um das Gespräch mit den Pflanzen und Früchten zu beginnen. Letztere zeigen sich hocherfreut über diese Zuwendung, und die besonders Kühnen recken sich an ihrer Rispe den Besuchern entgegen.

Zufrieden kehrt Robert zu Hassan zurück. Bei ihm sitzen drei Paare im Schneidersitz auf dem Boden und sehen dem Jugendlichen zu, der ihnen zeigt, wie sie die Blattstiele abschneiden sollen.

»Mit dem Rhabarber muss man umgehen wie mit einer Frau, die man zum Walzer auffordert«, sagt Hassan und geht auf die Knie. »Sehen Sie, man muss sich wie für einen Handkuss immer bücken.«

Robert ist so stolz auf seinen Schüler, dass er keinen Ton hervorbringt, und sein gerührter Blick verrät, was er für den Jungen empfindet.

»Haben Sie den Stiel samt Blatt erst einmal zum Tanz aufgefordert, müssen Sie warten, ob er einwilligt«, führt Hassan ernst fort. »Dann brauchen Sie ihn nur noch an sich zu ziehen, so wie eine Frau, die Sie auf Händen tragen wollen. Ihre Bewegung muss energisch und zielgenau sein.«

Und schon wird der rasch und sauber abgeschnittene Stiel vorsichtig auf das kühle, weiche Gras gebettet.

»Die Damen kümmern sich um die Stiele«, schlägt Robert vor. »Und die Männer schneiden die Blätter ab und legen sie beiseite.«

»Warum muss man sie denn abmachen?«, will ein deutscher Rentner wissen.

»Die Blätter sind giftig, aber man kann sie zu einem Sud aufkochen, der wirksam gegen Blattläuse ist«, erläutert Robert. »Sie können gern etwas davon mit nach Hause nehmen, um Ihre Rosen damit zu schützen.«

Mit einem zufriedenen Lächeln machen sich die Touristen an die Arbeit. Beflügelt von Roberts und Hassans Ausführungen und Tipps bemühen sich alle, so sanft wie möglich mit dem Gemüse in Kontakt zu treten.

Maggie ist überall zur Stelle, um das Tun und Treiben der Schüler mit ihrer Kamera einzufangen. Im klaren Morgenlicht füllen sie ihre Körbe – immer darauf bedacht, jedem Rhabarberstiel und jeder Tomate die gewünschte Achtsamkeit entgegenzubringen.

Mit einer Lakritzstange zwischen den Zähnen wechselt Robert zwischen den beiden Gruppen hin und her. Hatte er sich bisher außerstande gefühlt, Unbekannte auch nur in die Nähe seines Gemüses zu lassen, so begreift er jetzt, dass er sie anleiten kann. Diese Rolle nimmt er gern und mit großem Ernst an und wandelt sich dabei mehr und mehr vom mürrischen Eigenbrötler zum wohlwollenden Lehrmeister.

»Seien Sie etwas behutsamer«, flüstert Robert einer zierlichen hübschen Belgierin zu. »Die Tomaten mögen es nicht, wenn man ihnen das Haar ausreißt.«

»Das Haar?«, fragt sie verdutzt.

Robert legt die Tomate auf seine Hand, bevor er ihr ›das Haar‹ mit sanftem Geschick herauswindet.

»Wenn Sie zum Friseur gehen, zieht Ihnen doch auch niemand an den Haaren, oder? Denken Sie daran. Auch die Tomaten brauchen Feingefühl und Zuwendung.«

Die junge Frau lächelt ihn staunend an. Sie hatte nicht damit gerechnet, während ihres Ferienaufenthalts hier die Freuden des Gärtnerns für sich zu entdecken! Noch größer als bei seinen Schülern ist die Überraschung jedoch bei Robert. Der Kontakt zu vollkommen fremden Menschen stimmt ihn milde. Es flößt ihm Zuversicht ein, seinen »Schülern« dabei zuzusehen, wie sie sich in seinem Gemüsegarten betätigen. Er möchte gern Vertrauen fassen und mit ihnen reden können, ohne Angst davor zu haben, in eine bestimmte Schublade gesteckt zu werden. Und tatsächlich – niemand sieht ihn komisch an. Heute ist er einer unter vielen, denn die Touristen folgen seinem Beispiel und verstehen, was er meint. Gerade seine ihm eigene Art bringt ihn den anderen näher, und dieses ebenso angenehme wie unerwartete Gemeinschaftsgefühl macht ihn sehr froh. Es ist ein nicht gekanntes Glück, das er nicht zuletzt der Journalistin verdankt, die ihn die ganze Zeit aus den Augenwinkeln beobachtet.

14

HARMONIE UND ZWEISAMKEIT

»Kommt überhaupt nicht infrage, dass ich dieses Zeug anziehe!«

»Pscht, Robbie, die Gäste können dich hören«, rügt Elsa.

»Das ist mir ganz egal! Sie können ruhig mitbekommen, dass du mich wie einen Clown ausstaffieren willst.«

Elsa lächelt ihn nachsichtig an und legt den dreiteiligen Anzug neben dem Herd ab.

»Wenn du dieses Zeug nicht wegnimmst, mach ich Geschirrtücher daraus!«

»Probier es doch wenigstens einmal an. Schließlich geben wir heute Abend einen richtigen Empfang – jetzt ist schon der dritte Reisebus angekommen, das ist doch ein Grund zum Feiern! Da könntest du dich ruhig mal etwas in Schale werfen.«

Robert packt den Kleiderbügel und hängt den Anzug hinten in der Küche an ein Gestänge, an dem auch geräucherter Schinkenspeck baumelt.

»Da wirst du schön nach Schweinefleisch riechen!«

»Wunderbar! Dann hängt mir Calimero den ganzen Abend über am Rockzipfel. Mit ihm als Klette am Bein halte ich mir wenigstens alle anderen vom Leib!«

»Robbie! Du raubst mir den letzten Nerv!«, schimpft Elsa. »Jetzt verbringst du schon seit über einer Woche einen Großteil deiner Zeit damit, den Gästen Botanikunterricht zu geben, und da schaffst du es nicht, an einer kleinen Feier am Abend teilzunehmen?«

»Wenn du denkst, dass ich Konversation mit ihnen machen werde, dann bist du schiefgewickelt, meine Liebe! Und zwar gründlich!«

»Die Leute hören dir einfach gern zu, wenn du von deiner Arbeit redest. Sie werden garantiert auch am Abend sehr nett sein. Da brauchst du dir gar keine Sorgen zu machen.«

»Aber ICH höre IHNEN nicht gern zu, wenn sie reden! Ihre Geschichten interessieren mich nicht die Bohne! Erst heute Morgen habe ich eine Schweizerin aus meinem Kurs geworfen, die über Antifaltencremes sprechen wollte. Ich ertrage es nicht, wenn die Leute nur aufs Äußere schauen! Wie sollen sie denn eine Tomate mit einer kleinen Ausstülpung oder eine zweibeinige Möhre wertschätzen, wenn sie schon mit ihrer eigenen Unvollkommenheit nicht zurechtkommen?«, braust Robert auf und kehrt Elsa mit diesen Worten den Rücken zu.

»Nicht alle Stadtmenschen sind so oberflächlich, das weißt du ganz genau. Wenn du mehr mit ihnen reden würdest, wäre dir klar, dass die meisten hierherkommen, weil sie Zeit unter freiem Himmel verbringen wollen, um sich zu erholen. Du hast schon einen Riesenschritt in die richtige Richtung gemacht, mein lieber Robbie. Und wo du jetzt so gut als Lehrer klarkommst, kannst du doch wohl auch einmal einen Abend mit deinen Schülern verbringen.«

Im Grunde hat Elsa gar nicht so unrecht. Er hat sich mittlerweile daran gewöhnt, mit anderen Leuten zusammen zu sein, da würde ihm eine kleine Feier am Abend vermutlich nicht viel anhaben können. Nur hat Robert seit Ewigkeiten nicht mehr getanzt, und es packt ihn eine Heidenangst bei dem Gedanken, mit der quirligen Maggie tanzen zu müssen, die ihren Aufenthalt bei ihnen um eine Woche verlängert hat.

Elsa legt ihm eine Hand auf die Schulter und beteuert mit einem aufmunternden Lächeln:

»Es gibt nichts, wovor du Angst haben müsstest. Die Leute finden dich sympathisch. Also Schluss mit den Bedenken, der Abend wird wunderbar.«

Robert ist anzusehen, dass er immer noch alle möglichen Befürchtungen hin- und herwendet. Die Vorstellung, in diesem Dreiteiler herumstolzieren zu müssen, ist ihm höchst unangenehm. Da könnte man gleich einen Pinguin bitten, an seine Stelle zu treten, denn so wird er aussehen, wenn er sich darauf einlässt, sich mit diesen Kleidungsstücken herauszuputzen.

»In einem Anzug bin ich nicht ich selbst«, beschwört er seine Schwester. »Wenn ich mit meinen ›Schülern‹ zusammen bin, dann verstecke ich mich auch nicht hinter einem schönen Äußeren. Sie sehen mich genau so, wie ich bin. Ich würde lächerlich wirken …«

»Du wirst toll aussehen, mein lieber Robbie!«

»Vergiss es! Wenn ich diese Klamotten trage, muss ich mich auf eine Art und Weise verhalten, die mir unangenehm ist.«

Elsa sieht ihn enttäuscht an.

»Du brauchst mich gar nicht mit so großen Augen anzustarren. Ich mach es nicht! Ich habe mich wirklich auf viel eingelassen in letzter Zeit, da brauchst du jetzt nicht auch noch diesen Karren vors Pferd zu spannen. Ich kann einfach nicht auf Leute zugehen, die ich nicht kenne, und erst recht nicht, wenn sie aus der Stadt kommen.«

Elsa nimmt den Anzug wieder an sich. Auch wenn sie Verständnis für ihren Bruder hat, stehen ihr die Tränen in den Augen. Sie hatte so sehr gehofft, dass er inzwischen bereit sei, sich noch mehr zu öffnen.

»Hassan hat Speck und Rahm beim Nachbarn geholt. Heute Abend macht ihr ja *flammenkueche* im Holzofen draußen. Die Feuerstellen sind schon frisch dafür geschrubbt und ausgefegt.«

»Na großartig, dann muss ich zwangsläufig doch an deiner Abendgesellschaft teilnehmen, stimmt's?«

»Zumindest hast du auf diese Weise etwas von dem schönen Wetter und bist nicht die ganze Zeit in deiner Küche eingesperrt«, erwidert sie schlagfertig und räumt das Feld.

Robert sieht nicht auf, obwohl er sie davongehen hört. Er hat wirklich jede Menge zu tun. Er braucht noch einige Zeit, um den Hefeteig zuzubereiten, der die Grundlage für seine Flammkuchen ist. Der Gedanke an alle noch anstehenden Vorbereitungsschritte hätte so manchen Koch in helle Aufregung versetzt. Doch für Robert ist der Rückzug in die Küche das wirksamste Mittel, sich von der Welt draußen abzuschotten. Zumindest muss er dort nicht den Gästen zuhören und ihre Fragen beantworten. Diese Plappermäuler bringen ihn auf die Palme. Nein und noch mal nein, Robert sieht sich nicht imstande, richtige Unterhaltungen mit den Leuten zu führen. Es sei denn, es geht um Gemüse.

Die Bewohner des Gemüsegartens sind aufrichtige Geschöpfe, die ihren schroffen Freund weder anlügen noch betrügen. Nie wird er in die Verlegenheit kommen, einer Artischocke Komplimente für ihr schönes Kleid machen zu müssen. Eine Artischocke trägt jeden Tag ihren schönsten Staat zur Schau und legt es dabei überhaupt nicht darauf an zu gefallen. Er kennt keine Gemüsesorte, die eleganter und zugleich bescheidener ist als die Artischocke. Und die Tomaten? Sie sind scheu und zurückhaltend, sie treten gern in Rispen auf, drücken sich am liebsten eng aneinander und erröten, sobald sie die Stimme eines Fremden vernehmen. Die Tomaten müssen achtsam behandelt werden, ein wenig wie Robert selbst. Aber das, na ja – das wissen nur wenige Leute.

Wer an Robert herankommen will, muss ihn gleichsam entziffern können oder aber ein Seelenverwandter sein, so wie Hassan, das macht vieles leichter.

Der junge Mann ist nun schon eine ganze Weile bei Robert in der Küche, ohne ein einziges Wort gesagt zu haben. Es ist nicht notwendig zu sprechen, um einander zu verstehen. Dieses stille Einverständnis, das ohne Worte auskommt, ist ganz nach Roberts Geschmack. Als er das Mehl in die riesige Schüssel gibt, weiß Hassan, dass er das Triebmittel vorbereiten muss. Manchmal murmelt Robert ein »*Doucement!*«, um den Eifer seines Gehilfen zu bremsen, der die Bäckerhefe zu heftig einrührt. Dann verlangsamt Hassan den Rhythmus unter dem prüfenden Blick seines Lehrmeisters, der keinen Fehler duldet.

Die früheren Gehilfen hatten sich über diese Stille beklagt. Die wenigen Burschen, die mit Robert zusammengearbeitet hatten, wurden entweder schon nach einem Tag wieder entlassen oder suchten von sich aus ebenso schnell das Weite. Es war schwer, eine Beziehung mit einem Lehrmeister aufzubauen, der es nicht hinnimmt, wenn man mit den Händen in die Mehlsäcke hineinfasst, oder der auch schon einmal mit einem Kochlöffel Jagd auf seinen Gehilfen macht. Hassan wird so etwas zum Glück nicht widerfahren. Zwar war er anfangs oft ein wenig überhastet ans Werk gegangen, doch Roberts Beschwichtigungen, sein behutsames »*Doucement!*« bei unterschiedlichen Tätigkeiten hatte zur Folge, dass Hassan sich dieses Credo zu eigen machte und allmählich selbst ruhig und besonnen wurde. Ein Wandel, den Robert mit Befriedigung zur Kenntnis genommen hat.

»Monsieur Walch? Kann ich jetzt gehen? Ich will mich umziehen.«

Robert sieht kaum von dem Sauerrahm auf, den er gerade mit den Eiern aufschlägt.

»Geh in die Vorratskammer, da findest du eine neue Schürze.«

»Ich meinte eigentlich, dass ich mich jetzt in Schale werfen will. Es ist fast 19 Uhr. Elsa hat gesagt, dass ich bei dem Fest dabei sein könnte.«

Robert stößt einen missbilligenden Seufzer aus.

»Ich verspreche Ihnen, dass ich wieder zurück bin, wenn die ersten *flammenkueche* in den Ofen kommen. Ich vergesse Sie nicht.«

»Na los! Wenn du Spaß daran hast, dann geh! Mach es wie die anderen auch! Putz dich heraus und stolzier herum!«

Hassan schaut nachsichtig zu Robert hinüber. Würde er ihn nicht kennen und wissen, dass sich hinter dessen Grantigkeit allein die Angst verbirgt, sich zu öffnen und zu zeigen, hätte er jetzt Gleiches mit Gleichem vergolten. Aber Roberts abfällige Worte verraten seinen tiefen Schmerz. Einen Schmerz, wie auch Hassan ihn jahrelang verspürt hat.

»Wir sehen uns nachher, Monsieur Walch. Machen Sie sich keine Sorgen, ich lasse Sie nicht im Stich.«

Allerdings hat der gute Hassan nicht damit gerechnet, welch schlagender Erfolg ihren schmackhaften *flammenkueche* beschieden sein könnte. Anstatt bei dem Holzofen zu bleiben, ist er auch Stunden später noch unentwegt damit beschäftigt, die heißen Tabletts zu den Gästen zu tragen.

So ist Robert vollkommen allein und den Blicken der neugierigen Gäste auf Gedeih und Verderb ausgesetzt, während er die Glut in seinen Öfen in Gang hält. Schon zum zehnten Mal muss er jetzt einen Touristen in die Schranken verweisen. Immer wieder tauchen diese unsäglichen Schwatzbasen neben ihm auf, um ihn zu fragen, wie er seine *tartes* zubereitet. Am liebsten würde Robert ihnen mit besagten *tartes* das Maul stopfen, damit sie ihm endlich vom Hals bleiben.

»Sie sollten etwas Holz nachlegen, die Glut ist inzwischen ziemlich mickrig«, rät ihm eine etwa fünfzigjährige Frau mit verschmiertem Lippenstift.

Robert schäumt innerlich vor Wut und ballt die Fäuste.

»Lassen Sie mich in Ruhe, ich habe zu tun«, brummelt er gereizt in seinen Bart.

Die laute Musik und der Lärmpegel der vielen munteren Gespräche verhindern, dass die Frau seine Worte versteht. Sie tritt näher zu ihm und weist mit dem Finger auf den Ofen.

»Ihr Feuer geht gleich aus ...«

Robert schiebt ihren Finger beiseite, bevor er eine *tarte* mit seiner Pizzaschaufel heraushollt.

»Mein Feuer ist vollkommen in Ordnung. Sie müssen wissen, dass der Teig ganz sachte in die Glut gleiten muss. Man darf sie nicht aufwirbeln und damit übermäßig anfachen. Das würde nur Unruhe stiften! Und jetzt gehen Sie bitte!«

Nun ist Robert wirklich bedient und sehnt sich nach seiner geliebten Ruhe. Die Frau macht große Augen und geht schließlich weg, beschwert sich aber auf ihrem Weg lautstark über das mangelnde professionelle Verhalten des Personals. Wenigstens führt das dazu, dass niemand es mehr wagt, Robert zu stören. Zum Glück für ihn, der sich jetzt einen Augenblick Ruhe gönnt, um ein Glas Apfelsaft zu genießen.

Die warme Glut rötet seine Wangen. Er kehrt den Menschen, die unter den Lampions tanzen, den Rücken zu und rückt seine frisch aus dem Ofen genommenen Flammkuchen zurecht, von denen der köstliche Geruch von gratiniertem Münsterkäse aufsteigt. Das Wasser läuft ihm im Mund zusammen, und er kann es sich nicht verkneifen, zwischen zwei Backvorgängen in ein kleines Stück hineinzubeißen. Spuren des sahnigen Belags kleben noch an seiner Oberlippe und verleihen ihm ein kindliches Aussehen. Hassan wagt nicht, den schlecht gelaunten Robert darauf hinzuweisen.

»Sie ist sehr gut, Ihre ›flammekutsch‹«, lobt eine Amerikanerin bewundernd.

Robert ringt sich ein paar höfliche Dankesworte ab. Würden seine Ohren jedes Mal bluten, wenn das elsässische Vokabular verunstaltet wird, könnten sich die Touristen vor sprudelnden Blutfontänen nicht retten! In solch abwegige Gedanken vertieft, bemerkt er Maggie nicht, die auf ihn zusteuert.

»Ein Lächeln hat noch niemanden umgebracht«, belehrt sie ihn sanft.

Die entwaffnende Freundlichkeit in ihrer Stimme tut auch bei Robert ihre Wirkung.

»Guten Abend, Maggie«, begrüßt er sie und wird erneut von seiner Schüchternheit eingeholt.

Heute Abend sieht Maggie nämlich ganz bezaubernd aus. Sie hat ihre üblichen grellbunten Klamotten gegen ein zartes Blumenkleid getauscht, das sehr schlicht ist und gerade deshalb ganz nach Roberts Geschmack.

Es gefällt ihm, wie die schmalen Träger Maggies hübsche Schultern betonen. Seit Ewigkeiten hat er keine Frau mehr auf diese Weise angesehen. Beinahe so wie eine Blume, die mitten in seinem Gemüsegarten an einer Stelle wächst, an der man nicht mit ihr rechnet. Eine wilde Blume, die nach Sommer duftet.

»Wollen Sie mich nicht zum Tanzen auffordern?«

Robert würde lieber seinen Schnurrbart aufessen, als diese Frage zu beantworten. Sein Gesicht spricht Bände. Er ist genauso blass geworden wie der Sauerrahm auf seinen *flammenkueche* ... und die verbrennen gerade!

»*Kopftomi!*«, poltert er und zieht in aller Eile zwei ziemlich verkohlte Exemplare aus dem Ofen.

»Die sind ja beinahe so schwarz wie Schallplatten – wollen Sie damit zum Tanz aufspielen?«, lacht Maggie.

Verdrossen schleudert Robert die verbrannten Flammkuchen ans andere Ende des Gartens. Calimero jagt ihnen nach und schnuppert kurz daran, um aber sogleich wieder zurückzuweichen. Seine Enttäuschung darüber, keinen Leckerbissen ergattert zu haben, ist nicht zu übersehen.

»Wenn Sie das Abendessen verderben wollen, dann brauchen Sie mich nur noch ein paarmal zu fragen, ob ich mit Ihnen tanze!«

»Ich glaube, dass Ihnen eine kleine Pause guttäte, mein Freund«, beharrt Maggie.

Roberts Herz beginnt, schneller zu schlagen. Er mag ihren Jane-Birkin-Akzent wirklich gern. Die Versuchung, sie zum Tanz aufzufordern, ist groß, aber eben auch die Angst.

»Ich weiß nicht, ob ich das hinbekomme«, sagt er, nachdem er eine Weile geschwiegen hat. »Ich bin es nicht gewohnt, mit Frauen zu plaudern oder gar mit ihnen zu tanzen.«

»Dann tun Sie doch einfach so, als wäre ich geradewegs Ihrem Garten entsprungen. Mit dem Gemüse fühlen Sie sich ja wohl.«

Roberts Wangen färben sich rot.

»Es ist sehr nett, wie Sie die Initiative ergreifen, Maggie. Aber Sie müssen sich meiner wirklich nicht annehmen.«

Sie antwortet ihm mit einem strahlenden Lächeln. Es fällt Robert schwer, das zu glauben, aber Maggie scheint wirklich etwas für ihn zu empfinden. Aber was?

»Ich mag die Art, wie Sie sich um Ihren Gemüsegarten kümmern. Und ich bin überzeugt, dass Sie mir gegenüber nicht so schüchtern wären, wenn ich eine Spargelstange wäre.«

Gequält verzieht Robert das Gesicht. Im Grunde würde er gern mit den Menschen auf die gleiche Weise sprechen wie mit seinen Pflanzen. Nur geben Menschen leider Antworten, noch dazu in einer Sprache, die oftmals spröde und hart ist wie vertrocknete Erde. Die Gemüsepflanzen hingegen bleiben still und aufmerksam – und haben damit zwei Eigenschaften, die man beim Menschen selten findet.

Robert hat schreckliche Angst, von Maggie enttäuscht zu werden, und noch größere hat er davor, sie zu enttäuschen.

Wenn er sich auf diesen Tanz einlässt – vielleicht will Maggie am Ende noch mehr? Er erinnert sich an seinen letzten Walzer. Elsa hatte ihn wieder einmal bei einem Bart-Wettbewerb angemeldet. Das war ihre Art, ihn unter Leute zu bringen. Robert fügte sich darein, denn der Wettbewerb fand im Festsaal des Dorfes vor einem kleinen Komitee statt. Da er an dem Tag außerdem seinen zweiunddreißigsten Geburtstag feierte, hatte ihn die junge Rosalie während der Abendfeierlichkeiten angesprochen. Sie hatten lange Wange an Wange getanzt, ohne auch nur ein Wort miteinander zu wechseln. Robert fand es schön, ihre sanfte Haut zu spüren, den Duft ihres Nackens zu riechen, der immer wieder an seinen Lippen vorbeistreifte. Es war, als würde er eine Blume in den Armen halten. Aus Angst, sie mit seinen großen, kräftigen Bauernhänden zu zerdrücken, hatte Robert sie kaum berührt. Später am Abend hatte die junge Frau ihn nach draußen gezogen und dort ihre Lippen leidenschaftlich auf seine gepresst. Robert hatte das nicht ertragen. Ihr feuchter Mund, ihr heißer Atem – die ungestüme, körperliche Nähe hatte ihm eine Heidenangst eingejagt. Also war er davongelaufen und hatte sie allein und gekränkt zurückgelassen. Seither geht Robert nicht mehr ins Dorf hinunter. Diese unglückselige Geschichte hatte ihm den Beinamen ›alter Knabe‹ eingetragen. Die Spötteleien ließen nicht auf sich warten – mit dem Ergebnis, dass der schüchterne Mann den Schutzwall, den er um sich errichtet hatte, weiter verstärkte. Wut und Schmerz dichteten alle Schlupflöcher ab, sodass ihn nichts mehr verletzen konnte. Er hatte nicht damit gerechnet, dass er noch einmal den Wunsch verspüren könnte, seine Wange an die einer anderen Frau zu schmiegen.

»Sind Sie noch da?«, fragt Maggie vorsichtig.

Robert bemerkt, dass er die Augen geschlossen hatte. Maggie sieht ihn an, ohne über ihn zu urteilen. Robert erkennt in ihren Zügen nur Wohlwollen und Freundlichkeit.

»Hören Sie auf, immer wegzulaufen. Die Möhren mögen Sie, warum sollte da ein Spargel wie ich Sie nicht mögen?«

»Was haben Sie denn für einen komischen Blick auf sich selbst?«, bringt Robert mühsam heraus.

»Ach, sehen Sie in mir vielleicht eher eine Lauchstange? Stimmt natürlich, ich bin ja ziemlich lang!«

Ein vorsichtiges Lächeln erhellt seine Miene.

»Lauchstangen sind viel zu blass, als dass sie Ihnen ähneln könnten. Sie haben recht. Sie haben eher etwas von einer hübschen violetten Spargelstange. Die sind viel fröhlicher als die weißen. Wenn man abends gut hinhört, kann man sie unter dem Sternenhimmel singen hören. Ein wenig wie Sie ...«

Jetzt ist Maggie diejenige, die errötet. Verwirrt lässt sie sich von Roberts Worten anrühren. Es sind warme, zärtliche Worte, in denen eine wunderbare ländliche Poesie mitschwingt. Wie von selbst finden die beiden nun zueinander und tanzen Wange an Wange unter dem wohlwollenden Blick der Sterne, die heute ganz besonders hell strahlen. Gewiss freuen auch sie sich, dieser Begegnung zweier Einzelgänger auf der Suche nach Zweisamkeit beizuwohnen. Robert und Maggie überlassen sich dem Rausch dieses Augenblicks, dem nichts etwas anhaben kann. Alles um sie herum ist vergessen, und sie sind nur noch ein glückliches Paar in vollkommener Harmonie.

15

VIER AUF EINEN STREICH

Elsa steht mit einem Besenstiel in der Hand vor ihrem Bruder und droht:

»Los jetzt, raus hier!«

Robert rührt sich nicht vom Fleck. Er presst seine Finger weiter an die Herdkante und beobachtet den Kochvorgang seines Sauerkrauts.

»Ich muss warten, bis der Sud blubbert. Vorher kann ich den Deckel des Dampfkochtopfs nicht schließen! Du hast keine Ahnung, wie sich das Glucksen des Wassers anhören muss.«

»Wenn vom Sud Blasen aufsteigen, mach ich den Deckel drauf. Geh schon! Sie warten auf dich!«

Robert schmollt und spitzt die Ohren. Störrisch wie ein Esel ignoriert er die Schubser, die seine Schwester ihm mit dem Besenstiel in den Rücken verpasst.

»Wenn du mir schon beim Aufkochen deines Sauerkrauts nicht vertraust, wie soll es denn dann mit deinen Knackwürstchen klappen?«

»Oje, meine *werschtle!* Du wirst sie alle platzen lassen! Nein. Nein und noch mal nein. Ich kann hier nicht weg. Das Ansehen meiner Würstchen steht auf dem Spiel. Sie dürfen auf keinen Fall misshandelt werden. Außerdem haben wir heute Mittag ein paar Österreicher und Deutsche zum Essen hier. Es wäre eine Schande, ihnen zu lang gekochte Würstchen zu servieren.«

Elsa schlägt die Hände vors Gesicht. Verflixt! Sie hatte ihn doch nur ein wenig necken wollen, stattdessen jedoch seine Angst geschürt.

»Meine Güte, Robbie! Ich habe dir doch schon tausend Mal dabei zugesehen, wie du Sauerkraut kochst. Und ich weiß ganz genau, wie du deine Würstchen warm machst.«

»In deiner Ahnungslosigkeit wirst du sie am Ende noch in kochendes Wasser geben, und dann saugen sie sich voll!«

»Die Ahnungslose ist sich bewusst, dass du einer der wenigen Köche bist, die ihre Würstchen erst ganz am Ende der Kochzeit auf das Sauerkraut legen und nur im Dampf garen lassen.«

Robert zieht nervös an seinen Schnurrbartspitzen. Könnte er im Boden versinken, er würde es tun.

»Hat es dir die Sprache verschlagen?«

»Das heißt noch lange nicht, dass du das hinkriegst«, schnauzt er gereizt.

Elsa stellt den Besen ab, dann öffnet sie den Kühlschrank und holt einen großen Topf Senf heraus.

»Maggie wartet draußen auf dich«, sagt sie und beginnt, kleine feuerfeste Schälchen zu füllen. »Wenn du jetzt nicht zu ihr gehst, wirst du es dein ganzes Leben lang bereuen.«

Robert hält es für das Beste, einfach zu schweigen. Seit Stunden bereitet er sich mental auf diesen Ausflug vor. Die Lust, Zeit mit Maggie zu verbringen, wird dadurch getrübt, dass er dafür seinen Hof verlassen muss.

»Erinnerst du dich noch daran, wie es war, als in deiner heiß geliebten Quizsendung die Moderatoren ausgetauscht wurden und Julien Lepers durch Samuel Etienne ersetzt wurde?«, fragt Elsa mahnend.

Robert schlägt mit der Faust auf die Arbeitsfläche aus Edelstahl.

»Fang nicht wieder damit an!«

Verärgert gibt er Pfeffer auf die Kartoffeln, die oben auf dem Kohl simmern.

»Ich werde so lange davon reden, wie es nötig ist. Weißt du noch, wie wütend du warst? Monatelang wolltest du deine Sendung nicht mehr ansehen, weil dieser ›Grünschnabel‹, wie du ihn genannt hast, nicht einen Moderator ersetzen sollte, der dir vertraut war. Und wie ging es dann weiter?«

Robert schweigt trotzig und duckt den Kopf zwischen seine kräftigen Schultern.

»Am Ende hast du deine Lieblingssendung wieder angeschaut, weil sie dir fehlte, und du hast festgestellt, dass der neue Moderator auch neuen Schwung hineingebracht hat. Du hast zwar nichts gesagt, aber ich weiß genau, dass es dir gut gefällt.«

»Was hat das denn damit zu tun, dass ich meine Küche nicht verlassen will?«

»Du hast Angst, dich mit Maggie zu treffen, weil sie dein Leben durcheinanderbringen könnte. Dabei bist du doch in der Lage, Zugeständnisse zu machen. Denk an deine Quizsendung: Im Grunde läuft sie immer noch gleich ab, der neue Moderator hat nur neuen Schwung hineingebracht und sie etwas flotter gestaltet. Lass diesen neuen Schwung in deinem Leben zu und hör auf, nach Ausreden zu suchen, wie dein Sauerkraut und deine *werschtle*. Alles hat seine Zeit. Wenn etwas Neues kommt, dann lass dich darauf ein. Hör endlich auf, krampfhaft an der Vergangenheit festzuhalten. Wenn du diese Frau magst, dann unternimm etwas mit ihr und versuch, die Welt so zu sehen, wie sie sie sieht. Verkriech dich nicht in deiner verflixten Küche!«

Robert bleibt stumm, den Blick fest auf seine Kartoffeln gerichtet. Er hat sogar vergessen, das Gas herunterzudrehen und einen Deckel auf den Topf zu legen. Elsa erledigt das prompt für ihn.

»Maggie ist für dich wie der neue Moderator. Lass sie in dein Leben hinein. Erst gestern habt ihr zusammen getanzt. Wenn du es zulassen kannst, dass eine Frau deine Hand nimmt, dann lass dich auch von ihr mitnehmen, wohin sie dich führt.«

Als Robert die Schürze auszieht und seiner Schwester reicht, ist sein Hals wie zugeschnürt. Er erinnert sich an den Tag, an dem er den Fernseher wieder einschaltete, um seine Lieblingssendung erneut anzusehen. Er war voreingenommen, aber dann war das Vergnügen umso größer. Und als Maggie gestern mit ihm tanzte, hat er erst recht ein Vergnügen verspürt. Noch immer kann er ihren Duft an seinem Hals erahnen. Es ist die Angst, die ihm einflüstert, er solle am Herd bei seinen Töpfen bleiben. Noch größer ist jetzt allerdings die Angst, die Chance auf einen Tag mit Maggie verstreichen zu lassen.

»Es steht dir zu, eine schöne Zeit außerhalb des Hofes zu verbringen. Gönn dir eine Pause, und in ein paar Stunden sehen wir weiter«, ermuntert Elsa ihn noch einmal.

Ihre Freundlichkeit rührt Robert, dem mit einem Mal klar wird, dass er bisher unablässig für die ihm Befohlenen tätig gewesen ist. Sein Leben hat sich darauf beschränkt, sich um die Tiere und das Gemüse zu kümmern und die Mägen der Touristen zu füllen. Ein Leben voller Arbeit. Eine Arbeit, die er mit Leidenschaft ausübt und die seinem Leben einen Sinn verleiht. Nur war er bisher noch nie jemandem begegnet, der in ihm den Wunsch geweckt hätte, einmal etwas anderes zu sehen und kennenzulernen.

»Versprichst du mir, auf die Würstchen aufzupassen?«

»Wie auf meine beiden kleinen Ungeheuer«, antwortet sie und zwinkert ihm zu.

»Und darauf zu achten, dass die Platten schön angerichtet sind?«

»Das Kraut in der Mitte, außen herum die Kartoffeln und das Fleisch gut verteilt obendrauf.«

»Die Würstchen dürfen keinesfalls übereinanderliegen.«

»Das bringt Unglück, ich weiß!«, nimmt Elsa ihm den Wind aus den Segeln. Tausend Mal hat sie zugesehen, wie ihr Bruder die Platten arrangiert.

Erleichtert drückt Robert ihr einen dicken Kuss auf die Backe und verlässt die Küche. Draußen spielen die Zwillinge mit einem Ball, den sie Calimero immer wieder so zuwerfen, dass er ihm hinterherjagen kann. Freudestrahlend stürzen sie auf Robert zu und umarmen ihn.

»Nimmst du uns mit? Wir haben noch nie erlebt, dass du von hier weggehst!«, bettelt Charlotte.

Robert drückt ihr ein Küsschen auf die Stirn und will sie freundlich zu ihrer Mama zurückschicken. Denn im Augenblick denkt er nur an eines: Er will zu Maggie, die bereits am Steuer eines schicken, eigens für den Ausflug ausgeliehenen Cabriolets sitzt.

»Ein anderes Mal, Croquette. Das Auto ist nicht groß genug für alle.«

Charlotte schmollt ein wenig, drückt sich dann aber verschmust an seine Wange.

»Wir könnten ja mal Eis essen gehen«, schlägt sie vor.

»Oder ins Schwimmbad«, lässt sich David verlauten.

Ins Schwimmbad gehen, ein Eis essen – das sind Vergnügungen, die für Robert über Jahre hinweg nicht existierten. Diese plötzliche Erkenntnis schmerzt ihn. Schlimm ist nicht so sehr der Gedanke, dass er sein Leben vorüberziehen lässt, als vielmehr eine Art Schuldgefühl, seine kleinen Lieblinge um das Vergnügen gebracht zu haben, solch einfache wie wunderschöne Momente gemeinsam mit ihm zu erleben.

»Das machen wir ein anderes Mal«, verspricht er und wuschelt ihnen durchs Haar.

Charlotte fällt die Kinnlade so weit herunter, als würde sie nur noch an einem einzigen Faden hängen. Sie hatte ihren Onkel nur etwas necken wollen und nicht wirklich in Betracht gezogen, dass er auf ihren Vorschlag eingehen könnte. Was ist denn nur in ihren Onkel *Kopftomi* gefahren? In den ewigen Nörgler, der es nicht schafft, sich von seinem Grund und Boden fortzubewegen? In ihm geht etwas vor sich, so viel steht fest, und zwar zur großen Freude der beiden Kinder, die ihm beide überschwänglich einen dicken Kuss verpassen.

»Bis nachher, Onkelchen«, flötet Charlotte und drückt ihn fest.

»Hab einen schönen Tag, mein Schatz, und pass gut auf die Tomaten auf.«

Das Herz der kleinen Charlotte gerät ins Stolpern. Wie ein kostbares und unerwartetes Geschenk nimmt sie wahr, mit welcher Zärtlichkeit der Onkel mit ihr redet. Beinahe vergisst sie, den Griff ihrer um seinen Hals gelegten Ärmchen zu lockern. Aber da macht sich Hassan bemerkbar, der bereits hinten im Auto saß, jetzt aber wieder ausgestiegen ist und den innigen Moment auflöst.

»Geht es endlich los? Bereit für den großen Sprung?«

Robert nickt einfach nur bedächtig und starrt auf die flammend rote Mähne von Maggie, die ihm den Rücken zukehrt. Sie bringt den Fahrersitz in die richtige Position und stellt die Spiegel ein. Die etwas zu langen Träger ihres weißen Sommerkleides rutschen über ihre von Sommersprossen übersäten Schultern. Mit leicht geröteten Wangen steigt Robert ins Auto und nimmt neben ihr Platz, während Hassan sich wieder auf den Rücksitz setzt.

»Elsa hat mir empfohlen, nach Eguisheim zu fahren. Dieses Dorf müsste Ihnen ganz besonders gut gefallen«, sagt Maggie, ohne ihr GPS aus den Augen zu lassen.

Robert weiß weder, wo dieser Ort liegt, noch, ob er ihn

schön finden wird. Aber die Aussicht, einen ganzen Tag in Begleitung der vor Unternehmungslust sprudelnden Maggie zu verbringen, macht ihn froh. Darüber vergisst er beinahe, dass auch Hassan mit von der Partie ist, der die Gegend besser kennenlernen möchte. Schweigend überlässt sich Robert seinen Gedanken. Er kann es kaum glauben, dass er in ein Auto gestiegen ist, und noch weniger, dass er sich anschickt, einen Tag fern von seiner gewohnten Umgebung und seinen Ritualen zu verbringen.

Als der Wagen sich in Bewegung setzt, versucht er abzuschalten, um sich nicht von der Angst packen zu lassen. Der Hof hinter ihnen wird kleiner und kleiner. Robert denkt an die Hühner, die er bei Tagesanbruch gefüttert hat, an den frisch gewässerten Gemüsegarten, an seine in der Morgendämmerung gemolkenen Ziegen, lässt alles vor seinem inneren Auge vorüberziehen. Er weiß, dass er nichts vergessen hat, dass vom Stall bis zum Gemüsegarten alles gut versorgt ist. Trotzdem gelingt es ihm nicht, sich zu entspannen. Er ist es nicht gewohnt, alles hinter sich zu lassen, sich einfach treiben zu lassen.

Maggie legt eine Hand auf die seine. Die Wärme ihrer Haut tut ihm gut. Er sieht nur noch ihre schlanken weißen Finger.

»Genießen Sie die Landschaft«, empfiehlt sie ihm. »Eine solche Aussicht bietet sich Ihnen schließlich nicht jeden Tag.«

Robert setzt sich auf und lässt seinen Blick über die sich endlos weit erstreckenden Weinberge schweifen. Das Cabriolet schlängelt sich durch ein wahrlich postkartentaugliches Dekor. Die noch vom morgendlichen Dunst umfangenen Rebstöcke glitzern in den Sonnenstrahlen, die bereits alles in ihr helles Licht tauchen. Hin und wieder erhebt sich ein Storch mit dem ihm eigenen Klappern in die Luft und flüchtet sich an den tiefblauen Himmel. Robert muss unweigerlich lächeln. Genau so sieht es aus, das Elsass seiner Träume – genau so hat er es in Erinnerung behalten.

Jetzt endlich lässt er alle Gedanken an den Hof hinter sich, entspannt sich und blickt neugierig und aufgeregt wie ein Kind nach draußen. Er genießt den warmen Fahrtwind im Gesicht und bestaunt die Dörfer mit ihren Fachwerkhäusern und Springbrunnen, an deren Wasser sich ganze Heerscharen von Schwalben laben.

Nach einer Stunde Fahrzeit erreichen sie Eguisheim und stellen das Auto auf dem Parkplatz am Dorfrand ab. Die drei steigen aus dem Cabriolet und folgen den wenigen Touristen, die zum Marktplatz im Zentrum unterwegs sind. Hassans Vorfreude, eine der bezauberndsten Ortschaften Frankreichs zu erkunden, ist nicht zu übersehen. Beschwingt streift er durch die kleinen Sträßchen mit ihren jahrhundertealten Pflastersteinen.

»Wahnsinn! Einfach nur großartig, das alles hier!«

Während Hassan seiner Begeisterung wortgewaltig Ausdruck verleiht, bleibt der nicht weniger beeindruckte Robert einmal mehr sprachlos. Von der Schönheit des Ortes förmlich erschlagen, bringt er kein Wort mehr heraus. Alles, aber auch alles ist niedlich hier. Die Straße, auf der sie unterwegs sind, ist so schmal, dass sie kaum zu dritt nebeneinander hergehen können. Zu beiden Seiten stehen kleine, dicht gedrängte Häuser, die geradewegs einem Märchen entsprungen zu sein scheinen. Vor den Fenstern hängen herrliche, unglaublich karmesinrote Geranien, deren Triebe in üppigen Kaskaden nach unten fallen. Die bonbonfarbenen Fassaden der kleinen Fachwerkhäuser decken eine breite Farbpalette ab.

»*Dieu du ciel*«, murmelt Robert.

»Sie sagen es«, pflichtet Maggie ihm bei.

Überwältigt von der Einzigartigkeit des Ortes, lassen sie sich durch die verwinkelten Gassen treiben. Robert bewundert mit einem staunenden Lächeln die Architektur der Häuser. Die Garagen mit den runden Türen verleihen ihnen eine beinahe kindliche Verspieltheit. Beglückt darüber, eine so verwunschene Welt zu entdecken, streicht Robert mit zitternder Hand über das Fachwerk und die Holzbänke vor den Häuschen, als wolle er ihre lange Geschichte in sich aufsaugen.

»Mir kommt es so vor, als wäre ich in einem Märchen gelandet«, bemerkt Hassan mit leuchtenden Augen.

»Genau das habe ich auch gerade gedacht«, gesteht Robert.

Maggie hat ihre Kamera dabei und macht eine Aufnahme nach der anderen. Dieser Ausflug ist die passende Gelegenheit, um den für ihre Zeitschrift geplanten Artikel angemessen zu bebildern. Schwungvoll steigt sie auf die Bänke und nimmt auf der Jagd nach dem besten Bild ebenso akrobatische wie alberne Posen ein. Robert sieht ihr belustigt zu. Mit ihrer kindlichen Sorglosigkeit hebt sie sich gründlich von den anderen Touristen ab, die ihr Treiben mit leichter Missbilligung beobachten. Maggie schert sich jedoch nicht darum, was die Leute denken. Sie hat Spaß an den kleinsten Dingen und verrenkt sich den Hals, um ein Foto von einer Biene zu schießen, die gerade eine Blume bestäubt. Elsa hat recht: Diese Frau ist noch viel erfrischender als der neue Moderator seiner Quizsendung.

Dieser Punkt geht an Maggie! Ja! Ja! Ja!, hört er im Geiste die Stimme des Moderators und lächelt selig. Ihre Natürlichkeit und die Selbstverständlichkeit, mit der sie sich über Kleiderordnungen hinwegsetzt, machen Maggie unwiderstehlich. *Und die Gewinnerin ist Maggie!*, würde es in seinem Quiz heißen. Wenn sie jetzt auch noch vier Fragen in Folge – die berühmten »Vier auf einen Streich« – richtig beantwortet, sagt sich Robert, gehe ich mit ihr, wohin sie will.

Maggie hakt sich hin und wieder bei ihm ein, um ihn mit sich durch die Gässchen zu ziehen. Die Zeit verfliegt, ohne dass er sich dessen bewusst ist. Er denkt nicht mehr an seine Tiere und noch weniger an sein Gemüse, sondern genießt das Hier und Jetzt in vollen Zügen.

»Ich habe allmählich einen Mordshunger!«, macht Hassan sich bemerkbar.

»Dann machen wir uns besser auf den Heimweg. Elsa hat sicher eine Portion Sauerkraut für uns übrig gelassen«, schlägt Robert vor und freut sich schon darauf, das Tagesgericht zu sich zu nehmen.

Hassan schüttelt jedoch den Kopf und weist auf das Schild einer kleinen, typisch elsässischen *winstub*.

»Meine Mutter hat hier einen Tisch für uns reserviert. Das Essen soll hervorragend sein.«

»Ich esse nicht in einem Restaurant, das mache ich grundsätzlich nicht«, entgegnet Robert unwirsch.

Sofort hadert er mit der Situation. Niemand kann so leicht aus seiner Haut. Er hatte nicht bedacht, dass es womöglich zu einem Essen außer Haus kommen könnte. Er war rundum damit zufrieden, sich an der Landschaft und den prächtigen Farben sattzusehen.

»Haben Sie vielleicht Angst, dass Sie vergiftet werden?«, neckt Maggie ihn.

»Ich unterstütze nur Restaurants, die die gleichen Regeln befolgen wie ich. Und ich weiß nicht, ob sie das hier tun.«

»Robert, ich weiß, wie wichtig es Ihnen ist, in einen Dialog mit Ihrem Gemüse zu treten und es zu verwöhnen, bevor es in der Küche landet. Aber es gibt auch noch andere Wege, die Natur zu respektieren. Versuchen Sie es doch einmal …«

Bevor ihm die Zeit für eine Antwort bleibt, geht die abgerundete Holztür der *winstub* vor ihnen auf, und der Duft von in Butter gebräunten und mit Weißwein abgelöschten Kartoffeln erfüllt die Straße. Roberts Magen rumort gewaltig und spielt seinem Gehirn einen Streich, das ihn beschwört, keinen Fuß in ein Restaurant zu setzen. Zu spät, schon ist er drinnen, wo sich ein heimeliges, von uralten Kronleuchtern erhelltes Gewölbe vor ihm auftut.

Die drei werden von einer Kellnerin in elsässischer Tracht empfangen und nehmen in einer kleinen Nische Platz, wo ein runder Tisch samt passender Sitzbank steht. In der Mitte des Tisches steht eine Leuchte, die ein angenehmes, gedämpftes Licht spendet. Robert muss zugeben, dass er sich wohlfühlt. Es ist recht früh, die Touristenscharen sind noch nicht eingefallen, und sie können in Ruhe ihr Menü auswählen. Eine schwierige Mission für Robert, der die Gerichte bereits beurteilt, bevor er sie gekostet hat.

»Auf der Karte stehen fast die gleichen Speisen, die ich auch anbiete. Einfach lächerlich! Wir könnten genauso gut zu Hause essen, da würde es auf jeden Fall schmecken.«

Nachsichtig nimmt ihm Maggie die Karte aus der Hand.

»Was ist? Fahren wir zurück?«, fragt Robert ungeduldig.

»Nein, wir lassen den Zufall darüber entscheiden, welches Menü Sie nehmen! Lassen Sie ein wenig Fantasie in Ihren Alltag, mein Lieber. Überraschungen tun gut.«

Übermütig breitet sie die Speisekarte aus und platziert in der Mitte darauf ein Messer. Mit einem Finger stößt sie das Messer nun an, sodass es sich wie der Zeiger einer Uhr dreht. Hochgradig alarmiert folgt Robert der Bewegung, denn ihn packt bereits die Angst, dass am Ende eine würzige Rinderzunge oder gar Kalbsnieren bei dem Spiel herausspringen könnten. Als die Klinge zum Stillstand kommt, hält Robert den Atem an.

»Überraschungsmenü!«, ruft Hassan. »Es bleibt also weiter offen, was Sie erwartet!«

Ohne Maggies Anwesenheit wäre Robert geradezu in Panik geraten. Aber heute geschieht das nicht. Maggies Drang, immer wieder verrückte Dinge zu tun, versetzt ihn in seine Kindheit zurück. Wehmütig denkt er daran, wie er nach der Schule stets zuerst zu seiner Mutter in die Küche gelaufen war. Jeder Tag hielt dort eine Überraschung bereit, denn während er sich die Augen zuhielt, versuchte er zu erraten, was seine Mutter ihm gleich als Mahlzeit vorsetzen würde. Maggie hatte die Glanzleistung vollbracht, ihn noch einmal für dieses Gefühl empfänglich zu machen. Wieder hat die Zauberin einen Punkt für sich verbucht. Robert denkt erneut an seine Quizsendung und sieht vor sich, wie der Moderator den Spielstand verkündet: *Auch diese Runde geht an Maggie!*

Zügig werden die Gerichte aufgetragen. Robert hält die Augen geschlossen und versucht zu erraten, was sich auf seinem Teller befindet. Ein verlockender Geruch von geschmorten Tomaten lässt ihm das Wasser im Munde zusammenlaufen. Zuckersüße, gut zubereitete Kirschtomaten. Robert konzentriert sich und riecht jetzt auch frische Eier und Vollmilch.

»Ein Clafoutis von Kirschtomaten«, errät er und öffnet die Augen.

»Sehr gut!«, gratuliert ihm Maggie.

»Wow, das war echt klasse!«, lobt Hassan bewundernd, der sich mit einer Schneckenzange abmüht.

Maggie lacht auf, als sie sieht, wie ihm ein glitschiges Schneckenhaus entgleitet, das er gerade noch auffangen kann.

»Du solltest deine Schnecken mit den Fingern essen, Hassan, anstatt dich mit dieser lächerlichen Zange herumzuärgern.«

»Aber dann habe ich danach überall Butter an den Fingern.«

»Eben! Das ist doch das Schöne daran!«, ruft sie und klaut ihm ein Schneckenhäuschen vom Teller.

Verspielt schnippt sie es auf ihrem Teller herum, bevor sie einen Zahnstocher hineinpikst, um den kleinen Gastropoden herauszuziehen. Lustvoll vertilgt sie den Leckerbissen und leckt sich zufrieden Daumen und Zeigefinger ab.

»Schneckenbutter und Tischmanieren, das passt nicht zusammen. Man muss die Butter einfach über die Finger laufen lassen und sie dann eben ablecken«, tut sie kund und belegt das Besteck mit einem Berührungsverbot.

In seinem Kopf hört Robert, wie der Buzzer aus seiner Quizsendung ein ohrenbetäubendes *biip* von sich gibt. Wieder ein Punkt. Maggie ist ein echter Champion in Sachen Natürlichkeit.

»Sie sollten die Möhren probieren, mein Lieber. Sie sind köstlich«, schlägt Maggie ihm vor.

Sie spießt eine kleine Scheibe auf ihre Gabel und reicht sie Robert hinüber.

»Vergessen Sie nicht, die Augen zu schließen, bevor Sie hineinbeißen. Diese jungen Damen sind sehr romantisch veranlagt«, rät sie ihm noch schelmisch.

Verzaubert von ihren Worten, schmilzt Roberts einsames Herz buchstäblich dahin. Sie weiß, wie man mit Gemüse spricht, denkt er und beißt in die Möhre, die Maggie ihm vor das Gesicht hält.

Ein ganzes Bukett feinwürziger Geschmacksnoten dringt an seinen Gaumen. Zum ersten Mal kostet Robert eine Küche, die nicht seine eigene ist, und diese Erfahrung ist geradezu umwerfend. Maggie hat recht. Die Möhre wurde sorgsam gehegt und möchte einfach nur geliebt werden. Sie hat eben eine sentimentale Ader und ein weiches Herz. Jetzt aber ist es Roberts Herz, das zum Zerspringen schlägt, gerade so, als wolle es dem Rhythmus des entfesselten Buzzers aus seiner Lieblingssendung Konkurrenz machen, wenn er den Hauptgewinn anzeigt.

Vier auf einen Streich!

Maggie ist die unangefochtene Siegerin in der Kategorie der zauberhaften Ungeheuer.

16

AUF UND DAVON

Robert hat sein Lieblingshemd angezogen – das Jeanshemd, das er auch bei den Bart-Wettbewerben getragen hat. Er zögert einen Augenblick, dann legt er sogar noch ein Halsband an, wie es die Cowboys oft tragen. Wie sehr hat er diesen einfachen Schmuck früher geliebt! Es ist ein weiches Lederband, an dem eine schwarz-weiße Feder befestigt ist. Aber nicht irgendeine Feder. Als Kind war er oben in der Scheune beim Herumstöbern auf ein Storchennest gestoßen. Als seine Bewohner im Winter den Flug in den Süden angetreten hatten, war er unter das Dach geklettert und hatte in dem verlassenen Nest diesen kostbaren Schatz gefunden. Er trug die Feder nur sehr selten, um sie nicht zu beschädigen. Aber ein außergewöhnlicher Anlass verlangt auch eine außergewöhnliche Kleidung. Maggie soll ihn so sehen, wie er ist. Er will seine nostalgische Ader und seine Liebe zu den einfachen, natürlichen Dingen und den kleinen unscheinbaren Glücksmomenten zum Ausdruck bringen. Gerade darin fühlt er sich ihr verbunden.

Er wirft einen prüfenden Blick in den Spiegel und zwirbelt sorgfältig die Enden seines Schnurrbarts in Form.

»So ist es gut«, stellt er befriedigt fest.

Er sieht gut aus. Zumindest hat er seine erdverkrusteten Stiefel und auch die Küchenschürze abgelegt, ohne die man ihn sonst kaum zu Gesicht bekommt. Diesmal wird sich Robert von seiner besten Seite zeigen. Der Schnurrbart ist sauber und parfümiert, die Wangen sind frisch rasiert, die Haare gekämmt und zu einem Pferdeschwanz zusammengebunden ... Robert ist wie verwandelt.

So mancher hätte über sein sonderbares Auftreten geschmunzelt, aber für Robert, der seit einer Ewigkeit nicht mehr ausgegangen ist, ist alles perfekt. Wäre er nicht so angespannt, würde er ein Loblied auf sein gelungenes Outfit anstimmen, um sich selbst Mut zu machen, denn den kann er brauchen.

»So weit, so gut«, murmelt er und stößt einen tiefen Seufzer aus. »Jetzt bloß nicht kneifen, mein Lieber!«

Sein Mund ist vor Nervosität ganz trocken. Auf dem Nachttisch liegt ein Strauß bunter Feldblumen, der nur noch darauf wartet, überreicht zu werden. Die Vorstellung, wie Maggie sich eine Kornblume ins Haar schiebt, flößt ihm Mut ein.

Mit feuchten Händen macht er sich auf den Weg zum Gästezimmertrakt. Vor Maggies Zimmer bleibt er einen langen Augenblick stehen und steckt seinen Kopf so tief in die Blumen, dass er schließlich niesen muss. Er ist kein Mann, der sich darauf versteht, Frauen den Hof zu machen. Daher weiß er nicht so recht, wie oft und wie entschlossen er klopfen soll. Er hat Angst davor, dass sie etwas Falsches denken könnte. Sein einziger Wunsch ist es, Maggie zu sagen, dass er bereit ist, sie in das Leben, das er führt, hineinzulassen. Er weiß nicht, welchen Platz sie dort haben wird, und auch nicht, ob er so sein will wie die anderen Männer, aber er ist überzeugt davon, dass Maggie ihn verstehen wird. Ihre Freundlichkeit und Liebenswürdigkeit haben sein Herz im Sturm erobert.

Er entscheidet sich, zweimal zu klopfen. Zwei vorsichtige, aber dennoch klare Schläge, um sich Gehör zu verschaffen.

Nichts rührt sich, die Tür bleibt zu. Robert versucht sein Glück noch einmal und klopft diesmal lauter.

Keine Antwort. Maggie ist nicht da.

Ein Blick auf das Zifferblatt der großen Wanduhr im Flur sagt ihm, dass es fast zehn Uhr abends ist. Maggie muss auf der Terrasse sein und genießt dort vermutlich die kühle Luft bei einer Tasse Tee.

Beschwingt geht Robert durch die Flure der *auberge* und tritt in die Nacht hinaus. Alles ist ruhig. Nur ein paar Touristen sind noch auf der Terrasse und trinken Kaffee. Elsa hat in einem Schaukelstuhl neben Fatima Platz genommen, die sich ein paar mit Marzipan gefüllte Datteln schmecken lässt. Auch hier ist Maggie nicht zu sehen.

Elsa sieht ihren Bruder in seinem ungewohnten Outfit samt Blumenstrauß erstaunt an. Ohne ihre Verwunderung zu beachten, lässt Robert die Terrasse hinter sich und durchquert hastig den Gemüsegarten. Er schaut in alle Ecken. Auch bei den Kürbissen und den Kartoffeln – von Maggie keine Spur. Irgendwann stößt er auf Charlotte und David, die einen nächtlichen Ausflug unternommen haben, um sich ein paar Himbeeren zu gönnen. Sie kauern unter den Himbeersträuchern, die Nasen ganz dicht über ihren hohlen Händen, und verschlingen die Beeren dutzendweise. Normalerweise hätte er ihnen dafür die Leviten gelesen. Aber heute Abend ist Robert zu verwirrt, um mit den kleinen Schlawinern zu schimpfen. Sollen sie sich doch den Bauch vollschlagen. Vielleicht wird er früher oder später auf den Boden der Tatsachen zurückkehren und entdecken, dass seine Sträucher geplündert wurden – doch jetzt hat er anderes im Sinn. Calimero, der seinen Herrn alarmiert auf der Suche sieht, stößt dazu und führt sich als Spürhund auf. Ein ungeschickter Spürhund allerdings, der Robert mit seinem mächtigen Hinterteil beinahe umstößt.

»Cali...«, stöhnt dieser, tätschelt aber dennoch liebevoll seinen Kopf.

Der Hund weiß diese Zuwendung zu schätzen und leckt ihm dankbar über die Finger. Robert schiebt ihn gleichmütig zur Seite, doch Calimero wedelt weiterhin mit dem Schwanz, schubst ihn hin und wieder und weicht nicht von seiner Seite.

»*Kopftomi!* Wo ist sie bloß?«

Er sieht überall auf dem Hof nach, bevor er zu Maggies Zimmer zurückkehrt. Calimero bleibt ihm auf den Fersen, inzwischen jedoch mit hängenden Ohren, da er spürt, dass sein Herrchen nicht mehr ein noch aus weiß. Diesmal drückt Robert die Klinke herunter und bemerkt, dass die Tür gar nicht verschlossen ist. Sein malträtierter Blumenstrauß fällt zu Boden. Das Zimmer ist leer. Die Laken wurden bereits gewechselt, und ein paar Toilettenartikel stehen schon für den nächsten Gast bereit auf einem kleinen runden Tisch aus Kirschbaumholz.

»Sie ist vor gut zwei Stunden aufgebrochen«, sagt Elsa, die ihm nachgegangen ist.

Robert ist bleich. Er möchte am liebsten schreien, ein solcher Schmerz tobt in seiner Brust.

»Robbie, sie musste irgendwann wieder abreisen«, sagt seine Schwester sanft.

»Du wolltest unbedingt, dass ich Zeit mit ihr verbringe«, sagt er ganz leise. »Du hast gesagt, dass es mir guttun würde, mit ihr zusammen zu sein.«

Tränen steigen ihm in die Augen. Er hält sie mit aller Macht zurück, da sein Stolz es ihm verbietet, vor derjenigen zu weinen, die aus seiner Sicht für seinen Schmerz verantwortlich ist.

»Ich habe einen ganzen Tag mit ihr verbracht, weil du wolltest, dass ich einmal den Hof verlasse. Ich habe angefangen, sie gernzuhaben ... und du, du tust nichts, um sie zurückzuhalten?«

Elsa findet keine Worte, um ihn zu trösten. Sie fühlt sich fürchterlich schuldig und kann ihn gar nicht ansehen.

»Es tut mir so leid. Ich wusste nicht, dass sie uns so schnell verlassen würde. Sie hat mir die Schlüssel gegeben und gar nichts weiter gesagt ...«

»Du hast sie nicht zurückgehalten«, wiederholt er.

»Robbie, die Leute, die hierherkommen, sind immer nur für eine Weile hier. Am Ende kehren sie nach Hause zurück.«

»Genau deshalb soll man nicht damit anfangen, sie gernzuhaben!«, bricht es aus ihm heraus.

Vom Schmerz überwältigt, schnappt er das Körbchen mit den Toilettenartikeln und schleudert es quer durch das Zimmer.

»Was hast du jetzt vor? Ich nehme an, du machst das Zimmer für den nächsten Gast fertig? Hast du vielleicht schon eine andere Frau im Sinn? Soll ich wieder mit jemandem Zeit verbringen, der dann irgendwann ans andere Ende der Welt verschwindet?«

Elsa presst die Hände aufeinander und macht einen Schritt auf ihn zu, um ihn zu beruhigen.

»Maggie ist in London. Nichts hindert dich daran, einen Flug zu buchen und sie zu besuchen.«

»Sie ist gegangen, ohne sich zu verabschieden. Ich denke, das sagt alles. Der Tag, den wir gemeinsam verbracht haben, hat sie dazu bewogen davonzulaufen.«

Elsa muss sich auf die Lippen beißen, um nicht zu weinen.

»Wenn du uns nicht einander in die Arme getrieben hättest, stünden wir jetzt nicht so da! Sieh mich an! Wie sehe ich aus mit diesem blödsinnigen Blumenstrauß und diesem Hemd?«

Wie ein abgewiesener Liebhaber, denkt sie.

»Es tut mir so leid, Robbie. Ich hätte nicht gedacht, dass sie dir tatsächlich ...«

»Tatsächlich was?«, fällt er ihr ins Wort. »Dass mir tatsächlich eine Frau gefällt, die mich, zumindest sah es so aus, genau so mochte, wie ich bin?«

»Ich wollte dir nur helfen, Freundschaften zu schließen«, verteidigt sie sich kläglich.

»Ich habe nichts verlangt, außer, dass man mich in Frieden lässt. Aber du hast einfach gemacht, was du wolltest. Wann begreifst du endlich, dass ich niemanden brauche, um glücklich zu sein?«

Elsas Wangen haben sich hochrot gefärbt. Zum Glück befindet sich ihr Besen im Zimmer nebenan, sonst hätte sie ihrem Bruder jetzt wohl einen ordentlichen Hieb zwischen die Schultern versetzt.

»Wann hörst du endlich auf mit dieser ewigen Leier? Ich weiß doch genau, dass unter deiner Rüstung ein Herz schlägt. Sonst stündest du jetzt nicht mit einem Blumenstrauß hier. Verdammt, Robbie! Du bist erwachsen, also benimm dich wie ein Erwachsener und hol dir deine Maggie. Du darfst deine Zeit nicht damit vertun, dir etwas vorzumachen. Du hast das Recht, die Menschen um dich herum zu lieben und von ihnen geliebt zu werden.«

»Sie ist nach London zurückgegangen, Elsa. Ich habe wirklich geglaubt, dass ich es schaffen könnte, sie in mein Leben hineinzulassen, aber ich hätte nicht gedacht, dass sie so schnell wieder daraus verschwinden würde. Wahrscheinlich bin ich in ihren Augen nur ein Hanswurst, ein Hinterwäldler, der lieber mit seinem Gemüse als mit Menschen spricht, und ihr einziges Ansinnen war, einen Artikel über so jemanden zu veröffentlichen.«

»Sag so etwas nicht. Ich bin sicher, dass sie gute Gründe hatte, um nach Hause zurückzukehren. Sie wird Kontakt zu dir aufnehmen, du wirst schon sehen – es sei denn, du kommst ihr zuvor.«

Bitter enttäuscht sinkt Robert auf den Bettrand. Er schafft es nicht, auch nur noch ein Wort hervorzubringen. Er bedauert zutiefst, nach so vielen Jahren sein Schweigen gebrochen zu haben, und das ausgerechnet für eine Frau, die so schnell wieder verschwunden ist.

Elsa hat sich neben ihn gesetzt und fährt ihm zärtlich über die Locken, die sich aus seinem Pferdeschwanz gelöst haben. Ihr ist klar, dass sie mit Worten nichts mehr erreichen kann, dass sie einfach nur bei ihm bleiben muss.

Sie bleiben lange dicht nebeneinander sitzen. Irgendwann lehnt Elsa den Kopf an die Schulter ihres Bruders und schläft ein. Sogar Calimero ist eingenickt und schnarcht zu Füßen seines Herrchens vor sich hin. Robert hingegen ist immer noch wach.

Der Tag zieht noch einmal vor seinem inneren Auge vorbei. Alles war so perfekt gewesen, so wunderbar wohltuend und angenehm. Warum das alles so jäh beenden? Warum einen so glücklichen Moment mit jemandem teilen, um dann so erbarmungslos auf ihm herumzutrampeln?

Er muss aus diesem Zimmer hinaus, in dem sie während der letzten Wochen geschlafen hat. Noch atmet hier alles ihre Gegenwart. Behutsam bettet er Elsa auf die Matratze, dann steht er auf und verlässt den Raum.

Mit Calimero im Schlepptau sucht Robert die Ruhe seiner Küche. Er braucht seine Ankerpunkte, und er braucht das Alleinsein. Was gibt es Besseres, als ein zeitaufwändiges Gericht zuzubereiten, um nicht mehr denken zu müssen? Denn das ist sein einziger Wunsch: Maggie für ein paar Stunden vergessen.

Mit Tränen in den Augen greift er lustlos nach einer Kiste, in der das am Morgen geerntete Gemüse lagert. Er würdigt die Möhren kaum eines Blickes, während er sie schält. Er spricht nicht, findet kein freundliches Wort für sie, während er mit zügigen Bewegungen zu Werke geht. Den Kartoffeln wird das gleiche Schicksal zuteil, und der Lauch wird sogar aufgeschlitzt, ohne vorher gewarnt zu werden. Robert kocht ohne Leidenschaft, ohne Liebe, stattdessen gibt er seine tiefe Traurigkeit weiter. Die armen Zwiebeln, die er teilnahmslos eine nach der anderen grob zerhackt! Rindfleisch, Schweinefleisch und Lammfleisch werden ebenfalls schonungslos in Stücke geschnitten. Sein morgiges *baeckeoffe*, dieses so wunderbar deftige elsässische Eintopfgericht, wird einen bitteren Beigeschmack haben. Die Gäste werden es vielleicht gar nicht merken, aber das Gemüse, und zwar jede einzelne Sorte, weiß um die Bitterkeit, die ihr Freund in sich trägt.

Tieftraurig füllt er die Tonterrine mit den Fleischstücken und dem Gemüse, bevor er Brühe und Weißwein angießt. Niedergeschlagen und müde gibt er ein paar Lorbeerblätter dazu, ohne ihnen den Hof zu machen. Dann wird das Ganze in der Terrine eingesperrt – eine kleine Welt, die nach außen abgeriegelt ist. Genauso isoliert wie der unglückliche Koch.

»Jetzt geht es über Nacht in die Kühlung«, murmelt er und öffnet die Kühlschranktür.

Es hätte nicht viel gefehlt, und die Tonterrine wäre seinen Händen entglitten, denn im obersten Fach entdeckt er einen Umschlag, auf dem in schöner Handschrift sein Name steht.

Mit zitternden Fingern öffnet er den Brief und findet Worte, die Balsam auf seine Wunden sind und seinem Herzen neuen Lebensmut einflößen.

»Mein lieber Freund«, liest er laut.

Er hält inne, übermannt von seinen Gefühlen. »Freund« – allein dieses Wort ist mehr, als er zu hoffen gewagt hatte.

»Die Tage mit Ihnen waren ein wahres Glück für mich«, fährt er fort, während er Calimero über den Kopf streichelt. »Durch Sie habe ich eine ganz neue Art zu leben entdeckt, die nur einen Wunsch in mir geweckt hat: Ich möchte zu meiner Familie zurück, sie umarmen und ihnen sagen, was für eine großartige Chance das Leben ist. Sie scheinen es selbst nicht zu wissen, aber Sie sind ein wahrer Quell der Inspiration. Sie verstehen es, das Augenmerk auf die kleinen Dinge zu richten und diese wertzuschätzen. Ihre Art der Zuwendung überträgt sich auf die Menschen um Sie herum. Nur scheinen Sie noch nicht begriffen zu haben, dass diese Zuwendung weitaus intensiver ist, wenn sie geteilt wird. Ich hatte das Glück, an alldem teilhaben zu dürfen und Ihren Umgang mit den Dingen in all seinen Facetten mitzuerleben. Heute haben Sie einen ersten Schritt nach draußen gemacht. Es ist Zeit, dass Sie endlich die Welt entdecken und all ihre Schätze in Augenschein nehmen. Mein lieber Freund, deshalb möchte ich Sie bitten, Ihren Hof zu verlassen und sich auf den Weg zu mir zu machen, wenn Sie mich wiedersehen möchten. Ich bin auch deshalb weggefahren, weil ich weiß, dass es meine einzige Chance ist, Sie dazu zu bewegen, diesen Ort zu verlassen. Kommen Sie zu mir nach London. Es gibt so viel, das wir gemeinsam entdecken können. Herzlich, Ihre Maggie.«

17

BIS BALD!

Maggies Brief ist vollkommen zerknittert, da Robert ihn mit seinen zitternden Händen ein ums andere Mal zusammengeknüllt und dann doch wieder auseinandergefaltet hat. Jetzt braucht er ihre Worte nicht mehr vor Augen zu haben, er kann sie auswendig. Mindestens zehn Mal hat er den Brief gelesen – und dann genauso oft in den Papierkorb geworfen.

»Auf den Weg machen, auf den Weg machen ... Warum sollte ich ihr hinterherreisen?«, wiederholt er noch einmal und stößt mit der Hacke gegen den Küchenschrank.

Er sitzt neben dem Herd auf der Arbeitsfläche und lässt den Kühlschrank nicht aus den Augen. Er kann es nicht fassen: Ihn nach London zu locken, indem sie ihm einfach einen Brief dalässt! Auf einen solchen Einfall kann nur Maggie kommen! Niemand außer ihr würde sich trauen, ihm einen solchen Vorschlag zu unterbreiten. Allerdings war Robert gestern in Eguisheim von ebendieser verrückten Idee durchaus angetan gewesen. Eine Überraschung an die andere reihen, sich von den Unwägbarkeiten des Lebens mitreißen lassen – so lauten die Verheißungen auf dem Stück Papier, das er nervös in den Händen knetet. Warum sich nicht darauf einlassen? Warum so abgeschieden leben, wenn eine einfühlsame und liebevolle Frau auf der anderen Seite des Ärmelkanals auf ihn wartet?

»Ich wüsste ja nicht mal, wie ich da hinkommen soll«, murmelt Robert vor sich hin. Genau so ist es! Seine jahrelange Zurückgezogenheit hat ihn der Realität entfremdet, und zwar so gründlich, dass er sich vollkommen verloren fühlt und nicht weiß, wo er anfangen soll.

»Sie sollten schlafen gehen«, rät eine Stimme hinter ihm.

Robert fährt sich erschöpft mit einer Hand über die müden Augen und macht sich nicht einmal die Mühe, sich zu Fatima umzudrehen. Diese wartet jedoch nicht darauf, dass er ihr einen Platz anbietet, sondern setzt sich einfach neben ihn. Die Beine baumeln im Leeren, so wie an jenem Abend, als die beiden ihre erste lange Unterhaltung geführt haben. Robert verspürt einen leichten Stich ins Herz. Das war vor weniger als einem Monat, dabei kommt es ihm vor wie eine Ewigkeit. Wie konnte er sich in so kurzer Zeit so sehr auf neue Menschen einlassen? Ausgerechnet er, der sich geschworen hatte, sich nicht aus seiner Deckung herauslocken zu lassen, kann sich jetzt die Zukunft ohne die Gesellschaft seiner neuen Freunde nicht so recht vorstellen. Gleichwohl fühlt er sich verloren. Der Gedanke, seinen Hof zu verlassen und eine vollkommen andere Welt zu erkunden, jagt ihm eine Heidenangst ein.

»Wussten Sie, dass sie nach London zurückkehren würde?«

Fatima nickt.

»Warum haben Sie sie nicht zurückgehalten?«

»Weil sie wollte, dass Sie ihr nachreisen. Fühlen Sie sich dazu in der Lage?«

Keine Antwort. Die Angst steht Robert ins Gesicht geschrieben. Noch gestern hat er sich das Versprechen gegeben, mit ihr zu gehen, wohin sie auch will. Vier auf einen Streich. Das war die Losung, und Maggie hatte alle notwendigen Punkte erzielt, um sein Herz zu gewinnen. Allerdings kann Robert sich nicht vorstellen, ohne Maggie an seiner Seite in die Welt hinauszuziehen. Nur sie allein vermag es, ihn auf unbekannte Pfade zu führen. Mit dem Ausflug nach Eguisheim hat sie ihm gezeigt, wie schön das Hier und Jetzt sein kann, wenn man sich erst einmal darauf einlässt. Vor allem aber hat sie ihm vor Augen geführt, dass der Alltag durcheinandergeraten kann, ohne dass das Wohlbefinden verloren geht. Ganz im Gegenteil, Robert hat sich bezaubern lassen, und tief in seinem Innern hat sich endlich etwas geregt, was ihm einflüsterte, diesen Weg fortzusetzen, Maggies Hand zu nehmen und mit ihr aufzubrechen. Dass sie einfach fortgehen könnte, ist ihm gar nicht in den Sinn gekommen.

»Robert, ist Ihnen eigentlich klar, dass sie das nur gemacht hat, um Ihnen auf die Sprünge zu helfen? Maggie wünscht sich nämlich sehr, dass Sie zu ihr kommen!«

»Ja, das weiß ich«, gesteht er bedrückt.

»Warum sehen Sie dann so niedergeschlagen aus?«

»Weil ich keine Ahnung habe, wie ich es anstellen soll. Ich habe mein Elternhaus noch nie wirklich verlassen. Und geflogen bin ich auch noch nie. Ich wäre vollkommen hilflos«, erwidert er. »Ich bin weder in der Lage, einen Stadtplan zu entziffern, noch kann ich ein Taxi ordern. Wie soll ich es da bis nach London schaffen, geschweige denn, mich dort zurechtfinden?«

Auf Fatimas Gesicht erscheint ein breites Grinsen. Roberts Puls schießt in die Höhe, Hoffnung keimt in ihm auf. Liest er so etwas wie Komplizenschaft im Blick seiner Freundin? Verheimlicht sie ihm am Ende etwas?

»Sagen Sie jetzt nicht, dass sie Ihnen vorgeschlagen hat, mich zu begleiten?«

»Da haben wir es, ganz so auf den Kopf gefallen sind Sie doch nicht!«, strahlt sie ihn an und drückt ihm einen flüchtigen Kuss auf die Wange. »Klar begleite ich Sie! Ich hatte ohnehin vor, meine Schwester in London zu besuchen, und eben habe ich mit Elsa gesprochen. Sie meint, sie käme ganz gut ein paar Tage allein zurecht. Also habe ich kurzerhand für morgen einen Flug gebucht. Alles wird gut gehen, Robert. Ich werde Sie zu Maggie bringen ... und damit in die große weite Welt!«

Robert ist sprachlos und weiß nicht, ob er Fatima danken, ihr um den Hals fallen oder einfach davonlaufen soll. Alles, was er weiß, ist, dass er Maggie wiedersehen muss, um zu verstehen, was er für sie empfindet.

»Und die Küche …?«, wagt er noch einen letzten Einwand, mehr aus Gewohnheit als aus Überzeugung.

»Hassan wird sich um alles kümmern. Vertrauen Sie ihm, er wird Ihre Anweisungen gewissenhaft befolgen. Und Elsa ist ja auch noch da.«

Robert bleibt keine Wahl. Ihm ist bewusst, dass es schlecht um ihn steht, und wenn er daran etwas ändern will, dann wird er das Opfer bringen müssen, seinen Hof hinter sich zu lassen, um Maggie in der Großstadt wiederzusehen.

»Gehen Sie schlafen. Der Flug geht um elf Uhr«, verkündet ihm Fatima. »Morgen gönnen wir uns im schönsten Park von London ein großartiges Mittagessen, gemeinsam mit Maggie natürlich.«

Robert nimmt die Informationen wortlos hin. Was soll er auch dazu sagen? Es bleibt ihm schließlich nichts anderes übrig. Wenn er Maggie wiedersehen will, dann wird er Fatima folgen müssen. Und eine bessere Reisebegleiterin könnte er sich gar nicht wünschen.

Mit dem zerknitterten Brief in der Hand verlässt er die Küche und geht in sein Zimmer. Er weiß, dass er kein Auge zumachen wird – wenn aber doch, dann werden ihn seine Träume mit Sicherheit zu Maggie führen.

Wenige Stunden später hat Robert sein Bett schon wieder verlassen, um seinen morgendlichen Tätigkeiten nachzugehen: den Gemüsegarten wässern, einen kleinen Plausch mit den Tomaten halten – wichtige Aufgaben also, die ihm heute jedoch nicht leichtfallen. Denn an diesem Morgen steht ihm der große Sprung ins Unbekannte bevor.

Mit schwerem Herzen wechselt er die Streu bei den Hühnern und stimmt wehmütig ein kleines Lied für sie an. Dann stellt er den Speiseplan für die nächsten Tage auf und erklärt Hassan minuziös, was dafür zu tun ist. Die Morgenstunden vergehen, aber er hat den Augenblick des Abschieds von seinen Tieren hinausgeschoben. Dicke Tränen laufen über seine Wangen. Mit Sicherheit werden mehrere Tage vergehen, bis er seine Gefährten wiedersieht. Wie werden sie ohne ihr abendliches Ritual zur Ruhe finden? Wer wird ihnen sanfte Gutenachtgeschichten erzählen, um sie zu beruhigen? Hassan wird in der Küche alle Hände voll zu tun haben, da wird ihm für das zartbesaitete Gefieder kaum Zeit bleiben. Roberts Magen krampft sich so sehr zusammen, dass ihm übel wird.

»Onkel *Kopftomi?*«

Die Zwillinge thronen auf den Heuballen, knabbern an einem Stück Schokolade und beobachten ihn bei seinem Tun.

»Was wollt ihr denn, ihr kleinen Jäger?«, fragt Robert und fährt sich rasch mit einem Ärmelende über die Nase.

Sie springen von ihrem kleinen Hochsitz und kommen ihm fröhlich entgegengelaufen.

»Wir dachten, wir könnten uns vielleicht um die Hühner kümmern, wenn du weg bist«, schlägt Charlotte vor.

Robert lächelt. Es fällt ihm schwer, seine Tiere zu verlassen. Dabei hat er jedoch nicht bedacht, dass ihm die beiden kleinen Halunken gewiss als Helfer zur Seite stehen würden. Mit Wucht packt ihn die Erkenntnis, wie sehr er an den Kindern hängt.

»Ihr seid toll, ihr beide!«

»Dann dürfen wir also? Sag ja, Onkel *Kopftomi!* Wir sind auch ganz, ganz lieb zu ihnen!«, beteuert Charlotte innig.

»Wir passen auf, dass Calimero sie nicht ärgert!«, verspricht David.

»Und wir geben ihnen die Schalen von deinem guten Gemüse zum Fressen.«

»Mittags *und* abends!«, ergänzt David stolz.

Es lässt sich nicht leugnen, dass die beiden eine ganz ausgezeichnete Beobachtungsgabe besitzen. Sie haben den gewohnten Tagesablauf der Hühner genauestens im Blick.

»Halt, halt, nicht so schnell! Ihr wisst wirklich gut, was zu tun ist, aber die Hühner brauchen eine ganz besondere Behandlung.«

»Wir lesen ihnen Geschichten vor«, sagt David.

»Und wir singen ihnen schöne Lieder vor«, fügt Charlotte hinzu.

David zieht ein kleines Märchenbuch aus der Tasche seiner Latzhose und präsentiert es stolz.

»Wir wissen auch, dass Léopoldine das Märchen von der Maismutter besonders mag«, verkündet Charlotte. »Das hat Hassan uns erzählt.«

»Und Georgette ist ganz verrückt nach dem Huhn, das goldene Eier legt«, erinnert sich David.

»Wir haben mindestens schon hundertmal gehört, wie du ihnen Geschichten vorgelesen hast, und außerdem kennen wir auch noch ganz viele andere! Mama liest uns schließlich jeden Abend eine Geschichte vor, seit wir … zwei oder drei sind. Stimmt's, David?«

David zieht die Stirn kraus und konzentriert sich auf eine offenbar schwierige Rechnung.

»Also, wenn ich 365 mit drei malnehme für die drei Jahre, und dann die Märchen von der Mutter Gans abziehe, die sie uns einen Monat lang fast jeden Abend vorgelesen hat, und dann noch die Fabeln von La Fontaine dazurechne …«

»Meinst du echt, die Hühner mögen Fabeln?«, wendet Charlotte zweifelnd ein.

»Okay, du hast recht. Die lassen wir weg. Die jagen einem manchmal ganz schön Angst ein. Da gibt es schließlich Wölfe und Löwen, die alles fressen, was sich bewegt …«

»Oje, stimmt! Und die Ziegen hören ja auch zu. Die dürfen wir auf keinen Fall verschrecken.«

Gerührt wagt Robert es nicht, ihre Abwägungen zu unterbrechen. Er setzt sich derweil zum Ausruhen auf einen Heuballen und streichelt Calimero, der sich die Liebkosungen nur allzu gern gefallen lässt.

»Du passt auf diese beiden Strolche auf, nicht wahr, mein liebes kleines Schnäuzelein?«

Der Bernhardiner weiß, was sich gehört, nickt mit dem Haupt und wedelt mit dem Schwanz.

»Onkel *Kopftomi*, wenn wir noch ein paar Kinderlieder dazurechnen, haben wir mindestens zwölfunddreißig Geschichten, die wir erzählen können!«, beteuert Charlotte eifrig.

»›Zwölfunddreißig‹ scheint mir eine sehr gute Zahl zu sein«, antwortet er zärtlich.

Die Kinder strahlen. Robert geht in die Knie und breitet seine Arme aus. Die beiden springen ihm vergnügt an den Hals und verpassen ihm überschwänglich ein paar dicke Küsse.

»Das habt ihr gut gemacht, dass ihr euch im Sommer immer im Heu versteckt habt«, sagt er und drückt sie fest an sich. »Sonst wüsste niemand, was man meinen kleinen Hühnchen erzählen muss.«

»Außer Calimero«, gibt Charlotte zu bedenken.

»Die Hühner sprechen aber nicht die gleiche Sprache wie die Hunde«, sagt Robert liebevoll.

»Trotzdem muss Calimero deine Geschichten eigentlich auswendig können«, spinnt sie ihre Überlegung weiter.

Als der Genannte seinen Namen vernimmt, wedelt er freudig mit dem Schwanz und leckt Charlotte kurz über die Wange.

»Robert, das Flugzeug geht bald, und wir müssen noch um einiges vorher am Flughafen sein. Es wird also Zeit«, mahnt Elsa, die im Hühnerstall aufgetaucht ist.

Robert umarmt ein letztes Mal seine Nichte und seinen

Neffen, dann steht er auf. Jetzt ist es so weit, die Würfel sind gefallen. Es schreckt ihn nun nicht mehr so sehr, dass er den Hof verlassen muss, denn er weiß, dass er auf die Kinder zählen kann, die sich in seinem Sinne um die Tiere und den Gemüsegarten kümmern werden. Auch in der Küche wird sicher alles gut gehen – Hassan hat größte Sorgfalt bei der Zubereitung der Gerichte gelobt, und Robert weiß, dass er keinen gewissenhafteren und fähigeren Lehrjungen hätte finden können. Hingegen befällt ihn panische Angst, dass er sich in der fremden Welt da draußen nicht zurechtfinden, geschweige denn ihr zugehörig fühlen wird. Die Aussicht, dass er Maggie womöglich enttäuschen könnte, lähmt ihn buchstäblich. Wie soll er in London, inmitten des Lärms und der Abgase, er selbst bleiben können? Das scheint ihm eine unmögliche Aufgabe. Maggie hat sich von dem Naturmenschen bezaubern lassen, von dem Mann, der mit seinem Gemüse spricht und der mit der Morgendämmerung aufsteht, um den Sonnenaufgang zu beobachten. Aber wie wird sie reagieren, wenn sie ihn außerhalb seiner Welt erlebt? Robert wird mulmig zumute. Er sieht sich schon beim geringsten Hupen im Autoverkehr in Ohnmacht fallen. Der Lärm, die Luftverschmutzung, die Menschenmengen ... Wie soll er damit zurechtkommen? Wie soll er das alles ertragen, ohne darüber zu schimpfen und damit Maggie zu beleidigen? Denn diese Stadt ist ihre Stadt, und wenn er sie ablehnt, dann hieße das gewissermaßen, dass er auch Maggie zurückweist.

»Robbie, ist alles in Ordnung?«

Er schreckt aus seinen Gedanken auf und bemerkt, dass er für eine Weile stockstill inmitten seiner Hühner stehen geblieben ist, die ihn jetzt beunruhigt anstarren. Robert schwirrt der Kopf angesichts dieser schwerwiegenden Überlegungen. Am liebsten würde er sich auf dem Stroh ausstrecken und all seine Hühnerchen umarmen, um Mut zu schöpfen. Sich ins Stroh hineinwühlen, sich am Geruch des Hofes und des frischen Heus berauschen, um nicht an das Opfer denken zu müssen, das er jetzt bringen wird – eine durchaus verlockende Vorstellung.

»Hast du deinen Ausweis?«, fragt Elsa sicherheitshalber nach und holt ihn damit aus seiner Starre.

Robert belässt es bei einem mühsamen Nicken. Es kommt ihm vor, als wöge sein Kopf so tonnenschwer, dass sein armer Hals jeden Moment unter dem Gewicht nachgeben wird. Mit ernster Miene und vollkommen stumm blickt er weiterhin ins Leere.

Niemandem bleibt verborgen, wie bedrückt Robert trotz allem ist. Elsa fürchtet bereits, dass ihr Bruder seine Pläne wieder aufgeben könne. So oft hat er in der Vergangenheit einen Rückzieher gemacht und ist letztlich deshalb noch nie in einer größeren Stadt gewesen. Aber heute liegen die Dinge anders. Eine Frau wartet auf ihn, und Elsa möchte auf jeden Fall verhindern, dass Robert die Chance seines Lebens vorüberziehen lässt.

»Kinder, geht auf dem Weg spielen«, fordert Elsa die Zwillinge auf. »Ich muss mit eurem Onkel reden.«

Gemeinsam mit Calimero ziehen die beiden ohne Widerspruch davon. Mit versteinertem Gesicht greift Robert nun nach einem alten Lederkoffer, den er an der schmalen Stirnseite des Hühnerstalls abgestellt hat. Seiner Schwester versetzt es einen Stich zu sehen, wie wenig sich seit Roberts letzter Reise geändert hat. Der Koffer ist derselbe, den er schon als Zehnjähriger besaß. Das Leder ist mit der Zeit etwas ausgebleicht – genauso wie die Fußballaufkleber und die Cartoons, die mittlerweile vergilbt oder eingerissen sind. Mit dieser Reliquie aus einer anderen Zeit wirkt Robert ganz besonders verletzbar und unsicher. Der kräftige und mürrische Mann sieht aus wie ein verängstigter Schüler, der an den ersten Schultag nach den großen Ferien denkt.

Fast möchte Elsa ihren Bruder beschützend in die Arme schließen. Sie spürt jedoch, dass dies jetzt nicht angebracht ist. Robert hat sich von der Welt zurückgezogen und ist ganz in seine Gedanken eingetaucht.

»Alles wird gut gehen, du wirst schon sehen. London ist eine großartige Stadt.«

Ein nervöses Zucken fährt durch seinen Schnurrbart. Die Stadt mit einem so positiven Adjektiv zu besetzen, das klingt für ihn höchst seltsam. Er würde doch auch sein Sauerkraut nicht mit Möhren bestücken. Nein, und noch mal nein, Robert wird immer lieber erdverkrustete Stiefel tragen, als auf den kalten, harten Gehsteigen der Großstadt unterwegs zu sein. Und einen Ort ohne jegliche Vegetation als schön zu bezeichnen, das scheint ihm geradezu widernatürlich.

»Von dem harten Straßenbelag werden mir die Füße wehtun«, bringt er schließlich mit dünner Stimme hervor.

»Daran gewöhnen sich deine Füße schon, glaub mir. Die Stadt ist nicht so grau, wie du dir das vorstellst …«

»London ist eine Metropole!«, fällt Robert ihr mit Panik in der Stimme ins Wort.

»Klar, und Metropolen sind ganz besondere Lebensorte! Aber jetzt mach dir nicht ins Hemd! London ist nicht New York. Es gibt keine riesigen Straßen, keine Hochhäuser an jeder Ecke, der Autoverkehr ist beschränkt … Ehrlich, für einen Mann wie dich ist London die ideale Stadt, um ein neues Leben zu beginnen.«

Robert fällt es schwer, sich das Bild vorzustellen, das seine Schwester ihm vor Augen führt. Als kleiner Junge war es sein innigster Wunsch gewesen, nach London zu reisen, aber mit dem Tag, der ihn zur Waise machte, war dieser Wunsch erloschen. Doch jetzt muss er sich einen Ruck geben und seine Vergangenheit beiseiteschieben. Er muss sich überwinden, wenn er Maggie wiedersehen will. Natürlich hat auch er schon

Fotos und Filmaufnahmen von London gesehen. Und natürlich weiß jeder, dass es eine lebendige und wunderschöne Stadt ist. Wer hält sich da schon mit den Kleinigkeiten auf, bei denen sich ihm die Nackenhaare sträuben? Die Häuserfassaden kommen ihm viel zu grau vor, die Gehsteige zu hart, die Bäume sind leblos und ohne Vögel im Geäst. Nein, wirklich, die Stadt ist das absolute Gegenstück zu seinem so behaglichen Hof.

»Überall wird es von Leuten wimmeln, überall wird es laut sein, aber Tiere gibt es dafür nirgendwo! Nur Stadtmenschen, die durch die Straßen laufen und dabei auf ihr Handy starren! Ich will das alles nicht, ich kann es einfach nicht!«

»Nicht einmal für Maggie?«

Da fallen Roberts Argumente natürlich genauso schnell in sich zusammen wie ein zu früh aus dem Ofen gezogenes Soufflé.

»Du fährst also?«, drängt Elsa, der die Veränderung in der Haltung ihres Bruders nicht verborgen geblieben ist.

Er nickt zaghaft. Welcher Ort es auch sein mag, mit Maggie wird alles heiterer und bunter. Sogar auf seinem Hof ist es ihr gelungen, das Leben bunter und angenehmer zu gestalten, obwohl er niemals geglaubt hätte, dass hier Änderungen angebracht gewesen wären. Und wenn es ihr schon gelungen ist, sein schweres und von jahrelanger Einsamkeit betrübtes Herz zu öffnen, da kann es doch auch sein, dass sie ihm die Stadt nahebringt.

»Gehen wir«, sagt er und nimmt seinen Koffer.

Entschlossenen Schrittes geht es nun zu Elsas kleinem Twingo, neben dem Fatima und Hassan bereits warten. Als Letzterer seinen Lehrmeister erblickt, breitet er mit einem gerührten Lächeln die Arme aus und zieht ihn an sich.

»Alles Gute, Monsieur Walch. Sie werden es sicher nicht bereuen. London wird Sie umhauen, das schwör ich Ihnen!«

Hätte Robert ihn nicht so liebgewonnen, wäre er jetzt beinahe enttäuscht von seinem Gehilfen. Ihm ist schleierhaft, was ein Junge, der die Natur ganz offensichtlich liebt, an einer Welt aus Glas und Beton finden kann.

Als Hassan beherzt nach seinem Koffer greifen will, um ihn im Kofferraum zu verstauen, wehrt Robert ab.

»Lass nur, mein Junge«, murmelt er. Er braucht jetzt etwas, woran er sich festhalten kann. »Mach's gut. Und denk dran: Immer langsam mit dem jungen Gemüse!«

Er steigt mit seinem Koffer in den Wagen, in dem Elsa bereits am Steuer sitzt. Fatima küsst Hassan zum Abschied und nimmt dann auf dem Rücksitz Platz.

Mit schwerem Herzen sieht Robert seinen Hof und den winkenden Hassan hinter einer Staubwolke verschwinden. Ohne den Blick von der Straße zu wenden, greift Elsa nach seiner Hand, um ihrem Bruder moralische Unterstützung zu geben.

Regungslos hält er seinen Blick fest auf den braunen Lederkoffer auf seinen Knien gerichtet. Als kleiner Junge hat Robert ihn mit Aufklebern aller Art versehen. Ein wehmütiges Lächeln schleicht sich jetzt auf sein Gesicht, als er die ansehnliche Anzahl der Panini-Sammlung seiner damaligen Lieblingsfußballmannschaft still ins Auge fasst. Wie viel hat er von seinem Leben versäumt, indem er sich stets weigerte, seinen Hof zu verlassen? Der kleine Junge von damals, der so stolz auf seine Sammelbilder war, wäre gern nach London gereist. Das war sogar einer seiner schönsten Träume. Wie oft hatte er sich über die Abbey Road gehen sehen, wie gern hätte er einen Fuß auf den Zebrastreifen der Beatles gesetzt! Dann war der Unfall passiert, und anschließend folgte sein Rückzug in ein genau vermessenes und deshalb Sicherheit bietendes Universum. Stein für Stein hatte er eine Mauer zwischen sich und der Außenwelt errichtet. Es war seine Art gewesen, sich zu schützen, und nun hatte Maggie diese Mauer mit ihrem Lachen und ihrer quirligen Lebensfreude eingerissen. Er hatte geglaubt, glücklich zu sein und einen Lebensweg gefunden zu haben, der zu ihm passte, aber er hatte sich getäuscht.

»Du bist sehr mutig«, murmelt Elsa mit einem kurzen Seitenblick.

»Das letzte Mal, dass ich so weit reisen wollte, waren Papa und Mama noch am Leben.«

Elsa streichelt seine Hand, und er lässt sie gewähren. Er braucht die Berührung, um nicht in seinen düsteren Befürchtungen zu versinken.

»Sie wären sehr stolz auf dich. Und ich bin auch sehr stolz auf dich.«

»Warum sollten sie das denn sein? Ich bin ein alter Junggeselle, der nicht in der Lage ist, in der Wirklichkeit zu leben.«

»Du hast es immerhin geschafft, deine Angst vor anderen Menschen abzulegen, und jetzt brichst du auf, um die Welt kennenzulernen. Du bist viel mutiger, als du glaubst.«

Robert schließt die Augen und lässt sein bisheriges Leben an sich vorüberziehen. Die lächelnden Gesichter von Fatima und Hassan begleiten ihn auf seinen Erinnerungen. All diese Jahre des Rückzugs und der Einsamkeit haben es nicht vermocht, sein empfindsames Herz zu versteinern. Robert liebt die Menschen. Von ganzem Herzen und rückhaltlos – und gerade deshalb hat er sie immer von sich fernzuhalten versucht. Denn diese Art der Zuneigung macht zugleich Angst, weil sie oft unverstanden bleibt und bisweilen gar Häme und Spott hervorruft. Aber Robert ist nicht mehr der zehnjährige Junge von einst. Er muss nichts mehr beweisen und weiß heute, dass er so geliebt werden kann, wie er ist.

»Auf dem Hof wird alles gut gehen, auch ohne dich«, beruhigt Elsa ihn. »Calimero wird die Marder vertreiben, Hassan wird die Küche schmeißen, die Zwillinge werden die Tiere umsorgen und dein Gemüse gießen, und ich kümmere mich um die Möhren und halte ihr Grün sauber. Natürlich immer schön sanft und nie ›gegen den Strich‹ ...«

»Das tust du für mich?«

Sie drückt zärtlich seine Hand.

»Ich tue es für die Möhren«, antwortet sie liebevoll.

»Wenn ich zurück bin, würde ich gern ein paar Tage Urlaub machen mit dir und den Kindern. Ich glaube, das würde mir guttun.«

Elsa kann ihre Tränen kaum zurückhalten.

»Ehrlich? Du meinst, du könntest die Kinder und den Lärm ertragen?«

»Wenn sie mich in Ruhe meine Quizsendung anschauen lassen, bin ich zu allem bereit«, antwortet er verschmitzt.

»Das werden sie, glaub mir!«, versichert sie ihm mit einem glücklichen Lächeln.

Ein paar Minuten später hält das Auto auf dem Parkplatz des Flughafens Basel-Mulhouse. Den beiden Reisenden bleibt nur wenig Zeit, um ihr Gepäck aufzugeben und einzuchecken. Robert umarmt Elsa ein letztes Mal. Er presst sie fest an sich, und diese so ungewohnt heftige Geste scheint ihm eine solche Kraft und eine solche Entschlossenheit einzuflößen, dass er den Abschied beschwingt und mit einem Lächeln auf den Lippen hinter sich bringt.

»Okay, es geht los!«, macht Fatima sich jetzt bemerkbar.

Robert hält sich dicht neben Fatima und versucht, sich innerlich vom Lärm der Wartehalle abzuschotten. Er muss sich hinter einen Schutzwall zurückziehen, um den Weg in diesen vollkommen geschlossenen Ort anzutreten. Ein Gehäuse aus Glas und Edelstahl – kalte und leblose Materialien.

»Konzentrier dich auf das Positive. Irgendwie wird es schon«, murmelt er in seinen Schnurrbart.

Es wäre allerdings besser gewesen, er hätte sich zunächst

einmal auf seine Schritte konzentriert, denn schon ist es passiert: Er stolpert auf dem Rollband, das sie zum Gepäckschalter bringt, beinahe über die eigenen Füße.

»Verflixt! Was ist das denn für ein Klimbim! Sind die Leute hier nicht in der Lage, ihre Beine zu benutzen?«

Fatima muss lachen, erklärt ihm dann aber, dass es darum geht, Passagieren mit schwerem Gepäck den Weg zu erleichtern. Mit ungläubigem Staunen nimmt Robert dies zur Kenntnis, kann aber ein abfälliges Brummen nicht unterdrücken, als er die Automaten entdeckt, an denen die Leute sich Getränke und Sandwichs ziehen. Er verzieht das Gesicht und fragt sich, wie man etwas essen kann, das zuvor endlos lange in eine Frischhaltebox eingeschlossen war.

»Monsieur, hier haben Sie Ihre Bordkarte«, teilt ihm die junge Dame am Check-in-Schalter mit, und schon geht es mit dem Papier in der Hand weiter zur Personenkontrolle und dann in den Boardingbereich.

Robert folgt schweigend Fatima, der die Abläufe vertraut zu sein scheinen. Als sie vor ihm im Bauch des Flugzeugs verschwindet, hat Robert keine Ahnung, was ihn jetzt erwartet. Gefasst nimmt er neben seiner Reisegefährtin Platz und lutscht eine Lakritzstange. Nicht einmal dreißig Minuten später setzen sich die Triebwerke mit ohrenbetäubendem Lärm in Bewegung.

Robert klammert sich an den Seitenlehnen fest und kneift die Pobacken zusammen, während das Flugzeug über die Startbahn rast.

»*Mon Dieu!* Rasen wir jetzt in diesem Tempo bis nach London?«

»Keine Sorge, Robert. Das Flugzeug beschleunigt nur so lange, bis es abhebt. Entspannen Sie sich!«, beruhigt Fatima ihn.

»Ich kann mich nicht entspannen, wenn meine Eingeweide

durchgeschüttelt werden wie ein Pflaumenbaum! Das ist ja un...«

Robert reißt den Mund auf, denn in dem Moment hebt das Flugzeug ab, und schon verspürt er einen ordentlichen Kopfdruck, während sein Adrenalinspiegel in die Höhe schießt. Wie unter Schock schließt er für einen kurzen Augenblick die Augen, um sich zu erholen. Nun entspannt er sich schnell wieder, und da er in der Nacht kaum geschlafen hat, bleibt es nicht bei einem kurzen Moment. Als er die Augen wieder aufschlägt, wird ihm klar, dass er sein Zuhause schon weit hinter sich gelassen hat.

»*Do you want some duty-free?*«, möchte eine charmante Flugbegleiterin von ihm wissen, die mit ihrem Verkaufswagen an seinem Platz vorbeikommt.

Mit schweren Lidern und noch etwas verschlafen antwortet Robert gähnend:

»Nein, danke. Keinen *jus de fruits* für mich. Mir ist auch ohne Fruchtsaft schon etwas flau im Magen.«

Fatima kann nur mit Mühe einen Lachanfall unterdrücken, aber Robert ist bereits zu sehr mit dem Ausblick aus dem Flugzeugfenster beschäftigt, um zu bemerken, welchen Schnitzer er sich geleistet hat. Die Flugbegleiterin zieht mit einem leichten Lächeln auf den Lippen weiter.

»Nur noch eine knappe halbe Stunde, dann sind wir da«, verkündet Fatima.

Bis aufs Äußerste angespannt hält Robert die Armlehnen wieder fest umklammert. Je mehr Zeit vergeht, desto größer wird seine Angst. Die Felder unter ihm weichen einer ausgedehnten Stadtlandschaft. Durch die Wolken und einen leichten Dunst zeichnet sich bereits das Stadtbild von London ab. Roberts Herz schlägt bis zum Hals. Das also ist Maggies Stadt.

18

DIE EICHHÖRNCHEN IM ST. JAMES'S PARK SIND ECHTE WITZBOLDE

Die Ankunft am London City Airport lässt Robert das Blut in den Adern gefrieren. Nicht einmal in seinen schlimmsten Albträumen hätte er sich etwas derart Trostloses vorstellen können wie den Anblick der Wartehalle des Flughafens. Das Flugzeug ist auf einer winzigen Piste gelandet, inmitten eines industriell geprägten Geländes mit entsprechend gesichtslosen Gebäuden.

Robert hat eine Gänsehaut. Während er in der Haupthalle auf seinen Koffer wartet, blickt er unablässig durch die riesige Fensterfront nach draußen. Hinter den Scheiben zeichnet sich eine ihm fremde Welt aus stählernen Hausfassaden, riesigen Hebekränen und mächtigen Fabrikschornsteinen ab. Die abweisende Kälte dieses Dekors verstört ihn zutiefst.

»Ihr Koffer ist da«, ruft Fatima ihm fröhlich zu, die ihr Gepäck bereits vom Laufband gegriffen hat.

»Ich wusste, dass ich diese Stadt scheußlich finden würde, aber dass sie so hässlich ist, hätte ich nicht gedacht.«

»Keine Sorge, Robert, wir sind noch ungefähr fünfzehn Kilometer vom Stadtzentrum entfernt«, beruhigt Fatima ihn. »Hier sind wir natürlich in einer ziemlich hässlichen Gegend, aber was Sie hier sehen, hat nichts mit dem Rest der Stadt zu tun.«

Robert schwenkt seinen Koffer mechanisch hin und her und kaut nervös an seiner Lakritzstange, ohne den Blick von den Industriebauten zu wenden. Wie kann eine so fröhliche Frau wie Maggie in einem solchen Umfeld aufgewachsen sein?, fragt er sich, während Fatima ihn zu einer Kontrollschleuse zieht, die zum angrenzenden Bahnhof führt. Von dort fahren die Züge dicht getaktet ins Stadtzentrum.

Fatima passiert mit ihrer *Oyster Card* als Erste die Schleuse, dann bittet sie Robert, ihr mit seinem Tagesticket zu folgen.

»Auf geht's! Sie müssen einfach nur das Ticket auf das Lesegerät legen. Dann geht die Schranke automatisch auf.«

»Alles immer automatisch«, schimpft Robert. »Haben denn die Leute keine Hände, um die Türen und Schranken zu öffnen?«

»Das ist die Fahrscheinkontrolle. Mit dem Ticket, das Sie gekauft haben, dürfen Sie den öffentlichen Nahverkehr benutzen«, erklärt Fatima.

Es fehlt nicht viel und Robert verschluckt sich an seiner Lakritzstange.

»Sie werden jetzt hoffentlich nicht von mir verlangen, dass ich die U-Bahn nehme? Das überlebe ich nicht!«

»Robert, hinter Ihnen ist schon eine Schlange. Entwerten Sie also Ihr Ticket und kommen Sie!«, drängt Fatima auf der anderen Seite der Schranke.

»Das ist mein voller Ernst! Wenn ich mit Ihnen kommen soll, dann nur ohne U-Bahn. Ich kann nicht unter der Erde sein, ohne Sonne, ohne Luft, ohne …«

Robert bekommt keine Luft mehr. Er keucht mit aufgeblasenen Backen, sein Gesicht ist hochrot. Fatima eilt zu ihm zurück, zieht ihn zur Seite und setzt sich mit ihm hin. Robert stützt den Kopf in die Hände und wiegt sich hin und her, um sich zu beruhigen.

»Calimero, Davy, Croquette, Elsa«, wiederholt er immerzu, um über die Nennung seiner vertrauten Bezugspersonen Halt zu finden.

Ein paar Neugierige treten bereits näher, um zu sehen, was dem großen schnurrbärtigen Franzosen fehlt, aber Fatima drängt sie entschlossen zurück.

»Es ist alles in Ordnung, Robert. Sie haben nur eine kleine Angstattacke«, sagt Fatima ruhig und kniet sich nun vor ihn.

»Calimero, Davy, Croquette, Elsa …«

»Sie werden alle bald wiedersehen«, versichert sie ihm und nimmt zur Bekräftigung seine Hände in die ihren. »Es ist ganz normal, dass Sie Angst haben. Diese Umgebung ist so vollkommen anders als das, was Sie gewohnt sind. Es ist alles in Ordnung. In nicht einmal mehr zwei Stunden sind wir bei Maggie.«

Robert ringt sich ein mühsames Nicken ab. Wie gern würde er einfach aufstehen, sich unter die Menge mischen und so tun, als wäre nichts gewesen. Aber das schafft er nicht, er fühlt sich ganz und gar außen vor. Dem Menschenstrom folgen, in die U-Bahn einsteigen, um sich dann von der Erde verschlucken zu lassen, weit weg von den Bäumen, dem Himmel und der frischen Luft – diese Vorstellung ist für ihn die reinste Qual.

»Ich weigere mich, in die U-Bahn zu steigen«, verkündet er noch einmal unumstößlich.

»Okay, wir nehmen einen Zug, der oberhalb der Stadt fährt. Wir sind also bei Tageslicht unterwegs. Und wenn wir im Zentrum angekommen sind, gehen wir dort zu Fuß zum St. James's Park. Das dauert dann zwar etwas länger als geplant, aber ich schicke Maggie eine Nachricht, damit sie Bescheid weiß. Okay?«

Beruhigt nickt Robert und greift nach der Hand, die Fatima ihm reicht. Begleitet von den erstaunten Blicken der Reisenden passieren sie endlich die Schranke. Von seiner Angst noch wie betäubt, nimmt Robert folgsam im Zug Platz und lässt sich von dem Flughafen fortbringen.

Fatima bietet ihm eine Flasche Apfelsaft an, aber er weist sie mit einer abwehrenden Handbewegung zurück. Niemals würde er etwas industriell Hergestelltes trinken. Er wird sich bis zu seiner Rückkehr nach Frankreich mit Wasser begnügen.

»Sie sollten ein wenig Zucker zu sich nehmen, nach all diesen Eindrücken.«

»Da falle ich lieber in Ohnmacht, als dass ich dieses Gebräu trinke«, grummelt er.

»Wie Sie wollen.« Sie nimmt seine Worte zur Kenntnis und gönnt sich einen kleinen Schluck. »Dann nutzen Sie die Fahrt und schlafen Sie ein wenig, um wieder zu Kräften zu kommen. Wir haben einen ordentlichen Weg vor uns, wenn wir zu Fuß zum Park laufen.«

Robert lehnt seinen Kopf gegen die Scheibe, schaut ins Leere und sagt kein Wort. Über Kilometer hinweg ändert sich das Stadtbild nicht. Er sieht nur Grautöne, Gebäudekomplexe und Eisenbahnschienen. Die Enttäuschung steht ihm ins Gesicht geschrieben.

»Sie werden schon sehen, der St. James's Park ist wunderschön«, beschwichtigt Fatima, die seine Niedergeschlagenheit bemerkt.

»Mag sein, aber ich bin ja nicht als Tourist hierhergekommen, sondern um Maggie abzuholen. Das ist alles.«

»Ich glaube, da haben Sie Maggies Nachricht nicht ganz richtig verstanden. Sie hat Sie gebeten hierherzukommen, um etwas Neues kennenzulernen und sich darauf einzulassen – nicht, um Maggie in Ihre Welt daheim mitzunehmen.«

»Ich will mit dieser hässlichen Stadt nichts zu tun haben.«

Fatima hält sich mit weiteren Ausführungen zurück, da Robert momentan ganz offensichtlich nicht in der Lage ist, sich auf ein echtes Gespräch einzulassen. Außerdem glaubt Fatima fest an die Ausstrahlung der Stadt, die auch sie vor langer Zeit mit offenen Armen aufgenommen hat. Durch die schmutzige Scheibe des fahrenden Zuges sind ihre Vorzüge tatsächlich nur schwer zu erkennen. Aber sie ist sich sicher, dass Robert ihrem Charme erliegen wird, wenn er erst einmal ausgestiegen ist und sich unter freiem Himmel bewegt. Es ist nur noch eine Frage von Minuten, bevor sich der Zauber entfalten wird.

Kurz vor der Einfahrt in den Bahnhof legt Fatima Robert eine Hand auf die Schulter.

»Wir sind da!«, verkündet sie mit einem strahlenden Lächeln, ganz augenscheinlich hocherfreut darüber, die Stadt wiederzusehen, in der sie so viele Jahre gelebt hat.

Robert kann nicht begreifen, dass eine so empfindsame Frau wie Fatima an dieser lärmenden, dreckigen Großstadt Gefallen finden kann, und schüttelt ungläubig den Kopf.

»Auf geht's – wir machen uns jetzt auf den Weg!«

Schicksalsergeben reiht Robert sich in die allgemeine Aufbruchsbewegung ein, ohne wirklich wahrzunehmen, was um ihn herum geschieht. Die eilig zum Ausgang drängende Menge schiebt ihn mit sich vorwärts. Hier und da stößt ein Ellbogen in seine Seite, was er jedes Mal mit einem ärgerlichen Knurren kommentiert. Wie soll er, der nur mit freundlichen und umgänglichen Tieren verkehrt, angesichts dieser achtlosen Berührungen der Londoner auch nicht schimpfen?

»Sie könnten vielleicht etwas schneller gehen und aufpassen, wohin Sie Ihre Füße setzen«, rät Fatima ihm. »Die Leute haben es eilig, nach Hause zu kommen, und Sie machen es ihnen nicht gerade leichter.«

Aber da könnte man gleich einen Kirschbaum ohne Kirschen schütteln – so wenig Aussicht auf Erfolg hat Fatimas Ratschlag. Ganz im Gegenteil, Robert bringt die allgemeine Vorwärtsbewegung weiterhin ins Stocken und stößt immer wieder mit den Londonern zusammen. Stoisch bleibt er bei seinem schleppenden Gang und seiner schlechten Laune und folgt anschließend seiner Begleiterin in beharrlichem Schweigen durch die Straßen von London.

Er hält den Blick streng auf seine Schuhe gerichtet und schenkt dem Geschehen um sich herum kaum Beachtung. Sein kleiner Ausflug nach Eguisheim hat ihn nicht darauf vorbereiten können, die Kakofonie der britischen Hauptstadt zu ertragen. Er sehnt sich nach den kleinen Dorfstraßen. Hier gibt es nur große Boulevards, schwarze Taxis und knallrote Busse.

Die Ausgänge der Untergrundbahn spülen einen nicht enden wollenden Schwall von Reisenden nach oben, die alle gleichermaßen mit ihrem Handy verwachsen scheinen. Die rastlose Bewegtheit verursacht Robert Kopfschmerzen. Irgendwann schließt er tatsächlich die Augen und klammert sich an Fatimas Arm. Wie ein Buschbewohner durch das Dickicht tastet er sich vorsichtig seines Weges durch das Großstadtgetümmel. Alles geht ihm auf die Nerven. Das Knattern der Motoren dröhnt ihm in den Ohren, und noch schlimmer ist, dass im Lärm der Metropole nicht einmal eine Ahnung von Vogelgesang zu ihm durchdringt.

Unentwegt werden seine Sinne mit Reizen überflutet und auf eine harte Probe gestellt. Er sehnt sich nach frischer Luft, dem Duft von Heu, den strengen Ausdünstungen eines ordentlichen Dunghaufens! Der Hof fehlt ihm so, dass er sich am liebsten im Stroh der Hühner wälzen würde, um ihren Geruch aufzusaugen.

Sein Geruchssinn ist in Mitleidenschaft gezogen, die Augen hält er krampfhaft geschlossen. Die Ausdünstungen von Diesel und Bratöl halten jede Neugier unter Verschluss. Wie kann Maggie nur an einem solchen Ort leben?, fragt er sich, während er immer wieder gegen die Bordsteinkanten stolpert.

»Jetzt lassen Sie doch die Augen offen, Robert. Am Ende

fallen Sie noch hin«, mahnt Fatima milde. »Außerdem entgeht Ihnen etwas!«

Robert bleibt verstockt und hält die Augenlider gesenkt.

»Diese Stadt interessiert mich nicht. Ich will Maggie sehen.«

»Wir waren mit ihr zum Mittagessen verabredet. Und es ist jetzt schon 15 Uhr. Na los! Geben Sie sich einen Ruck, wir sind fast da!«, ermuntert ihn Fatima.

»Einen Ruck? Habe ich mir etwa noch keinen Ruck gegeben? Warum bin ich denn sonst hier? In dieser Stadt, zwischen all diesen Autos, all diesen Gebäuden, all diesen …«

Robert verschlägt es die Sprache. Endlich hat er seine Augen wieder geöffnet, und der sich bietende Anblick raubt ihm den Atem. Vor ihm erhebt sich die mächtige Silhouette des Buckingham Palace. Ein Märchenschloss inmitten weitläufiger Grünanlagen. Der Zauber tut seine Wirkung. Schweigend hält er inne und bewundert andächtig die großartige, strahlend weiße Ostfassade.

»Der Park liegt direkt daneben. Maggie macht sich sicher schon Sorgen«, drängt Fatima zur Eile.

Zahm folgt Robert nunmehr seiner Freundin, die einen ungepflasterten Weg einschlägt, um zum Eingang des berühmten königlichen Parks zu gelangen. Und königlich ist er wahrhaftig! Nicht in seinen kühnsten Träumen hätte sich Robert jemals ein solch harmonisches botanisches Meisterwerk vorstellen können. Alles ist so gestaltet, dass es sich zu einem vollkommen ausgewogenen Ganzen fügt.

Die kleinen gewundenen Wege des Parks sind geradezu eine Einladung, dem Alltag zu entschwinden und sich hier zu erholen. Robert kann sich der sanften Anziehungskraft dieses Ortes nicht entziehen. Ein Spaziergang durch den St. James's Park bedeutet eine Berührung mit der Natur im Herzen der Großstadt. Es bedeutet, Kraft zu schöpfen in einer grünen

Oase, wo jeder Brunnen und jeder Teich an genau der richtigen Stelle platziert ist.

»*Dieu du ciel*«, murmelt Robert andächtig und stützt sich auf das Geländer einer hübschen Fußgängerbrücke, die über den großen See der Parkanlage führt. Dort steigt eine riesige Wasserfontäne auf, und von ganz weit hinten lässt das »London Eye«, das gewaltige Riesenrad, seinen stählernen Blick über den Park schweifen. Wie gebannt starrt Robert auf die alles überragende Metallkonstruktion. Etwas Hypnotisches geht von diesem Rad aus. Das riesige Ungetüm mit seinen leuchtenden Streben glitzert in der mittäglichen Sonne, die ihre Strahlen heute großzügig verteilt. Robert stellt erstaunt fest, dass ihm dieses seltsame Wahrzeichen gefällt, das so aussieht, als habe es sich geradewegs vom Fahrrad eines Riesen gelöst und hier seinen eigentlichen Bestimmungsort gefunden. London führt Robert vor Augen, was ihn auch bei der ersten Begegnung mit Maggie so fasziniert hat: Die Metropole präsentiert sich nicht nur aufgeschlossen und freundlich, sondern auch auf der Höhe der Zeit!

Gut gelaunt steht Fatima neben ihm und wirft ein paar Brotkrumen zu den Pelikanen hinunter, die sich auf den weitläufigen grünen Wasserflächen tummeln. Robert entdeckt eine ganz neue Fauna voller Lebensfreude. Unterschiedlichste Vögel sind in dem Park zu Hause und schnappen sogar den Besuchern hin und wieder ein Stück Brot weg. Und dann sind da noch die Eichhörnchen. Verspielt und gewitzt jagen sie von Baum zu Baum hintereinanderher. Die begeisterten Besucher locken sie hier und da mit verschiedenen Sorten von Nüssen zu sich.

Schon thront einer der so süß dreinschauenden Nager oben auf dem Geländer und rückt bis auf wenige Zentimeter an Robert heran.

»Salut, mein Kleiner. Du siehst aus, als hättest du Hunger«, sagt Robert und kramt in seinen Taschen, um schließlich ein Tütchen daraus hervorzuziehen.

Das Eichhörnchen spitzt die Ohren und lauscht dem Knistern des Papiers und dem Rascheln der Sonnenblumenkerne.

»Du hast Glück. Ich habe immer ein paar Leckereien für meine Hühner dabei. Ich muss sie heute ganz unbewusst eingesteckt haben«, erklärt er und kippt eine Portion auf die Handfläche.

Ganz ohne Scheu nähert sich das Eichhörnchen Roberts Hand, schnappt sich ein paar Kerne und knackt sie geschickt auf.

»Sie sollten Ihre Tüte rasch wieder wegstecken. Die Eichhörnchen haben einen verteufelten Appetit«, warnt Fatima.

»Lassen Sie das Kerlchen doch in Ruhe speisen. So ein *spitzbüeb* muss sich stärken.«

Der fragliche *spitzbüeb* hat jedoch bereits eine beträchtliche Anzahl seiner Artgenossen verständigt, die jetzt über das Geländer turnen und sich um Robert scharen, um ihrerseits ebenfalls einen Leckerbissen zu erhaschen.

»Wie ich sehe, hast du all deine Freunde herbeigerufen«, stellt Robert lediglich fest und kippt Nachschub in seine Hand.

Das versetzt die Schar der Eichhörnchen in erwartungsfrohe Aufregung. Blitzartig stürzen sich die Nager auf die Futterquelle und verschlingen alles, was sie dort finden. So belagert, wagt Robert nicht, sich zu bewegen, denn er befürchtet, er könne einem seiner Schützlinge etwas zuleide tun. Diese allerdings schrecken nicht davor zurück, frech an seinem Schnurrbart und seinen Locken zu zupfen.

»*Doucement*, ihr Kleinen, immer mit der Ruhe«, beschwichtigt er sie.

Vergeblich. Die Eichhörnchen klettern munter an ihm herum, vielleicht riechen sie den Heugeruch, der Robert anhaftet. Die kühnsten unter ihnen reiben gar ihre Wangen an seinem Körper.

»Oh! Dort unten ist Maggie!«, ruft Fatima hocherfreut, die sich über das Geländer gebeugt hat, um einen besseren Blick zu haben.

Robert will es ihr gleichtun, wird jedoch von seinen neuen Gefährten daran gehindert, die nun von einer Schulter zur anderen wieseln und sich um die Reste des Festschmauses balgen.

»Robert, sehen Sie zu, dass Sie diese Viecher endlich loswerden! Dann gehen wir zu Maggie hinunter«, fordert Fatima etwas ungeduldig.

Robert weicht einen Schritt zurück und wehrt Fatima kategorisch ab, als sie die mittlerweile in seinen Haaren und den Taschen seiner Jacke nistenden Eichhörnchen verscheuchen will. Es widerspricht seinen Prinzipien aufs Schärfste, unduldsam gegen Tiere vorzugehen. Da wartet er lieber, bis seine pelzigen Gefährten ihres neuen Hochsitzes müde werden.

»Huhu, Maggie! Wir sind hier!«, ruft Fatima und winkt ihr zu.

Die Eichhörnchen fahren zwar vom Lärm erschreckt auf, machen aber nicht einmal jetzt vor Roberts Gesicht halt, der eilig versucht, zwei an seinem Schnurrbart festgekrallte Tiere abzuwehren.

»*Kopftomi*, Fatima! Lauter ging es wohl nicht!«

Nun stürmt Robert im Laufschritt vorwärts, um sich zu befreien – schon hat er die Brücke verlassen. Doch die buschigen rotbraunen Schwänze der Eichhörnchen versperren ihm die Sicht, sodass er kaum erkennen kann, wohin er seine Füße setzt und auch Maggie nicht bemerkt, die geradewegs mit einer Platte auf ihn zukommt, auf der sich ihre Zitronen-Scones stapeln.

»Hoppla! Ihr habt eure Ration gehabt, jetzt lasst mich in

Frieden!«, schimpft Robert nun doch etwas ratlos und wedelt mit den Armen, um die pelzigen Angreifer endlich abzuschütteln.

Aber da nimmt das Unheil schon seinen Lauf. Robert bleibt an einer Erdscholle hängen und legt eine Bauchlandung hin, wodurch die Eichhörnchen eiligst das Weite suchen. Als er versucht sich aufzurichten, rempelt er Maggie an, die dabei ihre Platte fallen lässt.

»*Mon Dieu*, Maggie!«, ruft er entsetzt.

Maggie landet unversehrt im feuchten Gras und bricht in Lachen aus, als sie Robert inmitten der hier und da verstreuten Scones sitzen sieht.

Mit buttercremeverschmiertem Schnurrbart richtet er sich auf und hilft auch Maggie wieder auf die Beine. Es kommt ihm so vor, als würde in seinem Innern eine ganze Blaskapelle zu Jubelstürmen ansetzen, so glücklich ist er, Maggie wiederzusehen.

»Ich glaube, Sie haben mich schon wieder getauft«, scherzt er und wischt sich die Creme ab, die an seiner Nase klebt. »Am Ende war das vielleicht sogar Absicht.«

»Mag sein. Ich finde, dass es Ihnen ziemlich gut zu Gesicht steht, wenn Ihr Schnurrbart mit Buttercreme verziert ist.«

Unter Fatimas komplizenhaftem Blick neigt Maggie sich Robert entgegen, um ihm einen verzückten Kuss auf den Schnurrbart zu drücken.

»Willkommen in England.«

»Ich frage nur zu meiner Beruhigung: Sie begrüßen hoffentlich nicht alle Touristen auf diese Weise?«

»Nur diejenigen, die violetten Spargelstangen den Hof machen«, erwidert sie und zwinkert ihm zu.

Jetzt ist es keine Blaskapelle, sondern ein ganzes Symphonieorchester, das in Roberts Brust zum Jubelsturm aufspielt. Eine schwungvolle Sarabande ergreift sein Herz. Alles ist vollkommen. Das *timing*, die Buttercreme, die zwischen den Zweigen der Bäume hindurchblinzelnde Sonne. Die gesamte Atmosphäre des Parks steht im Einklang mit der Woge zärtlicher Emotionen, die ihn erfasst hat. Es gibt kein Zurück, Robert kann nicht mehr leugnen, was nur allzu offensichtlich ist. Er ist bis über beide Ohren verliebt.

EPILOG

ENGLISH BREAKFAST

Das Auto ist die ganze Nacht hindurch gefahren. Trotz der kuschelweichen Wolldecke, die er um sich gelegt hat, ist Robert wach geblieben und beobachtet Maggie, die am Steuer des kleinen englischen Zweisitzers sitzt und sich auf die Landstraße konzentriert.

Mittlerweile dämmert es bereits. Draußen erstreckt sich eine endlos weite Landschaft. Soweit der Blick reicht, sind ausgedehnte Felder zu sehen. Robert hat den Eindruck, in eine andere Dimension versetzt worden zu sein: Einen Tag zuvor war er noch in Frankreich, und nun sitzt er in einem winzigen Auto, das ihn zum Cottage der Familie Tyrell bringt – weit weg von London.

Der lange Tag in der Großstadt hatte ihn sichtlich erschöpft, und er lechzte geradezu nach frischer Luft. So hatte Maggie ihn unter ihre Fittiche genommen und kurzerhand – sogar ohne ihre Mutter zu benachrichtigen – beschlossen, mit ihm aus London herauszufahren und die dort herrschende Betriebsamkeit hinter sich zu lassen. Fatima, die in der Stadt geblieben ist, hat ihnen mit der Zufriedenheit derjenigen, die ihre Arbeit getan hat, beim Aufbruch zugesehen.

Lange Zeit waren Robert und Maggie schweigend unterwegs und genossen die Ruhe der nächtlichen Fahrt, glücklich darüber, den anderen neben sich zu wissen. Robert hat nicht das Gefühl, etwas sagen zu müssen. Seine entspannten Gesichtszüge verraten sein Glück auch so. Niemals zuvor hat er eine solche Fülle in seinem Leben verspürt. Er fühlt sich wohl, im Einklang mit der schlafenden Landschaft draußen und der Frau neben sich, die nichts sagt, aber hin und wieder zärtlich nach seiner Hand fasst. Er weiß nicht, wie seine Zukunft mit Maggie aussehen wird, aber das macht ihm keine Angst. Er denkt nur noch an das Glück, mit ihr zusammen zu sein, und daran, wie schön es ist, sich denjenigen gegenüber zu öffnen, die in seinem Herzen zu lesen verstehen. Während das Auto sich Maggies Geburtsort nähert, schweifen seine Gedanken zu Elsa, David und Charlotte. Er macht diese Reise auch mit ihnen, denn er hat sie immer bei sich. Seine Liebe als Onkel und als Bruder wächst genau in dem Maße, wie seine Gefühle für Maggie sich mehren. Er hat keine Angst mehr vor der Liebe und dem Leben. Es gibt jetzt eine Frau, die da ist und seine Hand hält, die ihn respektiert und ihm eine neue Welt zeigt.

»Wir sind gleich da«, verkündet sie und drosselt das Tempo.

Robert traut seinen Augen kaum, so getreu entspricht der Ort der Beschreibung, die Maggie ihm während ihres Aufenthalts im Elsass geliefert hat. Umschmeichelt vom morgendlichen Dunst, scheint das Cottage der Familie Tyrell geradezu einem Kindermärchen entsprungen zu sein. Mit der Nase an der Scheibe nimmt Robert vom Beifahrersitz aus das winzige Gebäude in Augenschein, dessen Backsteine von den Jahreszeiten verwittert sind.

Ein schlichter weißer Holzzaun umschließt das Grundstück, aber er ist so niedrig, dass ein Feldhase mit einem Satz darüber hinwegspringen kann. Dieser Gedanke lässt Robert schmunzeln. Ihm gefällt die Schlichtheit der Begrenzung und die Sanftmut, die daraus spricht.

Hier ist Maggie aufgewachsen. In einem winzigen, abgelegenen Häuschen, erreichbar nur über einen holprigen Weg, der Stoßdämpfern und anderen Schwachstellen von Gefährt und Fahrer ziemlich zusetzt.

Noch erschöpft von der Reise, steigt Robert aus dem Wagen und lässt das Häuschen auf sich wirken. Die Fensterläden sind offen, als wollten die Bewohner gern das Maximum an Licht und Wärme hineinlassen. Die kleinen Fenster sind von hübschen weißen Vorhängen umrahmt. Robert sieht bereits eine Großmutter vor sich, die mit flinken Fingern vor dem Kamin einer Handarbeit nachgeht.

»Da sind wir«, macht Maggie sich bemerkbar und legt Robert ihren Arm um die Taille. »Versuchen Sie nicht wegzulaufen. Das würde einen schlechten Eindruck machen.«

»Ich bin in ein Flugzeug gestiegen, um Sie wiederzusehen. Da kann mich so schnell nichts mehr erschrecken!«

Maggie zwinkert ihm rasch zu, bevor sie ihn zum Eingang führt. In der überdachten Nische davor steht ein Schaukelstuhl, daneben ein Korb mit Wollknäueln, einer Keksschachtel und einem Kreuzworträtselheft.

»Bereit?«, fragt Maggie.

Robert nickt. Zum ersten Mal in seinem Leben fühlt er sich in einer fremden Umgebung nicht unwohl. Das Cottage spiegelt Maggie wider, und das beruhigt ihn und flößt ihm Vertrauen ein.

Maggie drückt die Haustür auf, denn wie bei vielen solcher Landhäuser bleibt sie stets unverschlossen und heißt nun die Besucher willkommen. Ein behaglich gedämpftes Licht empfängt Robert. Für einen Augenblick sieht er nur die kleinen Flammen in den Petroleumlampen, die auf einem ländlichen Buffetschrank stehen.

Aus der Küche dringt leises Geschirrklappern zu ihnen hinüber und verrät, dass dort bereits hantiert wird. Lächelnd fasst Maggie Robert am Ellbogen und leitet ihn durch das Wohnzimmer. Ihm bleibt kaum Zeit, das olivgrüne Canapé, auf dem unzählige bestickte Kissen liegen, angemessen zu würdigen, da befindet er sich auch schon im Esszimmer.

Wie angewurzelt bleibt Robert im Türrahmen zur Küche stehen. Zwei Frauen im Morgenmantel sitzen an einem kleinen Nussbaumtisch, über den eine traditionelle Spitzendecke gebreitet ist. Eine dritte, die etwas auffallender gekleidet ist, kehrt ihnen den Rücken zu und brät Würstchen am Herd. Die beiden sitzenden Frauen genießen ihr üppiges Frühstück mit einer solchen Andacht, dass sie die Anwesenheit von Maggie und Robert nicht bemerken.

»Siehst du die Frau am Herd? Das ist meine Mutter«, flüstert Maggie Robert ins Ohr.

Den durchfährt ein süßer Schauder. Nicht so sehr die Nähe von Maggies Lippen lässt ihn erbeben, sondern die ganz selbstverständliche Verwendung des ›Du‹, das sie zum ersten Mal benutzt.

»Die jüngere Frau dort am Tisch ist meine Tante Katy. Sie lebt seit dem Tod ihres Ehemannes bei uns.«

In ihre Tätigkeiten vertieft, bemerken die drei Frauen Maggie und Robert immer noch nicht. Maggies Mutter Suzie ist ungefähr siebzig Jahre alt. Sie war sehr jung mit Maggie schwanger geworden und wirkt eher wie eine ältere Schwester. Ihr Kleidungsstil verstärkt diesen Eindruck noch: abgewetzte Jeans, weißes Herrenhemd, dazu ein schwarzer Schlips. Ein krasser Gegensatz zum exzentrischen Geschmack ihrer Tochter. Katy Tyrell, Suzies Schwester, sieht ihr zum Verwechseln ähnlich. Sie sind nur ein Jahr auseinander, und es lässt sich nicht ausmachen, wer von ihnen die Ältere ist. Die Kleidung könnte hingegen nicht unterschiedlicher sein, denn Katy hat es dabei belassen, einen blütenweißen Morgenmantel überzustreifen, um die erste Mahlzeit des Tages einzunehmen.

Die beiden Frauen am Tisch, die in aller Ruhe mit ihrem Frühstück beschäftigt sind, und Maggies Mutter, die die Würstchen röstet – Robert verharrt im Türrahmen und beobachtet dieses familiäre Beisammensein. Er fühlt sich von der rundum weiblichen Atmosphäre wie von einem mütterlichen Kokon umhüllt.

»Und die ältere Frau, die gerade Tee trinkt, wer ist das?«, will Robert wissen.

»Das ist Mamie Sue, meine Großmutter«, antwortet Maggie lächelnd. »Sie ist letzten Monat fünfundneunzig Jahre alt geworden. Es befinden sich also drei Generationen in diesem Zimmer!«

Robert ist beeindruckt. Die Großmutter erfüllt den gesamten Raum mit ihrer wohlwollenden Ausstrahlung. Ihr wacher Blick ist genauso verschmitzt wie der von Charlotte und David. Sie hat sich offenbar etwas Kindliches bewahrt, und das verleiht ihr einen wunderbar rosigen Teint. Durchaus auf ihr Äußeres bedacht, trägt sie unter ihrem Morgenmantel ein rosa geblümtes Nachthemd, schert sich jedoch nicht um die Lockenwickler, die in ihren langen weißen Haarsträhnen baumeln.

Maggies Mutter dreht das Gas zu und lässt die Würstchen auf eine Porzellanplatte gleiten. Robert gefällt die Art der Aufmerksamkeit, die daraus spricht. Es ist ein weit verbreiteter Irrglaube, dass Lebensmittel keinen achtsamen Umgang erfordern. Das Anrichten auf schönem Geschirr ist für ihn ein Beweis des Respekts. Erst recht, wenn es um so etwas Leckeres wie Würstchen geht!

»Maggie!«, ruft ihre Mutter jetzt hocherfreut, als ihr Blick endlich auf die Ankömmlinge fällt. Rasch stellt sie die Platte ab und schließt ihre Tochter in die Arme. Robert benötigt keine Übersetzung ins Französische, die strahlenden Gesichter sprechen Bände. Zudem haben ihn fremde Sprachen noch nie gelangweilt, ganz im Gegenteil. Einerseits verschafften sie ihm stets eine Rückzugsmöglichkeit, andererseits erlaubten sie ihm, sich stärker an Mimik und Gestik als an Worten zu orientieren.

»Setzt euch doch! Ihr müsst ja schrecklichen Hunger haben!«, ruft Maggies Mutter in perfektem Französisch, nachdem Maggie ihren Gefährten vorgestellt hat.

Statt einer Antwort lässt sich Roberts Magen vernehmen. Ein wenig beschämt nimmt er gegenüber der Großmutter Platz, die eine große Scheibe Brot mit Butter bestreicht. Die Größe ist absolut angemessen für die sportliche Disziplin des richtigen Eintauchens in eine große Tasse Tee mit Milch. Robert wittert ein professionelles Können bei seinem Gegenüber. Offenbar haben Anhänger dieser Disziplin ein Auge füreinander, denn die Großmutter sieht von ihrem Tee auf und mustert Robert mit herausfordernder Miene.

Ihr kokettes Gebaren gibt Anlass zum Schmunzeln. Zwei der rosa Lockenwickler wiegen sich in den rebellischen Haarsträhnen und sind kurz davor, einen Satz in den Tee zu machen. Die Großmutter lässt sich jedoch nicht beirren, sondern ist vollauf damit beschäftigt, den elsässischen Gast fest im Visier zu behalten.

»Bedienen Sie sich«, fordert sie ihn in englischer Sprache auf.

Auch jetzt benötigt Robert keine Übersetzung, um zu verstehen. Mit großer Ernsthaftigkeit beginnt er sein Ritual, nimmt eine dicke Scheibe geröstetes Brot und bestreicht sie mit Butter und Orangenmarmelade. Die Großmutter lässt ihn nicht aus den Augen. Es ist nur noch eine Frage von Sekunden, bis sie ihre Brotscheibe in den Tee taucht.

Robert wartet auf den Start. Die Butter bildet eine lückenlose Schicht auf der Oberfläche des Brotes, die Marmelade schmiegt sich dicht an die glatte Unterlage. Fehlt nur noch eine große Tasse Tee mit Milch, und das Ritual der beiden unbeirrbaren Eintauchkünstler kann beginnen.

Roberts Hände ruhen flach auf dem Tisch, während er geduldig wartet. Und schon ist es so weit, sein Tee wird serviert.

Trotz eines leichten Zitterns gerät die Großmutter nicht aus dem Konzept, fasst die Brotscheibe mit beiden Händen, bevor sie sie auf die Oberfläche ihrer Tasse Tee legt. Robert tut es ihr gleich.

Alle Blicke sind auf die beiden gerichtet. Niemand kommt auf die Idee, diesen seltsamen morgendlichen Wettstreit zu unterbrechen. Robert fühlt sich beinahe wie bei einem Duell im Western. Wie ein Clint Eastwood mit nervösem Finger am Abzug, der in diesem Fall bereit ist, seinen Toast zu zücken. Gewinner wird sein, wer ihn herausholt, ohne die festliche Tischdecke zu bespritzen.

Da die Lockenwickler ihr ins Gesicht baumeln, geht Mamie Sue mit einem leichten Handicap ins Rennen. Sollte auch nur einer von ihnen einen Sprung in den Tee unternehmen, würde sie disqualifiziert und Robert folglich als Sieger aus dem Wettstreit hervorgehen. Ohne auch nur ein einziges Wort zu wechseln, stehen die Spielregeln fest. Sie sind offenbar universell und verlangen keinerlei Ausformulierung. Ausschlaggebend ist ganz einfach die zutreffende Einschätzung auf beiden Seiten, einen Gleichgesinnten vor sich zu haben. So hat sich das Eintauchkünstler-Duell gewissermaßen von selbst ergeben.

Die beiden lassen einander nicht aus den Augen. Mamie Sue schlägt sich gut. Sie hält ihr nun tief in die Tasse gesenktes Brot auf zwei Löffeln, um zu verhindern, dass es zu Brei wird. Robert bewundert ihren Ehrgeiz. Trotz ihres hohen Alters hat sie sich den Gefallen an der spielerischen Auseinandersetzung bewahrt. Das vergnügliche Zusammensein mit ihr verschafft Robert das süße Gefühl, zu Hause zu sein, eine Person vor sich zu haben, die sich an den kleinen Dingen des Alltags erfreuen kann, ohne sich um die Konventionen der übrigen Welt zu scheren.

»An deiner Stelle würde ich aufgeben«, flüstert Maggie ihm ins Ohr. »Mamie Sue ist schneller als ihr Schatten.«

Der Hauch von Maggies Atem lässt Robert von Kopf bis Fuß erbeben. Mamie Sue entgeht seine Reaktion nicht, und schon nutzt sie den Augenblick, um das flüssigkeitsgetränkte Brot über ihre Tasse zu heben und es mit einem lautstarken Schlürfen zu sich zu nehmen. Es ist genau jenes Schlürfen, das Elsa auf die Palme bringt, Robert hingegen ausgesprochen sympathisch ist.

»*You've lost!*«, lacht sie übermütig wie ein Kind.

Es stimmt, Robert hat verloren. Sein Brot fällt vollkommen auseinander. Die Krume bläht sich und saugt die Flüssigkeit auf, beinahe so gründlich, wie sich Roberts Herz zugleich mit einer wunderbaren Leichtigkeit füllt.

Maggie nimmt seine Hand und gibt sie nicht mehr frei. Robert vergisst seinen Toast, sein Ritual und seine kleinen Gewohnheiten. Dankbar beobachtet er die Überbleibsel seines Brotes, das es offenbar genauso nach Tee dürstet wie sein Herz nach Liebe.

Denn auch das Herz eines Einzelgängers braucht ein seelenverwandtes Gegenüber. Und manchmal reicht schon ein Frühstück auf der anderen Seite des Ärmelkanals aus, um Wunder zu wirken.

BAECKEOFFE NACH ROBERT

1 Nacht Ruhezeit im Kühlschrank
3 Stunden Garzeit – mindestens – in einer elsässischen Keramikterrine oder in einem Römertopf

Zutaten für 4 bis 6 Personen

- 500 g Schweinefleisch (am besten Schweinefuß, Schweinekamm und Schweineschulter)
- 500 g sorgsam ausgelöste Lammschulter
- 500 g ausgelöste Rinderbrust
- 1 kg milde, zarte, rundliche Kartoffeln
- 250 g Zwiebeln, die süße Tränen fließen lassen
- 2 Knoblauchzehen
- 50 cl elsässischer Weißwein (Mindestens! Das Fleisch muss beim Marinieren vollständig bedeckt sein, und am nächsten Tag sollte für ein erneutes Begießen noch genug Wein vorhanden sein. Also lieber gleich zwei Flaschen Pinot bereitstellen!)
- 300 g in feine Scheiben geschnittene Möhren
- 150 g Lauch
- 1 Bouquet garni (Petersilie, Thymian, Lorbeer), um den Möhren den Hof zu machen
- Salz und Pfeffer

Das Fleisch in schöne Stücke schneiden (etwas größer als für ein Boeuf Bourguignon), alles in eine große Schüssel geben und mit Wein begießen. In Scheiben geschnittene Möhren, Lauch, Zwiebeln, Knoblauch und das Bouquet garni hinzufügen.

24 Stunden im Kühlschrank marinieren lassen.

Am nächsten Tag die Kartoffeln zum Tanz bitten, indem man sie sanft schält und mit einer Mandoline in schmale Scheiben hobelt wie für ein Kartoffelgratin. Dann den Boden des Römertopfs oder der Terrinenform mit einer Schicht Kartoffelscheiben auslegen und darauf eine Schicht der am Tag zuvor eingelegten Fleisch-Gemüse-Mischung verteilen. Erneut mit Wein begießen. Dieses Vorgehen wiederholen und mit einer Schicht Kartoffeln abschließen, die gesalzen und gepfeffert werden.

Aus ein wenig Mehl und Wasser einen Teig kneten, zu einem Strang formen und um den Deckel legen, damit der Kochvorgang nach außen abgedichtet wird.

In einem Backofen – idealerweise in einem alten Bäckerofen – mindestens 3 Stunden garen.

Das Gericht im Topf servieren und dazu einen Salat mit Radieschen reichen.

FLAMMENKUECHE

Zutaten für 4 Personen

Für den Teig:
- 1 kg Mehl
- 1 Würfel Frischhefe
- 400 ml lauwarmes Wasser
- 1 Prise Salz

Für den Belag:
- 250 g cremiger Frischkäse oder Bibeleskäs (Quark)
- 2 ganze Eier
- 250 g in ganz feine Ringe geschnittene Zwiebeln
- 100 g Speckwürfel
- Salz, Pfeffer, Muskat
- Münsterkäse

Den Teig zubereiten.

Die Hefe in lauwarmem Wasser auflösen. Mehl und Salz untermischen, Wasser hinzufügen und so lange kneten, bis ein glatter Teigling entstanden ist. Den Teig in einer Schüssel mit einem Tuch abdecken und ihm ein warmes Nickerchen gönnen.

Den Frischkäse mit den Eiern und den Gewürzen mischen.

Den Teig sehr flach ausrollen. Eine dünne Schicht der Käsecreme sowie der übrigen Zutaten daraufgeben und gleichmäßig verteilen. Als besondere Köstlichkeit Münsterkäsescheiben obenauf legen.

5 Minuten in einem Pizzaofen backen oder 8–10 Minuten im Backofen bei 230 Grad.

PANIERTE FORELLEN

Zutaten für 4 bis 6 Personen

- 5 Forellenfilets
- 125 g Süßrahmbutter
- 50 g Mehl
- 2 aufgeschlagene Eier
- Panade (Nehmen Sie altes Brot, anstatt es an Enten zu verfüttern, was diesen ohnehin schlecht bekommt.)
- Salz, Pfeffer
- etwas Zitronensaft
- Estragon

Für die Soße eine Mayonnaise aufschlagen und etwas Estragon und Zitronensaft hinzufügen.

Die Forellen vorsichtig filetieren, anschließend die Filets mit Mehl bestäuben, bis ein weißes Mäntelchen sie ziert.

Eine Mischung aus Butter und Öl erhitzen.

Während das Fett in der Pfanne langsam erwärmt wird, die Filets durch die aufgeschlagenen Eier ziehen, dann in der Panade wenden. In der Pfanne goldbraun backen.

EIN HOCH AUF DIE PASTETEN!

Zutaten für 4 bis 6 Personen

- 2 Pakete Blätterteig
- 1 Eigelb
- 250 g Gehacktes von der Schweineschulter
- 250 g Gehacktes vom Rind (gern durchwachsen oder fettreich)
- 40 g fein gewürfelte Schalotten
- 40 g fein gewürfelte Zwiebeln
- 2 geriebene Möhren
- 1 Glas Weißwein
- Petersilie und Koriander, beides gehackt
- 1 Glas Rinderbouillon

Das Fleisch mit den gewürfelten Zwiebeln und Schalotten sowie der Petersilie und dem Koriander vermengen. Den Wein hinzufügen und ein paar Stunden marinieren lassen. Danach die Möhren dazugeben. Das Ganze samt dem Glas Rinderbouillon in einem Topf erhitzen. Ein klein wenig Brühe abzweigen und einen Teelöffel Stärke darin auflösen. Die angerührte Flüssigkeit in den Topf geben, damit die Fleischmischung leicht andickt.

Eine Tarteform ganz mit Blätterteig auslegen und die Fleischfüllung darauf verteilen. (Da dem Verfasser bewusst ist, wie aufwändig und schwierig die Herstellung eines Blätterteigs ist, gestattet er Ihnen in diesem Fall, ein Fertigprodukt zu verwenden.)

Die Fleischfüllung mit einer zweiten Lage Blätterteig bedecken. Diesen Deckel mit Eigelb bestreichen. In der Mitte ein kleines

Verdampfungsloch bohren, sodass die Füllung ihren herrlichen Duft durch diesen »Kamin« bereits in die Küche verströmen kann.

Bei 220 Grad 30 Minuten backen.